大司命之肠

赵振羽 著

作家出版社

图书在版编目（CIP）数据

大司命之肠 / 赵振羽著． -- 北京：作家出版社，
2019.1

ISBN 978-7-5212-0348-6

Ⅰ．①大… Ⅱ．①赵… Ⅲ．①诗集 – 中国 – 当代
Ⅳ．①I227

中国版本图书馆CIP数据核字（2019）第011684号

大司命之肠

作　　者：赵振羽
责任编辑：秦　悦
装帧设计：薛　怡
出版发行：作家出版社有限公司
社　　址：北京农展馆南里10号　　邮　　编：100125
电话传真：86-10-65067186（发行中心及邮购部）
　　　　　86-10-65004079（总编室）
E-mail:zuojia@zuojia.net.cn
http://www.zuojiachubanshe.com
印　　刷：中煤（北京）印务有限公司
成品尺寸：148×210
字　　数：205千
印　　张：16
版　　次：2019年3月第1版
印　　次：2019年3月第1次印刷
ISBN 978-7-5212-0348-6
定　　价：58.00元

目 录

女娲肠 / 1

女娲肠

2015—2016

寻欢与忧烦

（诗歌　璀璨之蛇复生于女子颈上）

诗歌迷离而起，若忧喜换上的新装
王将若璀璨之宝石的文字，沿那条蛇的脊背而镶
复生于那女子的颈上吧，她正濯发在洧盘、株林、台桑
我嗅着那所期、所邀、所俟，走过河上薄如蝉翼的冰霜
仍记得多年前的浪游，曾饮酒于倒映蛇影的金觞
她梦吞一蛇便生一哀歌，长夜则循环未央

词语叠复，若迷途的艳妇之彷徨
夜明般的玉体上带花与鬓，频繁地经过失忆的王
衔接为忧喜起伏之声吧，这盘桓若女娲之肠
神灵们莘莘生于其上，在我无尽来回的路旁
熠耀的时日如飞鸟，曾栖于河之洲、屋之上、山之梁
我曾在白云间采来欢欣之舜华，而不能固藏
那梦吞一蛇便生一哀歌的女子啊，徘徊者的恋慕和迷狂
我在风雨交加之夜到达与远逝，（未）解开酒囊

仍记得在韶华始发的春日，曾随吾师漫步于川上
他谈起无首之歌的轮回和生死，司命神周而复始的形状
当我拖着一边喜乐一边哀愁的足迹，穿行于雨雪巷
那些采蘩与拾梦的女子啊，我的悲歌与欢唱

（生死　抟土与夜路）

忧欢如何凋谢，与剥落之肤破碎之肌相似
余下的脊椎化为蛇（无目之蛇），蜿蜒而逝
我曾乘迍邅之马来此，为婚媾盘桓几次
而那女子昼织夜拆（嫁衣殓衣），十载不字
光阴陷入循环，只有那一个衔接至昨夕的明日
如无实之花，那些关于应允和拒绝的猜疑和卜筮
内河深入隐讳的一梦，我看到她抟土造人的姿势
阴云无休地死去与复活，化为忧烦的后嗣
（曾有陌生者在多薤露的路口，问我夜歌的格式
如此、如此，恰与那蒿里的夜路一致
我将去那里漠然而歌，彼时人不必食、马不必饲
而这一程无论延宕或疾行，总朝发夕至）

而忧欢之风吹起吧，可以阜吾民之时
待那夕阳西下后，蘩不可以采、花不可以拾
这日照下的慕恋与起舞，和阴翳里的情欲与生殖
沿途有或笑或泣的女子，总若已在灵魂里相识
人啊，来去总是空空的两手，但一程中有所失与所执
朝暮间的喜悲与生死，司命神周而复始的歌词
（开端的地方就是终止，谁如是说，或命运如此
当他沿迂回之路回到初始，便又见到那长发如黑夜的男子）

（大蛇生出新头）

它在此地复生，若司雨神之夜宴的回声
而饮雨者谪为操劳之人复返，将在无休忧烦间躬耕

并未曾焚烧或斩断，而盘蜷之大蛇生出新头
若回环之水历经干涸与泛滥，悲哀地分娩出支流
但路在周而复始的迂回中凝固，徘徊替代昔日的漫游
我见他走在大司命者的背影之后，比多年前更加忧愁

徘徊花开于夕阳回眸之道口，而蘩则蔓延出远眺
我与她相约在黄昏之邑里，却彷徨旷久仍未到
我忆起在那阴雨淋涔的荒年，密云鳞隙间之预兆
她造访于烦忧未发的梦里，忽嫣然而笑
　（或说蘼芜生于山上，而荇菜长在水滨
　　她若一盘桓往复的影像，环绕这场徘徊者的婚姻
　　或我应在日落前到达，却迷失于逝水回流之津
　　见歧路在晚霞下铺展，沿途白蒿慇慇）

在月若即盈既望之夜，亡马自还
哀歌旋而复生，一如其蜿蜒自燃
他归来了，若一场渐渐收拢之循环
这里曾生满悲欢，而今只有忧烦

（投水者复生于每一个孟陬）

跟随大司命之人又回到这里，沿徘徊之圆周
亦是烦忧丛生之地，哀歌将连续在第三个年头歉收
雨仍抑压并宣泄在不期之时，若天穹已永久地失修
我应走向左或向右的歧路呢？或许延宕要好于抓阄

神灵隐蔽于密云之下，那投水者复生于每一个孟陬
采蘩的女子走在河水彼侧，沿途种下蜿蜒的殷忧
阴晦渗入荒地与河谷，有化为影子归来的雎鸠
大哀歌又开始悲凉地游动，悠悠似无止无休

夜色里的呓语者，白昼的操劳之人
我听见那蛇尾女子的歌声，如晦蔽的命运般低沉
泥土沾染双手，嵌入那密如云之裂隙的掌纹
忧烦者生死于云影之下，并不识司命神

（投水者之转生）

瞳中交叠的阴影，与灵魂内的淋涔之声
那释梦者沿曲迂的预感，指示出每一度荒歉与丰登
投水者转生于荒凉的世纪，失却了神灵的踪迹与名称
见忧烦恍如濛濛之零雨，而欢欣宛若熠耀之鹪鹅

那女子于郁郁蒹葭间彷徨，在每一次退潮时化为夜风
她种下的欢乐随时光凋落，忧愁则在归来时加增
徘徊之途收拢了，并不因前行与复返而变更
哀歌则如一个大纵欲者，无休止地死去与复生

仍记得当白蒇始发之时，在路边遇见的神灵
是时霞光绚烂的天边，有密云变婉之雏形
有络绎的皇驳之马，在斑斓光影间穿行
沿途那欲燃之鲜花，有一朵正悄然凋零

（抽思与徘徊）

徘徊者沿无首之河往复，而她在水之沚
永远是环绕着的切近与远离，或许命运之形态如此
掌纹上生出多衢之蘩，攀爬交绕在无名指
或应在黄昏前赶到那婚宴，路却尽而复始
忧郁生于首尾相衔的道上，若荒草刈而不死
司命神囊中有丰饶之欢乐，却朝赐夕褫

神灵雨在岁晏时飘降，将他长发淋湿
饮雨者一如预言在荒凉的山头，见山木之枝
曾有一道宛如梦影的明媚，漏出密云之瑕疵
那歌者与她约会在柳园里，为之抽思

慕恋蜷曲为徘徊之途，多岔却无分支
那个人在丛生的夷犹间赶路，怀中的舜华化为卷葹
大司命引他穿过漫长冬季而来，由坚冰行至流澌
将于风雨如晦的夜傍到达，忧喜参差

（操劳者）

此时要操劳于黍稷吗？彼曾饮雨之人
要俯身于旷远荒凉的大地，忘却自夜宴离场的诸神

烦劳缠绕在双手，忧愁灼在我的嘴唇
杂草在刈下时重生，而野花在焦虑间自焚
我沿被烦纡衔起之路归来，见嘒嘒在东之星辰
忆起曾于白蒿殷殷的拂晓，出自北门

欢欣还是忧郁呢，天色是明媚或阴沉
司命之女子总在我彷徨无止的路旁，仿若不可见闻
女人们化为熠耀之飞鸟，在黑眼睛中留下伤痕
我似迷失于周而复始的一梦，悬临于黄昏和清晨
失马得而复失化为苍狗，锦衣化为飞鹑
惟有神灵之酒宴上的余音回荡，其声淋渗
其时有飞廉之广袖与丰隆之剑舞，金觞中泛涌云纹
他在席上举杯与天神对答，才调无伦

徘徊者陷于无首循环之中，沿忧烦轮
杂务缠绕在双手，琐事拥堵于曾宴众神之灵魂
他若影子般着一身制服，淹没于人流熙攘的北门
已迁谪为操劳者了吗？彼曾饮雨之人

（采葡萄酿酒的女人）

我乘舟漂泊，于徘徊之河的右支流
沿途有拂过云影的风声，掩盖司命神隐约的歌喉
象群在苍老的光阴中迁徙，穿过黑夜般的眼眸
前路曾如多首大蛇般展开，如今纠缠佝偻
我将沿盘桓之水而去了，告别了少年时的漫游
那些采葡萄酿酒的女人，她们在岸边停留

并未在前进或回溯，而是被轮回的河道所囚
总有白蘋印在多忧的瞳孔，无论我前瞻或回头
哀歌在彷徨的轨迹上复生，比那个雨季里更加忧愁
那个头戴花冠的男子，他永在密云下夷犹

（化为影子的雎鸠）

蛇从雪中爬上双脚，盘桓三周
蹒跚者留下迂回的足印，若巨环渐收
大司命投影在干旱的荒原，于河道自衔之秋
歌将复苏了吗？阴晦中飞来化为影子的雎鸠
神灵们重现于遗址，此处是林之下、淇之上、河之洲
采葛与采萧的女子们又唱起：若已许久不见啊，灵修
在纷杂悠远的歧路上，又见王的群马与列驹
他已经离去或归来了，捧着满抔的烦忧

而手中空无一物啊，只有密若云痕的掌纹
在无休操持间加深，预示着多烦劳的生存
而我能为你而歌吗，密云中的雨之诸神？
夜宴是否要开场呢？天色如此阴沉

（密云下摩挲灵魂）

如盘桓之火现于阴晦，将野花蜿蜒而焚
我瞳中有已行与将赴之轨迹，衔成徘徊轮
或泣或笑吧，正如天象是熠耀或淋涔
那个隐藏于何处的女子，其形不可见、其声不可闻

诸马奔逝与复返，驯顺于司命神
而我在这将回到始初的一程里，从明媚行至阴沉
欢欣之酒饮过了，谁先觉地为酒杯刻上云纹
鲜花在遥远的故园里落尽，而凋零之音犹存

塑形体者亦塑造道路，如蛇尾留在大地的伤痕
惟沿之而行，身为忧欢、彷徨、操劳、生死之人
还可以有节日与歌舞吗？在那些祭祀神灵的良辰
那歌者站在密云阴翳之下，摩挲着灵魂

（释梦者：欢欣之女子被幽禁了）

夜色迷蒙而至，如大司命之转首
诸路若披散的长发般张开，而我在释梦者的门口
欢欣之女子被幽禁了，求婚者叩壁叩门、窥窗窥牖
或曾订约于滔滔之河上，却已愆期旷久
我徘徊一周又回到这多产葡萄之地，饮下渐薄之酒
天时已迫近那循环无止之冬季，惟有雪花不凋不朽
或曾想去那丘陵出自白云之处，一载中三度欲远走
而龟甲上皆晦蔽着似永不落雨之云纹，不置可否
（或似曾在诸花始发的时节，乘白马求取佳偶
脸庞在朝霞下仿若微醺，怀揣着似燃之琼玖
而几度在岁暮拖长长的哀歌归来，仍是空空的双手
司命神之所予总非所欲吧，十之八九）

荒草淹没蜿蜒自衔的野道，云影障蔽双目
我在跨踱之一瞬迷失，于狭促的天地间延伫
神灵们络绎擦身而过，在此忘却前路与归程之处
我伸手欲触及那虚影，忽攀指化为歌赋
（那求婚者迎着山火般绚丽的晚霞，载恋载慕
邂逅那执哀歌于背后的女子，似一见似故）

（白云染上忧烦）

白云染上忧烦了，云中人不能归去
或有宛如低吟的细雨，我与徘徊的那人偶遇
如绽放的花火，那一瞬的欢喜与忧郁
积水若蜿蜒的蛇尾，在渐暗的背影后延续

如化为影子的饮者，不再在悲欢中沉酣
失去了声音与姓名（车马与列驺），无咎无誉
或曾在歧路丛生的道口，遇陌生者问哀歌的格律
如此、如此，若谈起失马应如何驾御
那女子在路之幽深处拾梦，蜷曲而九衢
有落英沿她往复之迹滴下，化为瑾瑜
阴云张开了，若诸路伸出自那重重隐讳的结局
他去赴不知其期的约会，穿杜环间

白蒿在荒原上起伏，而命运在密云中蕴蓄
那支夜歌时而随风声响起，时而沉入幽圜
暴雨将至了，而迷途者（遗失花冠者）仍在此客寓
忆起那些白玉京上的宴饮，和与神灵的欢聚

（天上的城）

忧思者在地上仰望，看见天上的城
远在蔚蓝之中，彼处有肃穆与欢腾
而我在载喜载悲的异域，流亡于阴晴幻变的一程
饮过了欣欢之美酒，同烦忧络绎相逢
几度在风雨相加的渡口，对那些已逝与未曾
似忧、似欢、似梦、迷濛

女人们在哪里采蓍草啊，沿途有花紫藤
那个人与夜色遮面的小贩交谈，囊中有龟十朋
释梦者用失明的双手摩挲，那纹路若忧喜交横
我远来在郁郁蒿里留宿，践川上之盟
彼时曾欢聚、歌咏、舞雩，值春服新成
在归家之途中迷路，是时忧愁初萌

我曾纵马弹铗逐日，歌少年行
系马登楼而饮酒，一醉颠倒了晦明
而阴云在一梦间滚滚汇聚，鲜花滂沱而凋零
醒来已遗失名马与宝剑，出门便忘却姓名
这阴晦统御的天色，和欢腾之声的安宁
条条被彷徨衔起的歧路，和频频乔迁的爱情

我在云影深遮的路口，遇到那迷惘失路的神灵
他忧伤地向我问路，这徘徊则无休无停

如一支悲喜参差的旋律，被那司哀歌者继承
路一再向荒凉处倾仄，吉凶之预兆渐失衡
烦伤者立于高冈崔嵬之处，仰望到天上的城
如象、如歌、如梦、迷濛

（哀歌神的仪容）

你是否要到阴晦无雨之地，看哀歌神的仪容
诸梦如密云般悬临，白蒿一望蒙茸
巨大的兽身神灵在此徘徊，其形慁慁、其影茕茕
这里有无休反复的诸歌，化为茫茫哀鸿

远游者想去无忧无死之国，朝发轫而夕途穷
只能羡望着云霞间燃起的灯火，遥想天上的繁荣
夜歌如誓约般响起，爱马走失于罂粟花丛
那些转瞬即逝的欢悦，和夜色里幻影般的霓虹
他梦到那洪水之世的王，在大雨中化身为黄熊
雄壮地犁过大地泛滥的沟壑，如天神的浩歌般恢弘

我在繁花缤纷凋落之时，曾看到欢歌神的遗容
她将在某未知之时复生，如火燃起于白蒿之蒙茸
神灵们化为人形走来，与无目的大司命伴同
循环的哀歌上抽出新枝，如蜕皮的无首之龙
　（拾梦的女子载忧载冀，将朦胧的预感跟从
在灿焕的木槿花下，邂逅那男子重瞳）

（濯发女人今夕在哪里借宿）

花凋零于沿途，而雪落于我彷徨的山麓
如为祭奠之绽放，若有宛如伤逝之芳馥
揽衣仍觉寒冷，便饮下这冰觞雪盏中的醽醁
那个要去白云间的歌者啊，你为何在此延伫？
梨花之蓓蕾绽为白鸟，穿过被冰封的双目
寒衣者看见裹着哀歌的司命神，仿似一位旧故
河上应结冰了吧，或应回到那被流水截断之路
履霜而行，然而已践者却不可以回溯
忧伤如迷路的影子，在冰冷的灵魂里出入
那个濯发的女人啊，你今夕在哪里借宿？

何时乘白马启程啊，去白云自出之处
去天上之白玉京，那里有欢腾与肃穆
而命运寄于天象与物候，已显现又隐蔽了几度
沿途有女子此起彼伏的歌声，如诫如诉
或曾趋于桑中再逐于上宫，那佳期却一再愆误
却终要去赴夜色之约吧，或迟或速
我系马于柏树步入那夜宴，在日之暮
回看那徘徊无尽的忧烦者，皆如薤露

（若遇到化为扶苏的神明）

忧愁或欢喜若到来，徘徊者啊是否能辨认？
而仿若饮和甘若苦之酒，在我邂逅那神灵的一瞬
有花婆娑于半途，与风声那隐约的探问：
乘贲如皤如之马的旅人啊，你从哪里发轫？

若遇到化为扶苏的神明，采薇者是否能辨认？
他立于郁郁光影之间，傍着那晨生暮死的朝蕣
这欲弃还拾的欣喜啊，这采采不尽的忧闷
归路盘迂而陟降，恰与夷犹和忐忑相称
有雨云从未知处飘来，盘旋再随风远遁
交交起落的斑鸠啊，别食那紫桑葚

若未曾褰裳而涉，则不知水浅或水深
司命神有所赐与所褫，在途者是否能区分？
若他乘迤遭的皇驳之马，终到达群神毕至的黄昏
请将那黍稷醇酿之酒，在曾饮雨之觥内满斟

（哀歌破碎）

哀歌琐碎，不可以在荒年里给那庞然之神充饥
大蛇自食其尾，若那投水者留下的渐渐收拢之涟漪
回声荒凉四起，颓然地重复着已沉入大地的叹息
我在忧烦间站立，这是萧条的时期

神灵们化为贫瘠之蛇游去，酒宴上的欢声渐稀
只有苍老为影子的悲痛，在往复的盘路上幽栖
歌声陷入循环，密云下有徘徊之蹊
我行于这周而复始之途，不知朝暮、忧喜沾衣

在那些盘桓多歧的路口，会遇到迷路的彷徨歌姬
她们在采蘋、采薇或采葛，唱那人在零雨其濛间远羁
理水者在永恒的旱季归来，入于其宫、不见其妻
（涂山台桑，九尾庞庞、化为黄熊、死分竟地）
射日者游娱于阴云之下，入于其宫、不见其妻
（白云在天，丘陵自出、白蜺婴茀、斜月纯狐）

羁旅者在黑云之雄关下徘徊，而并无云梯
饮欢酹悲之灵魂于阴云之下，何日晞、何日晞
哀歌破碎而不死，不可以在荒歉之年充饥
大蛇自食其尾，这是萧条的时期

（多山的故国）

忧烦殷殷而生，沿着昔日鲜花之城的城郭
在那白蒿涌出墙垣之处，曾有姣服的神灵婆娑
大地久久地荒芜，滋生出哀歌贫乏而杂多
司命神曾赐这里以繁荣与欢乐，如今都已褫剥
云影迟滞地掠过，若晦暗的手在幽禁的一梦上摩挲
那个人乘骊自西郊而来，如那场遥远洪水的余波

当我在荒凉的远域羁旅，会忆起那多山的故国
那里有仙女们嫣然出没，身披着木莲和女萝
冬季会有祥瑞之大雪，女子们要将觞罍锜釜浣濯
诸神于岁末纷纭而至，是时举城共酌
而何载在积雪未消时履冰出行，沿着预言的曲折
歧路在每一个道口勃然张开，犹如九首的大蛇
那些睍睆而逝的飞鸟，和渐步入阴晦的抉择
这些密云不雨的岁月，而我有所失与所得

我在远行的第一个暮春，曾看到欢歌神的灵车
被缤纷的花瓣覆盖，驶入曾游娱和远望的山阿
阴云在余下的彷徨里统御，行程在无首之路上耽搁
光阴滑过空余烦忧的双手，而我有所思与所歌

（歌者在司命神的瞳孔）

转过野花明艳的楼角，有一间永远阴暗的宿舍
徘徊者的影子独居于此，哀歌神正在室中做客
沉默与问答，还有歌者之声对那盘桓叹息的应和
暗室中盘蜷的大蛇，和它伸出的诸首与饥饿
而那无影子者在啖悲愁之蛇化身的远路上，或陟或涉
它食一首哀歌便新生一头，路则多歧而狭仄
仍记得在坠入忧烦之轮回前，于入口处寻到的欢乐
时光则如循环的一梦般卷起，无论惊厥或转侧
那支歌肢解破碎而不死，自它迷离响起的一刻
我则被幽禁于司命神的一只瞳孔，如合拢之夜色

那女子在无云的一夜里，梦见了巨人之迹与惊蛰
雷声四次响起，若他逐日的一程中所持所珥的黄蛇
那硕人若饮金觞中流出的黄酒般，一口饮尽了黄河
化为黄熊、黄龙、过涂山的王，走过洪水之途的曲折

而歌者寄身于司命神的瞳孔，如夜鸟之窠
用视肉般食而更生的忧愁，饲那无尽生出新头的哀歌
它生长如欲逐亡羊之歧路，化为彷徨者百年的沉疴
那些逐日和理水的行程，都已久久地延搁

（有鸟为伯庸之子做媒）

忧思者延宕于云下，手中持蛇影暗涌的酒杯
总愧于尽欢，若有她阴郁的眼睛在背后偷窥
怎戴上这密云王冠呢，在夜宴中继承无首环行的忧悲
若在饮雨之诸神灵的拥簇下，半就半推

它走到哪里呢，或许在林之下、水之湄、山之隈
而歧路上又生歧路，亡羊不可追
那山城应已落雪了吧，冰河上有北国严寒的芳菲
而我何时能结束这彷徨，沿雪路而归

有鹝与雄鸠飞过啊，为伯庸之子做媒
各迷失于密云笼罩的国度，一去不回
欢欣的盛放和凋零啊，烦忧的萧疏与葳蕤
那支蜿蜒多首的哀歌，为何要将它跟随？
我今夕在哪里借宿，掀开那酿酒女子的罗帷
这里有转瞬即逝的欢悦，在此樽罍

（在舜帝的重瞳之中）

云愍愍而增殖，繁郁郁生满雨王的都邑
这里曾是舜帝的鲜花之城，如今王朝已更替
有两姣服之女子，沿残垣而刈、咏骊歌而刈
相背、相向、相遇、相离，若模拟着他徘徊之迹
神灵们曾饮过的金觥呢？那鹿鸣之歌已沉寂
曾饰金羁去白云间的骏马啊，它们在荒草间放逸

而我行于和故国同心的圆周上，司命神在那涟漪中隐匿
或曾在载忧载喜的半途遇雨，对神灵有所歌与所祭
白蒿淹没荒凉的原野，太阳在一日中三度被遮蔽
旅程中总要有这烦忧和云影吧，或疏或密
似曾在暮春的一梦中解下欢欣之酒囊，换来灵均的乐器
在初分的歧路上告别了吾师，荒置了六艺
预兆纷繁而生：有狐自濡其尾、有鸟垂其左翼
这彷徨似有所求，而亡羊不可追，失马亦不必

她何时初来这里呢，若受玄鸟之贻、若履巨人之迹
映入王的重瞳之中，一伴喜歌而采、一随挽歌而刈
若那支长歌的延伸与回环，忧喜在雨季和旱季的更替
你可曾到过鲜花之城，你可曾到过雨王的都邑？

（无名女子的歌喉）

戴花冠者欲去哪里啊，五城十二楼
曾有如云的神灵共行，却在歧路上若河之分流
他们闻一哀歌便忘一段归路，我则遇一路口便失一同俦
那些夜宴上的共饮者啊，今在哪里狂行、徘徊或停留？
而我独行于似去若还之路，在密云下的列国间周游
未找到去白玉京的入口，又遗失了骓骊和骅骝

这一程中采薜又拾梦，几度在徘徊花开处夷犹
那些宜笑复宜泣的俏颜啊，那些善睐亦善睨的眼眸
当解下鱼肠和纯钩贳酒，饮流觞中的喜乐与哀愁
那甘醴淡如水啊，苦酒烈且稠
在那些入梦或失眠的夜里，会若有无名女子的歌喉：
知否，知否，这滂沱彷徨、湿衣失马的根由
若遇水应如何渡过？浅则或涉或揭、深则或泳或泅
而忧悲切勿咏啊，欢欣不可求

若未曾自十二楼五城远走，则不必在薙上露晞时首丘
他会在岁末时赴那夜宴，再启程于积雪无痕的孟陬
神灵们立于路旁，手中有苍老的欢喜和烦忧
似在问：头戴花冠的歌者啊，你已徘徊了几周？
（你又再度经过这里啊，灵修）

（侠客行）

北风起时，你在何处悲歌、击筑、弹铗？
亦若在冰封的江面上吹雪，当身处于闹市的嘈杂
十步继之以千里，拂衣不染微瑕
何处有不平之事，将带霜刃渡寒水到达
浪游间的劣酒与薄酿，此路是泥泞或促狭
海上有长鲸和大鼋，阻滞欲荡寇立国的浮槎
常在深山间与猿狖相戏，那些竹梢与木末的对答
或邂逅车中之女子，颜如朝生暮死之蕣华

而被烦劳附形之人，出入若晨鸟与暮鸦
有所事、所担与所责，在佝偻的躯体上积压
有操持靡休靡盬埤益，烦忧随时日而递加
若问环身有多少琐事，恰同于黄河之沙
花开于麦田之垄隙，那女子宜室宜家
或将要刈楚与秣马，她正采藻、沤麻和浣纱
有狐拖繁繁之九尾，鸠飞起于幽幽之蒹葭
那无衣者乘辎而抱玉，在她门前徘徊了三匝

又忆起年少的漫游，曾系马于高树之枝桠
登凌霄之高楼饮酒，俯瞰芳菲满城之鲜花

神灵于酒酣时入欢宴，宣示福佑的已至与待发
谈起昨日在西郊的畋猎，那少年一发五靶
（他驾金鞍之白马于敌阵，白羽在咒壶中斜插
遇吐谷浑、呼延将、大单于，一箭三杀）

（云荫下的隐者）

忧欢之多首如分歧之蛇，绕身蜿蜒而缠
失马又自复于诸歌四起之地，如一场异路同归之盘桓
我往返一周只寻到这雪中篝火，抵御漫漫夜寒
见到那些曾相遇或错失的影子，沿雪路络绎而还
要休息还是继续那徘徊啊，我的安乐与忧烦
有童蒙正在林丛中婉转而歌，头戴着花环

已随水漂走啊，那曾共神灵畅游的楼船
还有其上婆娑而舞的丽影，那飞旋的霓裳与秀鬟
如送别无忧光阴的焰火，花皆在那一个时刻自燃
我看到少司命远去的背影，如草之蔓、如葛之覃
（穿过正轰然倾圮的宫殿，王登鹿台而自燔
那些未尽的醇酒与欢宴，化为无首的哀歌涅槃）

曾与那不见其面的隐者，在晦暗的云荫下交谈
他说起欢歌神的重生与再临，那如许的揣测和谣传
而我在亦去亦返的彷徨间，遇所执与所失皆惘然
那些若笑若叹的歌曲啊，这一路的寻欢与采蘩

（扶苏忽化为少年）

忧烦中的夜光之红酒，晦暗下的舜华之颜
有熠耀之鸟若欢歌之响起，转瞬在密云暗涌中深潜
我要寻奔逝于月圆之夜的白马，从上弦行至下弦
夜歌在风声里隐现，野花向荒草间蔓延
神灵在连续的三个黑夜造访，当我正浅梦或失眠
各指出相异而同归的旅程，这路途歧出而互衔
或问知否、知否，这食蘩饮杯、失马无归的根源
我则混淆了瞻望与回顾，见诸路若蛇纹般勾连

仍记得将远赴白云之时，那举城欢送的盛筵
我在离开鲜花之城的前夜，三度梦到了凯旋
而九驷之马一一地失散，为贳酒典质了盘郢与龙泉
阴云阻遏了来回的道路，前行和复返皆无期地迁延

遥忆起曾无忧的时日，白日漫漫、歌者闲闲
有浣纱与采莲的女子，可与之晤歌、晤语、晤言
她身携初酿之甘醴，我易之以新声之甘甜
她行于茏葱之山间，那扶苏忽化为少年

（履蘩者与云影）

如何履蘩而行呢，彼曾在天上饮雨的歌者
惟有白蛇之雪盏中的哀歌，可暂解灼喉之渴
神灵雨将自西自东而来呢？当歧路应如何取舍
我应回首或是前望呢？那些伤逝与烦忧间的两可

或欲为濯发的女子而歌，而她在桑中、林下或阳阿？
我去赴不知其期的约会，云影沿途密遮
未在晦暗的一程遇雨，见司命立于途、载佳丽一车
我张弧、脱弧、欲逐、欲去，在此梦间无尽地延搁
或者我左手有瑚琏与匕鬯，右手有干与戈
如昨日或祀或戎之回响，此夜有所颂与所歌

而纵无神灵的悲歌与欢宴，这里仍忧喜繁多
薤露或晞于转瞬，而曾倒映者永不可褫剥
此处有栖居者的操劳和节日，羁旅者的彷徨与婆娑
歌者若在葳蕤的悲欢间不辍，则终可如切如磋
似有关于王之归返的流言，在采葛的女子间传播：
他将在密云的拥簇下到来了，自彼西郭

（蛇纹之酒囊）

有忧烦繁生于此，难分辨是故有或新栽
而独饮者有死而又生的饥渴，将蛇纹之酒囊摩揩
若邂逅零露蔓草间的女子，并不知是幸是灾
她在阴影下嫣然而笑，有如木槿花开
那瞳子中燃起的欢喜，和释梦者遥指的悲哀
你为何要在此彷徨啊？司命之所差

逐日者耽搁于多忧的城中，遇一连三载的雾霾
有接踵的不速之客，有烦劳盈昼夜而密排
或欲去见宓妃、夏姬与南子，夜色中环闾穿社而来
视此寻路者仍然无衣，闻女歧善缝亦善裁
我曾有若九尾庞庞之群妃，在彼崔巍鹿台
却如鸟焚其巢而无归，空绕大火而徘徊
不记从何时起出走，留足印于白雪皑皑
对那些曾沉酩的悲欢，我有所忘与所怀

或云迁回处有徘徊花开，而延伫时可以揽茝
我将去云间、株林、蒿里，行程一日间三度更改
有女子远在离去归还的彼端，婆娑而行、闲闲而采
我牵白马而步近，她忽然化为暮霭

（宜笑女子乘着骊驹）

宜笑的女子将要远走，乘着一去不返的骊驹
（徘徊者将离开鲜花之城，踏上无首之路的盘迁）
我在柳花纷飞的酒肆为她送行，被骤雨淋湿了襟祛
（一程中歧路纷杂，而有释梦者的谶语为之前驱）
那些化为转瞬落英的欢悦，和化为绵延之蛇的唏嘘
离歌者将在这忧喜参差的一曲后，归于其居

沿途有殷殷的野花与荒草，若我的忧郁和欢愉
而去白云间之路则若雪中之蛇，在此盘桓无尽地蜷局
又忆起那贻我巧笑的少女，待我在林野、水畔和城隅
我去赴那些应时或失期的约会，穿过狭路或康衢
而夜幕总在那时落下吧，无论步履或疾或徐
我在这一路中得童仆与飞鸟，皆失之于桑榆

而那些在路口邂逅的神灵，和旅程中途的遇雨
并无人共行，而一行中有欢声与挽歌之伴侣
每逢岁末落雪的时节，会代列仙饮下杯中的桂醑
有宛如山气幻化的神女，可与之晤歌、晤言、晤语
双手不沾泥尘，常以白云间的远客自诩
我并非这忧烦中的居者，只是在多事的大地上羁旅

而雪飘自十二楼五城，不能还归于玉宇
酿酒之黍稷生于土地，非俯身不可以拾取
这一路上寻欢与揽辔，似有欢歌和哀歌如许
却如沿条条歧路徘徊，不过是周而复始的一曲

（徘徊花与谖草）

如姣服的神灵之婆娑，我曾在何处闻韶？
那里有鲜花粲然而生，我则乘白马终日嬉遨
在林荫的光影之间，传来阵阵无忧的童谣
少女们的倩影隐现，带着木李、木瓜、木桃
而忧烦者来此，携无首哀歌之格律和刈而又生的操劳
那些繁花、歌舞和欢笑，一一在阴云下遁逃
雨自阴晦的苍穹飘降，滋润哀愁的芄芄之苗
在那种花女人的屋前，涌出了环绕三匝的白茅
那雎鸠逐于其上的河水，在悲愁中三度涨潮
我将远离此地而去，系此五石之匏

或言王远去时化为半蛇，拖着哀歌之尾的绵邈
留下密云不雨的故国，和沦为释梦者的遗老
饮雨者频梦滂沱之夜宴，而残觞不可接、漏卮不可舀
雨滴于掌心，化为多歧之迷误和九首之烦扰
那曾清波涟涟之水干涸了，该到何处采蘋、采蘩与采藻？
女子们一连三夜梦到如晦之风雨，醒来见日出杲杲
或云在那徘徊花凋谢之地，七步内必有谖草
他曾如神明般立于彼处，于采英者归途的拐角

而远游者有徘徊无休之旅程，生于歧路之杂交
在一日间三度改道，赴桑中、城隅、阳阿之邀
却总已（晚至）改期，她已（离去于昨夜）另待于明朝
空有这些相贻或受赠，彤管（琼瑶）柔荑（芍药）握椒
这彷徨中有所获和所歌，正如沿途有蓣华和白蒿
我在韶华始发时发轫，于半途遇神灵雨潇潇
那长歌的轮回和继嗣，我曾自沉、揽月与登高
见众神如滚滚的阴云，将赴司雨之城的西郊

（甘醴与歌笑）

徘徊者在亦去亦返的路上，同盘桓的哀歌相邻
有迷途的神灵和失路之马，在此来去频频
司命的女子染上了捧心之沉疴，罕笑而多颦
有阳光总如惊艳暂短的花径，密云之影则无垠
寻欢总是徒然吧，若乘似幻影之驹马赴蜃景般的株林
她总濯发在那彷徨所缚之地，于我到达时化为飞禽
或者我本是白云上的远客，并非这忧烦间之住民
曾七度欲回故国而路尽，若大司命之七纵七擒

我曾在鲜花之城的故墟，见到王昔日的妃嫔
她们若一支破碎的挽歌，各自在河上采藻或采蘋
有流言关于戴花冠者的隐现，正迷途于歧路云云
而我在亡羊之路上来去，徘徊了三周仍未寻
而这里是荒凉君临之地，只有聊可充饥的荼堇
我操持、作歌、劳碌，在烦忧间夙兴晏寝
常忆起那流年彼端的欢宴，傍一树粲然花开的木槿
那未眠即逝的醉梦啊，那一去难再的纵饮

清溪上浣纱的少女啊，可愿为我洗这忧烦遍染的衣襟？
或别去弄污那清流吧，多愁者莫走近水滨

我乘着那白蒿缚蹄之马，穿行于叠复的歧路和迷津
闻哀声沿途四起，而欢歌神终不嗣音
若身边这芸芸的俗务，我染指便化为黄金
我愿买甘醴与歌笑啊，我愿赎无忧的光阴

（阴云下的鸧鹒）

寻欢者将赴何处？曾问路于山中人、云中君
其所指者则徘徊相衔，而我在溯洄溯游之迷津
河上有雎鸠之交绕，郊野有死鹿和死麇
王若邂逅寒风吹开罗帷的女子，将各自倾国与倾心
阴云下有鸧鹒之熠耀，或将刈楚、伐柞、析薪
或将以琼华、琼玖相赐，勿折沿途新绽之芳馨
神灵们亦现亦隐，在水湄、林下、山阴
我乘逐日逐影之马寻访，邀作黄昏之宴的嘉宾
这一程有所遇和所寻，王乔（娥皇）司雨（宓妃）灵均
尚未见西郊之诸神，且逸游逐东郭逡

而司命神将携贺礼而至，（于明年）不知其期
徘徊者则在迂回而迫近的路上，沿野花隐于荒草之蹊
烦扰缚于羁旅中渐生云纹之体，如着未浣之衣
或云女娲曾以多尘之土塑造，得芸芸之忧烦者绕膝
而纵然是欢欣贵如黄金的荒年，仍有诗歌可以充饥
那个歌者自沉又复生于北方之水中，至今长发未晞
欲在彷徨中问络绎而现的神灵，雨将自东或自西？
有预兆晦暗如云，在五楼十二城堆积

（在白云与丘陵彼方）

忧欢者可曾听过司雨神的歌？其声淋淋
当我在异乡陌生的街道遇雨，似听到神灵们的低吟
可否捎来五城十二楼之信，而遗失那话语者不知其所云
你们是否仍不死不老地宴饮，而独行者自何时起离群

当那熠耀的小鸟远逝，我曾张网系矰而未擒
而那携无尽繁衍之谶语的不速之客，于阴沉的午后来临
我欲逐那盘发如云的女子，随她夕宿洧盘、朝食株林
沿路以英琼瑶、九色马、鱼肠剑贳酒，于一日间赤贫
而仍有哀歌如九首之路，其上有阴郁的神灵芸芸
身为寻欢者啊，而一程中忧不可以避、欢不可以寻

那些自鲜花之城带出的美酒，此时是仍余或已尽？
我是否还能邂逅那善酿甘醴的女子，为我解忧与愠
却惟可徘徊于若诸环交扣的歧路上，无谓退进
在重重的三岔路口抉择，总是履大司命的足印
尘霾飘在这无所向的一程，如焚烧白玉京的灰烬
又想起了多年前的那次寻访，白云、丘陵、八骏

（阴云下的寻欢者）

密云逐彷徨者而运转，如被囚的巨兽群之影
或其本是共王出行的列仙和诸马，自何时起变形？
无忧者曾在白云下渡水而逝，湿衣濡尾、过涉灭顶
如今渐生云纹之躯已在晦暗中阴干，无谓阴晴

阴云下的寻欢者啊，是否嗜彼暮生朝死的爱情？
那些在何夕邂逅的佳人与粲者，和与欢悦偕逝的芳名
她们赠予的或乌或黯之秀发，会在转身时化为鸟翎
若春雪之善消融啊，若蕣华之易凋零
这是拾花为繁的羁旅，有若错失女子之言笑的鸟鸣
不知我是否仍能归去，所幸有徘徊的忧欢偕行
（那女子走在茏葱灿焕的山中，扶苏间荫蔽着神灵
她为采卷耳于拂晓出门，至傍晚顷筐未盈）

你可曾听过那锦衣少年的歌，在忧喜间回响与安宁
他行于那阴翳和晴曦之交界，一程中时晦时明
而道路在不远处分歧，有神灵们在云影下相迎
便走上那若哀歌盘转之路吧，自此将无休无停

（亡羊而逐的雪路）

我行于洛滨、林间与陌上，而那是谁家的丽姝？
亭亭立于彷徨之彼侧，隔绝我的凝望、哀叹与远呼
她在低吟浩歌间晞发濯发，手持谁人赠予的木梳
而忧欢在我延伫于此的一瞬，已三度繁盛与萧疏
或者忧愁惟可自饮吧，欢欣亦不可沾
而我自何时踏上这盘桓之路呢，远离那多花的故都

又至那白华凋于白玉京的节气吧，如这场徘徊之初
我在雪路上又遇到王迷途的群马和列骖，或瘏或痡
他们赠我以一饮思乡之酒，盛于那粘唇寒齿之觚
说起司雨者久未回到那多山之城，而饮雨之民何辜
（忆昔玉波上有姣如神明的男子，山有扶苏
他隐于林荫或云气之间，会于不期时踏歌而出）

神灵现于无首的路旁，（若非阴郁）一如我故乡的山麓
有采蘩和采英的女子经过，（于彷徨之彼侧）靡瞻靡顾
我欲寻被少司命带走的欢欣，在此亡羊而逐的歧路
有循环的忧欢之歌响起，恰如我的迷途和往复

（湘夫人之船　我曾有金觞、名马与所恋）

在江水倒映山城之芳菲时，我曾登上湘夫人之船
在如云的神灵中与她相识，穿过兰芷荪英之纷繁
那里有饮尽又斟满的甘醴和欢笑，无休延续的盛筵
有她在杯盏间隐现的丽影啊，和歌舞之间隙的交谈
我欲不经意问她所思与慕恋，而终未敢言
是时船上有盘绕的徘徊花开，灿焕欲燃

那宜笑宜泣的女子啊，晞发于阳阿、濯发在洧盘
我欲穿过迷蒙的晓雾与她相见，却愆期、迷路、推延
她永初离我姗姗迟到之地，在那些欢歌余绕的夜阑
而我总在徘徊而逐的中途，忘却了离去和归还
又忆起那如师如姊的女子，我曾与她约会于柳园
共泛舟于柔波之湖上，其水潺湲、其人婵媛
她教我轻置那些忧欢啊，而我未以为然
只今我在忘忧与寻欢的路上，载饥载寒

如忧烦若匪浣之衣，愿向江中遗余袂、余褋、余衫
如欢欣若花之九衢，愿寻之于阴云的彼端
而那些曾相遇的神灵和女子呢，我曾有醇酒与花冠
我曾有金觞、名马与所恋，只今惟有忧欢

（神灵在阴雨天）

神灵在阴雨天，集于灌、止于桑、栖于枎

在城市的喧嚣与雾气里，在路之隈、林荫下、水中坻

在北门与西郊的密云之下，在南苑一隅、在东门之池

在我多歧无首的徘徊中，在那些迷途和遇雨之时

在我乘马乘驹赴约的路上，而路无终无止

她应许、愆期与消逝，如司命神之所赐与所褫

我将同这些忧欢偕逝，惟有所歌不老不死

那些循环的悲吟和欢唱啊，我的拾梦与采蘩之女子

徘徊者的新娘

（诗于自沉之地再生）

诗于自沉之地再生，他在水之沚、江之氾、河之干
有神灵翼如而至（而逝）而在此，其音关关
再来这忧喜彷徨为歌之途吧，这一载你到得姗姗
白马已自复待于多岔的道口，阴云下饰其金鞍

仍记得曾食染霜之葡萄，饮下芨菪酒的一餐
我乘着如梦般逶迤的诸马，远离了故国的群山
（彼处曾有玉波之约聚，隐现九龙的云烟
那少年闲闲行于葱翠，神灵在扶苏之间）
若一个化为影子的旅人，忘却欢宴上诸醴之余甘
饮雨者般随大司命的背影，在密云下三度转弯
若一场斑驳光影间的徘徊，你已载歌来回了几番？
那些断首又丛生的歧路啊，和沿亡羊歧路的寻欢

（夜司命）

忧如蛇影隐于多蘩之小道，那独行者踽踽
司雨者曾盘桓于此处，密云下其迹不可履
夜风起伏于树影，萧疏间有神灵之低语
似又见那阴翳遮面的女子，远隔重重晦蔽的应许
而我是已至或未达呢，混淆于那停息或迫近的阴雨
彼曾在拂晓蹚过的河流，和遥约在七月初秋的婚娶
而白马化为圆月与骊驹，蛇化为歧路之栩栩
或这场诸影纷错的彷徨，不过是夜司命之一曲

（重遇）

忧烦如无目之雏蛇，攀上这未浣之襟裾
我则褰衣而渡河，有过涉者的残影为前驱
采那蔓蔓的谖草结环吧，穿起琼英、连城与瑶琚
或曾在新月下失却我白马，于黄昏时复得骊驹

而那喜唉哀歌的女子啊，似未如多雨时丰腴
我欲涉江与她相见，却迷失于如梦的芙蕖
或是这多白露的苍苇，遮蔽了去赴约之通衢
鲜花城的繁华已逝，而我在远方荒郊之一隅

不计这路尽又复始的一程，曾几度迷途与失驭
沿途有采蘩与拾梦之女子，可找到忧欢的端绪？
而那些若误入的盛筵呢，场场昼夜相接的沉酣
在飨祀神灵后的失语，和水滨或山麓的重遇

（丰年与荒岁）

有鸟如琼瑛或影子，往返于晴朗与阴晦
彼曾在河源隐现为歌的女子，你已经来此或尚未
或她总失约于迟至的巷里，而徘徊者亦有所会
那些半途的失路与遇雨，因寻马和拾梦的进退
到哪里觅酿酒的葡萄呢，言绕之于旧屋之背
而我已久久地失归，自失于白蒿之幽昧
有大司命与密云之投影，歧路若九尾之鬼魅
见神灵在晦明中隐蔽，失语不辨寤寐
而仍有可酹亦可饮之薄酒，忧喜在金觞之内
天象多晴明或阴雨，诗歌有丰年与荒岁

（烦忧上的词语）

夜光杯中的醇酒，芳草、剑与锦瑟
那自沉于怀月之水中的歌者，或会现于河之侧
有逶迤的皇驳之马，佩金羁穿行于夜色
若黑暗中美女的笑颜，或萧条荒岁里的逸乐
饮酒会引来神灵吗，似空灵如影子的远客
乃梦徘徊之忧喜，在所遇自燃为歌的一刻

若有忧伤的祭司采藻，沿多雨之国的内河
王则赴异域求其婚媾，彷徨三载而未得
有酒自金卮中涌出，流至荒远的彼方干涸
蘼萍上生出蔓草，再化为九衢之诸蛇
而夜路如哀歌之格律，可沿之寻密云之赜
我见到烦忧上的词语，仿若群星之皙皙

（神灵在河之洲）

有神灵翼如之盘旋，此次在河之洲
我与那遮蔽于影中之人邂逅，于荒年的三岔路口
列仙于雨季之后离彼夜宴，乘浮槎与扁舟
司命之女子则善纺织与留客，善酿诱我至一梦之醇酒
诸马遗失或复返，而徘徊者在忧欢相衔的圆周
若曾穿过繁花凋零之预兆，为婚媾从五楼十二城出走
若陷于喜宴之前夜的歧路，在趋避间无歇无休
经过幻影般采蘩的女子，生云纹于善塑哀歌的双手

而路被夜雾或荒草夹挟，神灵在密荫间隐蔽
旅程在每一支歌的折转处分歧，各有浩茫之彷徨相继
频频有阴云乔装的身影，出没于林间或道口的阴翳
问我哀歌的格律或绵延，忧悲那周而复始的更替
而寻欢者将如何徘徊，沿玄天上可闭亦可敞的罅隙
或饮雨会引来欢悦，而我在密云无尽悬临的旱季
诗如白蛇九尾九首的回环，如一串首尾相衔的梦呓
那些戴琼玖与花环的女子啊，她们在背影后躲避

如同要赴那白云悠远之处，驾着无辐之车的驱驰
而诸路忧伤地分歧与缠绕，如这无首之歌的格式

我有影子般盘桓的赤骥和盗骊，路若在邈远的往昔相识
而这是诸歌食尽欢欣之荒年，众马虺隤无物可饲
阴云将徘徊之疆域拓展，我将自逐于泊盘、阳阿、穷石？
而此国虚渺得不可顷圮，毋须待妹喜、妲己、褒姒
九首蛇在密云下蜕皮与交媾，关于哀歌的不死与生殖
歌者的长生与欢悦不在云间，在妖女的丹房与酒肆

而无论涔淋或不雨，我仍在寻葳蕤与扶苏间的列神
邀他们去重重预言所缚的喜宴，于明日或昨日的黄昏
曾几度解琼玖与琼琚贳酒，问路于那些云影遮面的女人
她们的谶语则化为游蛇与卷葹，在幽暗的歧路上延伸
或言众仙锁在霓裳所环的华梦，而灵均神是沉没之漪沦
我则在夜色中忘却所访与所归，迷途于亡魂兽影之侁侁
无论言语绵延而逝或回环为歌，所觅者皆罔闻
只有徘徊之途又一次收拢，每当夜歌循环的时分

而彷徨永不触及鸧鹒于飞之时，无论我前趋或回溯
这一个昼夜在阴云下周而复始，只是愈发短促
天地之声的四起与重叠，渐成为一首哀歌之反复
徘徊终将收拢为一人茕茕之旋舞，共彼化为绦带的歧路
神灵雨飘落于浅寐和惊觉之间隙，忧烦或欢乐者的荒墓
我则会在雨中寻到失马，在环绕着鲜花之城的山麓
或想稍离这密云逶迤的一程，觅那些善酿美酒的惑妇
她们远在蒙山、有苏与褒国，寻欢者啊向何处借宿？

在那些赴约或自往的梦里，那些因愆期或迷途的困顿

一如我乘赉如旛如之白马求取，却失时失路于阴沉
我不知她所在、所如和所唤，惟以空泛的哀歌询问
或曾燃华发灼烧那龟甲，现出女子们重重交叠的掌纹
她舞于鹿台、浴于华清、笑于骊山，被不死的密云所困
司命神则周而复始地迫近与远离，悬置诸雨之淋涔
无论我在喜宴的前夜或明朝，骊驹化为皇驳之马的一瞬
终不能出离这永不到时之徘徊，沿忧烦寻欢之轮

那些阴翳下陌生者之问路，和徘徊者以夜歌的应答
那些化为纠蜷之岔路的谶语，和未赋型的预兆之积压
如一条自环的大河在旱季中濒死，此路无尽却愈发促狭
若曾有女子在此拾英与采蘩，尽在哀歌循环中化为暮鸦
她们在玄鸟之台或履迹之野，在白云之出处不可亲狎
求婚者曾有九色之诸马，共列驷浩荡从鲜花城出发
而彷徨成环仅在司命神之旋踵，已至或未达皆不可觉察
忧欢中只见封狐与雄虺，九尾九首如歧路之交叉

而所谓徘徊在一日间三度折转，如我得而复失之鞶带
诸马如玉环崩碎溅落的琼英，遗失于离离蔓延之草莱
仿若曾共神灵宴饮于霓裳旋舞之一梦，而那欢愉难再
只余化为夜歌之暗影的遗恨，绕彼灿然而焚之鹿台
逐忧欢者沿九首蛰伏之路远行，忘却悲喜与诸歌之所在
盘桓登可扪云纹之高岗饮酒，却无宜笑或善舞者可永怀
若在河上曾见或将逢那左右而行的女子，采参差荇菜
求之或避离只在一多岔仍循环的路上，连缀已至与未来

当密云现出诸蛇交缠的预兆时，那未至者在何处漫游
忧烦轮上的御者一日三度忆起所往，寻欢、长生、婚媾
如一场永盘纡不至的往复，从九歌之鹿台到十二城五楼
途中未舍饮欢笑者所酿之美酒，却尽从云纹杯觞间遗漏
仿若在山之阿见神灵、鬼魅或女子，袅娜着九尾之裘
在我追及时化为冥冥风雨，若在蒿里以夜歌相诱
而那窈窕亦宜室的采荇之人啊，沿河水且芼且流
你已经或尚未在司命神翼如变化时，与那徘徊者邂逅？

又忆起当我未离鲜花之城时，那些皓齿善笑的少女
她们如今在无休的彷徨间隐现，若诸路在荒草间断续
那些化为白云或蝃蝀的相待，关于长生与欢愉之应许
阴晦间忧烦与寻欢者的驱驰，在每一度相即时远去
总似曾或若将于徘徊旋为一喜宴时，见神灵熠耀其羽
那少年御赉如蟠如之白马远行，多年后与乘皇驳者相遇
而彼翼如者在河之洲盘旋，其上有密云不雨
徘徊者见远离与归返之幻化，如其所歌之旋律

（筑室）

徘徊者筑室于这里，告别了诸鸟和支流
告别了那些若由神灵指引，关于蔓草和阴云的邂逅
告别了如梦般多歧的夜路，若初到或复返的漫游
迷途中朦胧晦蔽的谶语，和荒野上浩瀚开敞之星宿
结束了沿路哀歌的采集，定居处有可耕作的忧愁
伴那个宜笑复宜室的影子，换上了粗衣的王后
停息了黄昏欢宴的余响，收起缭绕余响之觥筹
在白壁之新居中静卧，忘却了曾所寻与所候

彷徨收拢了，他失去了牡牛与金雨的变化
不必再以虚泊的形体，烦扰于诸歌错杂的路岔
马已在此或永离了，不再失归于歧途、林间、月下
我亦无须赴那永悬置的株林，乘幻影般驱驰之车驾
神灵们如所邀般到来，在此（彼）一再演历的孟夏
而河水将在这里停流，如我不再生长之长发
宜家者操持于忧烦，惟有她能出离那锁闭之刹那
葡萄藤则会如所见般蔓延，沿着屋后那搭好的木架

（采杜若的女子）

采杜若的女子啊，你要为谁编花冠
可曾见到搁浅在芦花间，我的三桅船？
其上有郁金香美酒，我已来去醉醒了几番
在蒹葭中起舞再沉眠，沾一身零露浽浽
而你在水中持兰茝啊，我是否来得姗姗
只能在江风里遥望，隔一弯流水之潺潺
应有神灵曾在此轻歌，我拾到她捐遗的衣衫
而容与之时已过，空有这荒忽之波澜
你看汜上多生白蒿啊，水畔多有白蘋
或言那故国多花，而我再不能归还

（阴雨国的陌生人）

忧郁或欢悦之歌，葡萄藤那葳蕤之蔓延
当那少女正嫣然而笑，我在鲜花缭乱的门前
神灵在芳菲之间，有采英和曼舞者闲闲
那时我不喜饮酒，常饮玎珰过家门的甘泉

而甘泉如何流逝，葡萄藤怎样地蜿蜒
你可认得沿落英之蹊出走，乘金络之白马那少年？
而金络马易失易亡，花蹊同荒径相连
羁旅者难禁酌金觞，一饮便忘却了故园

忽忆起童年的嬉戏，曾偶遇那陌生人于泉源
问我入鲜花之城的路径，操着阴雨之国的方言
他答谢以诸歌的幼雏，以及遗忘此相遇之昼眠
将徘徊植入我一梦，同此刻的歧路互衔

复忆及初行时的暮夏那白马骊驹之盘桓
我啜一口怀中的芳醴似未如昨日之甘甜
哼着悲喜尚空泛之歌略有些忧烦
当第一片雪花未落时尚可以回还

（白蜺婴茀）

如曾去白云彼方，寻得不能固藏之馈赠
彼时我有王冠与八骏，遇神灵于餐曦沐雨之一程
那些在途或方归的宴饮，甘醴尽倾还剩
有仙人驾灵鸟萃集，彼时我在鲜花之城
而她化作晓雾与白蜺，仿若来置换这欢愉的一梦
我在酣醉中闻夜歌而起，忽与烦忧相逢

如曾孤身乘白马出走，变卖那纯金之鞍镫
在曙色里见水中的神灵，身披木兰与杜衡
徘徊间又从故国途经，彼处曾有诸花之繁盛
只今江上惟白蘋郁郁，山间惟白蒿芄芄
如曾误入酿酒女子的闺房，饮于婀娜柔腻之陶瓮
彼时我有欢欣和荣华，一笑间倾囊而赠

（无欢　徘徊者乃梦）

忧烦者向何处去啊，若被荒草之绵延指引
或这是寂寞无歌的一程，惟在车中置一束木槿
路分支向涂山、株林、蒿里，各有司命神之影潜隐
卜曰将遇雨于半途，而云如永冥冥悬置的应允
或沿路有宛如影子的女人，赠我貌似甘甜之茶堇
载虚渺的歌声出没，令我废寝
而惟有无可附着的怀思与伤逝，未在盘桓中消泯
惟有穿过萧疏之风可以晤言，其声凛凛
或饮酒会引开那愁闷，而明月与只影不解饮
昨日的欢悦不解饮，明日的忧烦不解饮

在那些失眠或浅寐之时，会有神灵之遗音
若我仍在多花的故国，而他们在田间、水畔、山阴
那些着春服的舞雩和歌咏，归家时路旁的芳馨
遥见那左右采荇的女子，在彼清流回绕之水滨
而我已在多年前出走，于渡水时浸湿了衣襟
携着那尽化为苦酿的甘醴，告别了再未曾寻及的欢欣
那些与濯发晞发者的约会，在无数愆期或误时的迷津
或我曾欲在日落前归返，却沿歧路迂回至今
惟有在异乡的阴云下辗转，乃梦秣马与伐薪

乃梦那乘马选遭之一路，乃梦徘徊者之婚姻

似曾在彷徨失归的路上，共金觞与病马登临
见远路若诸环之交扣，如云纹上谶语之所云
在荒草间有舜华和美酒，在我欲求亡马之深林
当举杯时此影可对饮，起舞处诸影可成群
而月光穿过云层与树影，穿过徘徊弥漫的歌吟
照那忧烦者在疏明间独卧，并未有所失与所寻

（她覆面于云阴之下）

鸟若从雨霁处而来，有绚如虹霓之羽
在河上旋舞三周，若摹拟我盘桓无休之羁旅
而我似被密云之纹所缚，见歧路若重重迭进之谜语
或应勒缰向故国归复，而此马乃司命神之所予
似曾饮之以涓涓甘泉，再饲之以九色之芳稃
乘之沿繁花之路出行，欲将白云间的公主迎娶
而它在每一个路口处识途，若随一支多哀的歌曲
载我往复于旸谷和阆风，而彼徘徊之途无女

而总有似相识的身影，现于所经的每一处路岔
我似已朝夕兼程了数载，而沿途并未曾变化
或她对暮色般复返的牛羊，在夕阳所归的篱栅
或她从粼粼的水波间升起，任浪花打湿了罗袜
那些相隔一水的问答，她覆面于云阴之下
或我欲渡河而亲狎，她则消逝于踟蹰之一霎

（木兰）

女子在水中沚，搴其木兰
凭彼含睇之华貌，可愿登此桂棹兰枻之船？
若有襁衣之未浣，可捐于江中醴浦若忧烦
我亦有所思与所慕，其在阳阿或洧盘
请观此霓裳之翩舞，莫去望流水之潺潺
请饮此忘家之醇酒，莫顾念在日暮前归还
请秉此九焰之华烛，请佩此夜光之玉环
请行此多隅之曲径，如彼环间穿社之盘桓
莫疑薤露之易晞，莫惑于此刻之溥溥
请尽欢迨北风之未至，霜雪未沾染秀鬟
莫如我空余一幻影，仍寻欢乘虚泊之楼船
问彼方那宜笑的女子，可否相赠以木兰？

（洪波间扬灵）

持桂棹与荪桡者将赴何地，在洪波间扬灵
或极目处惟有此孤帆与阴云，仍若与哀歌神共行
只有雪在每一个岁暮飘降，若不朽者自五楼十二城凋零
而若非有波光之微漾，则不知此舟是仍漂或已停
一如多年前浪游至渡口迷津的午后，天色阴郁亦光明
我在方欲登船时遇到那先知，若被未来的饥馑所赋形
他以那密布云纹之手遥指，用尚未开敞的隐喻相迎
依稀其所言者正如今日之所歌，而所歌者则无名
或我被自吟的哀歌所缚，受此放逐于流水之刑
惟共彼未遇的长鲸、巨屃和仙山游荡，在此淼淼沧溟

（校园与歌厅）

如有神灵隐于树影，或野猫在草丛间的窥视
当我在入夜的校园中漫步，在那些寂寞或烦忧之时
那些无意间听到的低语，关于离合与忧欢的约誓
和那忽响起于缥缈处的歌声，载着不可辨识之歌词
在那些起雾或落雨的时刻，会邂逅因未来者而生的伤逝
有哀歌如预言般环绕，许诺那忧悲者将到来得稍迟
或我曾悄然跟随女子，在她们消失的转角处久俟
想看那被背影遮起的容颜，可曾在梦思里相识
而彼时只有雪皇后未曾失约，总过早地履初霜而至
那歌者着冬装在积雪之上，若将徘徊之迹初植

而那将上行的电梯稍等啊，容我像贫乏的影子般挤入
（忧烦寻欢者御虺隤之诸马，将陟白云所生之高处）
帮我按歌厅所在的顶楼，在这星期二打折的下午
（或言其上有神女之晤歌，于彼烟霞袅娜之上古）
我穿过喧哗交杂相续的窄廊，几度在晦暗中停驻
（却在密云下几经盘桓，犹疑于繁如九歌之歧路）
似听到了那楼角女子的歌声，茫然若有所瞩
（它们源自洧盘、穷石和洛滨，蜿蜒不知所属）

（司命与妇人）

忧烦者在忧愁左右繁生之地，中心如醒
瞻顾惟荒丛满目，其仍在司命神化为妇人走过的田埂
若出入于蜃景般的桑中，今我在恍若失魂之归程
若在严冬的梦中饮于柳香之酒肆，惟醒时觉唇寒齿冷
彼仍期于洛浦与高唐，而我则迷路于濛雨间的已至与未曾
而你正濯发晞发而康娱，还是望兰苣荫松柏以等？
若远在那白云缥缈的彼方，又若在徘徊间覆面相逢
我欲以芍药、佩玖与欢歌相赠，双手间惟白蒿满捧
忆昔那戴花冠者乘桂棹兰旌之船，随清流出鲜花之城
迷雾间听到那鸟身之诸女子的歌声，或言是谓灾眚

寻欢者未得其所寻啊，纵然经过重间环巷之曲折
如阴暗间之觐晤未可以解忧，漏舫中之醇酒不可以解渴
恍如在十日并出的旱季，饮马者面对被白石肢解的诸河
亦如迷途者往返于九首互衔的歧路，那些晦然无差的两可
若一场循密云之纹的往返与进退，司命神所御的离合
曾经那戴花环旋转而歌的童蒙啊，今已为徘徊者

（梦之重间）

拾梦者在水滨、路口、高楼，天象三度变换
有或颦或笑的女人显现或隐蔽，仿若歌之续断
如幻的玄黄之马驮烦忧而过，状如鱼贯
或我应出离这彷徨环围的一梦，而此夜未旦

（彼歌者有长发之未理，身着长衫之未浣
在晦暗中登高台饮酒，而诸歧路不堪鸟瞰
有密云在极目处翻涌，这沉疴乃百年前所患
有悲风动颤颤之危楼，惟举觞之枯手不可撼）

（若王御九骊九驳出行，皆饰金羁金络之灿焕
从满城芳菲间穿过，未觉察第一片凋零之花瓣
或其在有施有苏之所取，将化为霓裳羽衣之乱
当其在第一度临歧时右转，将自此同阴云相伴）

（那少年曾浪游于河上，其歌闲闲、其流泛泛
彼时的玩伴皆不可复得，惟有白蘋繁生于两岸
他于霜降时见水中的女子，不知其所名与所唤
我要渡过那条河啊，迨冰之未泮）

（杯中云纹）

如徘徊之途在瞳中倒影，那锦鳞之蛇首尾交合
我似盘转一周又回到阴云下多枯兰之地，仍临歧而歌
仍独立于哀歌始生于芦丛处，饮马于寒水泠泠之白河
看到那多忧者在水中之苍影，其后有失修断辋之车
仍是那白昼间晦暗的天色，只是密云若愈发巍峨
那少年化为忧烦者复来，带着远游仍未愈的沉疴
你可曾去蒙山或洛水，经过那桑中之衢的曲折
一路上或褰或泳而渡河，复晞淋淋魂魄于阳阿？
你可曾解琼英或佩玖而赠，尽欢于蔓草林下之所得
或陷于迭复的迷途而未至，将那约期无尽地耽搁

似曾在路旁解金缕衣贳酒，请善睐者将醇酿满斟
若有寒风从未至处吹起，似相识于杯中泛起的云纹
那些以金络金羁的沽取，那些饮尽又接续的壶樽
一醉间诸马奔亡与自复，而我在忧烦寻欢之轮
若有神灵在酒肆前久伫，欲引我至徘徊所旋拢之黄昏
我则在欲行时为骤雨所困，梦中闻其音淋渗

（杀蜥蜴的男孩儿）

一骑还而复去，沿徘徊相衔的诸衢

似曾赴白云所出之处，将那不能固藏者求取

却永在她乍离时迟至，无论一路间匆促或安徐

无论若乘风从群山间飞掠，还是受阻于绵绵之阴雨

或欲沿路换握椒、归荑或木李，以手中这千金之瑾瑜

却不知其所来、所往与所思，徒默对载笑载言之诸女

或她正采荇、采蘩而归，留背影于桃花隐隐之门间

或又现于我辗转不寐的月下，婆娑绕宛丘之栩

或她在水之沿岸、彼侧或中央，在曲流处花开的一隅

而河上覆轻如薄翼之冰霜，不知其可涉或可履

我曾有九驷、宝剑与王冠，在鹿台与夏宫之渠渠

却在那宴请神灵的一夜，饮尽了甘醴、醇酿与芳醑

莽草生于流亡的野道，如未幻化为哀歌的盈余

今我有烦忧、彷徨与永怀，乃密云下的司命之所予

如少女们戴花环而远去，带走曾覆手即可得的欢愉

那个杀蜥蜴的男孩儿啊，今他在多忧复寻欢之旅

（未济者）

如翼如者在寒霜上的投影，穿行于晓雾之苍茫
那苍白如幻者履冰而返，在彼晨曦初临之河上
如一支延长三倍的夜歌，回应上宫、穷石与株野的彷徨
如寻欢者在识途和迷失的梦里，穿过的晦暗多曲之小巷
她们欢笑与哭泣在何处啊，或云：沫之乡可以采唐
我则在重重的期许、愆期与易地间，辗转于驱驰和延宕
如在一条条断颈又生诸首的远路上，逐彼失马或亡羊
它则将在变形后永离、消隐或自复，如我对所寻之遗忘
仿若曾在雄狐濡尾的水边，窥见那嫣然者之隐藏
三度在洛浦、林中、骊山，饮下摘王冠所贯之陈酿
而神灵在欲去时化为飞鸟，自彼水中、苞桑、山梁
徘徊者仍若有所赴却踟躇，一如那舟子之所唱

女子们仍婆娑于东门或宛丘，还是远在异国之回廊
是仍被这起伏的忧欢所绕，或已各赴此歌不至的彼方
若茫然在琼玖散于荒草之路，身携被云纹所缚的酒囊
或言惟有司雨之神灵可解，共彼密云不雨之穹苍
而列仙在浅浅一弯的彼侧，环绕她旋舞之霓裳
不可泛舟泛流或泅渡，不可褰衣褰裳或履霜

（渡水者）

如有伊人在水之彼侧或中央，一顾再顾而相邀
相望者则不可稍远离或迫近，沿这徘徊而衔之河道
或欲或厉或方或悬匏，应那舞袖之所引与所招
或云多忧者莫走近水滨，莫在灵均寄魂处自照
若有舟子往还三度而来，御彼泠泠成环之波涛
若登船则勿听其所吟，莫于失神间接过那桂棹
临幽邃处切忌俯身，莫拾漂来的彤管、木桃、握椒
不可看扬灵者在目下的倒影，亦不可向苍苇间远眺
有群鸟如熠耀之逝影啊，有花遥遥凌霄
我有所怀、所忧与所愠，惟此水之神灵以告
阴云在有思时拢聚，其上有密纹相交
我有金樽、玉碗与好爵，可静待风雨之将到
我亦有善歌亦善舞之二妃，其名曰淋淋与潇潇
饮雨者若衔觞在扁舟醉卧，请君莫笑

（西东合歌）

如诸歌九首浩然而成环，则不可分辨开敞者之始末
载歌者忧烦、祭祀与逐欢，踽踽沿此轮回无止之长河
若对岸有蘼芜、卷耳、荇菜，有少女或妇人采采不辍
如光阴间叠复交错的诸影，隐现随阴云之舒卷与聚合
似曾化为雄牛、金雨与天鹅，三度从积水的暗巷中穿过
那女子则在回忆或预知的梦里，见到了环转如歌的大蛇
赴约者在去蒙山或洛水的路上，犹疑于九歌之四起与静默
往返于应许与拒绝间的两可，在濯发与晞发之地转折
而她在触及时化作月桂与河水，在飞旋之共舞间化为风箨
当我欲去之时复现于薄暮，无论泅渡或涉水仍有一水相隔
遥忆昔日三位造访的神灵，关于王位、荣耀或女人的许诺
那少年手持金苹果踟蹰，一如多年后临三岔路口的抉择
那些歧路上走失的绿耳与渠黄，和一掷沽酒的金鞍与金络
曾御九乘而出的十二楼五城，和在乌云拥簇间紧锁的闾阖
再未见潺淋雨中显形的诸女，和洪水间英发的湘灵与海若
只有逐日却失之于密云的旱季，见雨王之诸子日渐干涸
再未有北方佳人在骊山之一笑，惟有野花与诸蛇爬满王座
不可于白云和丘陵间不死，化为多忧的歌者在尘土中迁谪
似仍在林中的古堡寻那新娘，当夜歌之迭起时可知日落

不得见楼上名莴苣的公主，盘桓绕她剪去长发幽居的高阁
若有神灵与女子已逝或未逢，交叠于诸路构此徘徊之魂魄
寻欢者前视惟忧而回顾徒怀，彷徨而觅、而歌、而无所得

（堕入徘徊）

如曾在矮墙边见到那若有所待的女子，其目层波
或我欲在路边采徘徊花相赠，却徘徊而无所获
她现于城隅、林下和水滨，在东门的白榆和白杨下婆娑
我则迷茫于所归与所往，为繁复的丽影所惑
那些赴桑中与淇上的约会，若曾与不相识的女人成说
却自失于彼吞食远眺之浓雾，与她们晦蔽的容颜相若
只有关于其已去穷石或株野云云，在交叠的歧路上传播
我向身边乘马求婚媾的诸影问路，他们则报之以静默
或者我并未迷途，只是愈发遥远地盘桓于故园之城郭
在每一个似可抉择的路口右转，沿巨环既成之轮廓
似在寻散落于荒草间的琼瑰，这一程欢乐少来忧烦多
得那哀歌已满载满怀复绕身，而欢声不盈一握
如同昨日的锦衣已陈旧，而此服可着不可脱
我要在彷徨中再见到那女子啊，迨桑之未落

我在阴云欲泣的仲夏下午，匆匆赶到司命神的赌桌
大司雨与我接踵而至，在淋漓声中于西首落座
庄家手持命数交对的骰子，用暗藏云纹的双手摩挲
我本应有王冠、所恋与欢欣，若非在昨日的末局押错

如曾从楼上看到那婷婷而立的女子，遥遥若有所待
我则在晦暗多曲的楼梯间迷途，混淆了所忧与所怀
不知外面之白昼、黑夜、时间，不知她已离或仍在
只有在无尽的螺旋中逐阶而下，如堕入徘徊

（徘徊之罅）

你在那黄昏待我吗？当司晨栖于木栅
见途人皆畏彼阴云而早返，而阴雨仍迁延未下
或你能看到那将至与欲来，持鹭羽无冬无夏
见远人将乘白马归来，于光阴首尾相衔之一霎
是否往日适可绕颈之秀鬟，今已为及踝之长发
可曾梦双手从背后挽起云鬟，而你并未回首或疑讶
可有为那失归者酿酒吗，当葡萄缀满故乡之藤架
而他在醇香所不至的远方，于金觞上刻一道裂罅
或云：请随这招招之歌归返，此处有邃宇和突厦
莫在烈日下冰雪间流连，亦无须夷犹于路岔
我在无数次途经的路口，忽见有神灵背行迎迓
见那皎皎自复的失马，在此歌将尽而未环之刹那

（金急雨淋湿花冠）

有灌木结灿焕之琼瑰，其上乃熠耀者所萃
锦衣者循芳菲之迷途，沿路有翠叶葳蕤
如失驭于野花烂漫之山中，在何处失我骓骖
或与那霞间女子在薄暮邂逅，赠之以上镶琼英之马棰
那些御九色之马的寻访，和将赴繁花庐与盛夏宫之约会
怀中那采来欲献礼的芍药，今已枯萎又重觅了几回
或曾沿婉转之一水漫步，拾到漂来的裸衫与衣袂
恍惚嗅那尚余的芳香，徙倚沿帝子曾逍遥之水湄
金卮中有滤清流所酿之醇酒，思及云中佳人欲饮还醉
或她偶投影于芳洲与兰沚，相隔于我的溯游和溯洄
而那些嫣然的濯发神灵呢，和被她们藏起的将来与尚未
旋舞于东门、西郊、北里，徘徊者不可相背或相随
忆昔那载歌于花间的驱驰，半途中饮下金急雨之酣醉
那少年被淋湿花冠与秀发，遂避入她如梦之罗帏

（宛如倒影的男子）

你可曾到过甘醴泛波的水滨，其上有神灵莘莘
我似曾在琴瑟之声中饮马，在那永已逝或未来的黄昏
仿若盘桓于永不到时的一瞬，与那覆面女子仅一水相分
在河滨为泳之舟之而疑惑，因不知所临者之浅深
或在褰衣时遇那宛如倒影的男子，身佩木兰、白芷、芳荪
于水没至足踝、腰际、颈下时三度出现，芯芯芬芬
他问我羁旅中可见到那女人，鬖发如云人面蛇身
她可否又吞下玄鸟所遗之哀歌，因阴云之低抑而有娠
我仿似记得那须臾九变的容颜，其后有逶迤九尾紧跟
如分歧的诸路各自延伸，我则茫然而靡所臻

（若神灵已至而不显，有交交者集于柞、集于桑、集于榛
云纹隐隐浮现，在尚空的兕觥、铜爵、金樽
是否这远游不逾一场浅寐，当醒来时欲饮者尚温
你可见到那徘徊者的新娘，你可要致贺她的新婚？）

（须臾改容之女子）

神灵在阴雨天，化为那些羽毛晦暗的飞禽
若能听到那永尚未相识之女子的歌声，涔涔淋淋
她在芳洲（门后）兰汀（走廊）水渚（拐角），似远若邻
在窅寐的罅隙和两端隐现，亦若一串迷离四起的歌吟
我在一瞬间三次察觉其所在，身着如雨如水的长裙
那些在匏叶和蒹葭间的犹豫啊，那些溯洄溯游的追寻

如约期迁延于雨天，她未在洛浦与蘅皋降临
当我待于濛濛之北渚时，她正在南涧之滨采蘋
那些在积水下互衔的道路，和向迷途已久者的相询
那些在蔓草和朴樕间的邂逅，和遮住她们容颜的阴云
我九度遇到那须臾改容之女，若迷失于群女出桑之密林
不知怎在这阴翳和隔隰间识路，茫然持六辔如琴

（泅渡而至的湘君）

忧歌者有望或有怀，徙倚于白蘋殷殷
你可否见到那女子，凌波在洛川、醴浦、汉滨？
她舞姿下有蹁跹之双影，所歌处有四起之回音
容颜随每日之朝雾变幻，所恋在暮霭沉落时更新
你不可褰衣悬匏而相求，切莫被倒影攀上你衣襟
不可上那忧烦舟子的渡船，别待于逝水涣涣的迷津
莫投琼华寄流水相赠，其将被大蛇吞噬于江心
亦莫采垂露的蒹葭饲马，彼将忘却故国之芳馨
而帝子若在月光中有待，待那失约于此夜的嘉宾
可否趁此夜云之有蔽，乔装成泅渡而至的湘君？
而水波忽循环而难进，其上有密云阴阴
或我曾有甘醴之未饮，今只有寻寻渐远的欢欣

（忧欢者　若醒若濡）

忧烦者自何时起周游雨之诸国，远离五城十二楼的国都
可曾找到那暮色中的新娘，于茫远的有施、有褒、有苏
她若在迷濛歧路的彼端笑与歌舞，意密体疏
我则在无尽的彷徨中未能相近，直至诸影尽痛
或其早已随受诒的凤皇而去吧，我则有失而复得的明珠
遥望见那着桓桓金鳞的侧影，在明光下执戟或执殳
或你暗藏于路边柳花飘香的小店，我在一日间饮酒千觚
摘下了王冠、名剑与姓名，愿待宜笑的佳人而沽
而那曾见于骊山鹿台的倾国者啊，你已随天命几度进出
那其羽焕然如云髻的飞鸟啊，此次栖落于谁之屋

逐欢悦者携何物出走啊，琼英、金觞与恋慕
从诸花未绽的城中朝发，欲至上宫、穷石或宛丘夕宿
那些似蛇尾勾连起的九衢，和若遗留她体香的小路
那显现于对岸蒹葭中的幻影，和舟子以云影遮面的引渡
在水中交织的暗波和云纹，风声里有溺水魂灵之泣诉
其言：你将陷于无休无得之徘徊，一如我在幽暗里延伫
远山间有绚然隐现的虹霓，和宛如她旋转舞姿的云雾
我欲以密云冠、寒雪裘、履冰马易之，卒无禄
密云下自何时有带来神谕的鸟群，从十二只至不计其数

神灵则现于荒凉无人的路口，在每一个雷电蜿蜒的薄暮
其预言我将与那盛鬋嬉光的女子，在桑中株林会晤
我则迷失于无首环迁的歧路间，不知何处

你可听到那女子关于云和司雨神的歌，当在阴天迷途
她曾在那熠耀的一日乘皇驳之马来此，身着新娘的姣服
那些在马嵬蒙山的夭折和转生，随王的在位与放逐
若生翼之神灵盘旋于蜃楼般的宫上，皤如晦如
她投下如许明媚或阴沉的影子，在光阴中苏醒与蛰伏
你可遇见那徘徊中饮下哀歌与欢笑的灵魂，若醒若濡

（莴苣　塔中女子）

徘徊的飞鸟群和求婚者，与恢弘无形者之阴影
那个以一梦环绕我们的天神啊，将在哪一个晴日或阴天苏醒
那男子又在我预感时从窗下经过，有一朵红莓花别在他衣领
你来时可经过那河水啊，它此刻是浸踝、及膝或没顶？

如同随预言之音而寻觅，却忘却所由与所望的旅行
在那些交替的阴翳和晴光之中，有乘翰如之马的神灵
你可曾瞥见、嗅到、梦知这待等，当彷徨于云影林荫之晦明
可曾觉察到临深俯瞰的女子，她有永被云雾锁住的妙龄
在他曾走过或将到来的原野，有红莓花的盛开与凋零
我看见云下那忧愁环绕的河水，它的歌声无休无停

（新娘与徘徊）

新娘在繁花凋零的山头，暮色暖暖
我几度御迤遭之车带她归来，却化作落英满载
而我要在那已赴和失归之地间往返，途中忧喜递代
沉落为荣荣之梦的晚霞无碍，滂沱之阴雨无碍
沿路有载歌或婆娑的晦暗者，其面容被云影覆盖
而我在切近处不可停留，于远方亦无何相待
歧路交缠，若蛇身之大司命无尽盘桓的姿态
我似去找那将欢乐应许的女人，而不知其所在

在那些陌生却相识的道口，有重叠的预感和缅怀
我在每一个傍晚、中夜和破晓，从将赴之地归来
如一场无始无终的默剧，由无名无姓者编排
自何时起与那彷徨的神灵相遇呢，自何时起堕入徘徊

（暮光中的新娘）

失归者看到那采夕晖的女子，在小丘上形影暖暖
拾起那些如璨璨落英的光明，当残阳如一朵木槿花凋败
她住在那缥缈虹霓的尾巴，晚霞自出之所在
屋前的花园里有绚烂如雾的鲜花，由恋慕者的影子灌溉
她于每一个黄昏时出现，将一位不相识的求婚者等待
当他在嫣然暮光中下马，问她可见遗失于晓雾的鬓带

（云纹的红头盖）

寻欢者于深邃夏宫的寻访，在那些传出迷离欢声的门外
若可以从一线似闭若掩的罅隙间，窥见欢愉者的姱容修态
回廊间那妖娆摇曳的烛火，若无数倾城者隐于晦暗的盼睐
她们有睨于朝歌、笑于骊山、泣于马嵬的容颜，沿途递代
穿过那若一扇门循环成的重闱，和许多忧形与悦影的阻碍
我要去找那盘桓尽头处的女子，掀开她云纹的红头盖

（麦田上的新娘）

怀璧者带着灿焕的诸花出行，归来时化为枯叶满载
那些来回三周未能赠出的所赆啊，所觅者在徘徊之外
似曾问路于有莺其羽的飞鸟，可知那姱颜含睇者之所在
她在左边无忧的光阴中嬉游，她在右边的云影下有待

而我在避雨的酒肆中与神灵共饮，将骏马与琼华变卖
窥见那如逝影或预兆的女人窗前经过，容颜被阴翳遮盖
那忽然如伤怀般袭来的歌声，和她以阴郁之眼的转睐
皆消逝于那骤然大作的风雨，与金盏和觥觚的递代

那忧愁的女子割下许多欢欣，如同在金黄田地上刈麦
我曾与她在垄上、路边、家门相逢，而那光阴难再
她独立在诸鸟化为黑影飞离的麦田，背对着夕晖暗暧
那终然未能看清的面容啊，和仿如这恋歌的姿态

（迷途的求婚者）

求婚者在多歧道口的踟蹰，和化为九首蛇之慕恋
我不知她在哪条虹霓的尽头等我，那些遮面者不可分辨
若有熠耀者载飞载止的指引，或神灵在某处林荫显现
御白马者能否穿过这徘徊迷途，在黄昏前赶到那喜宴
异国玫瑰在台阶回廊的环绕，和被一场沉睡笼罩的宫殿
那远在云间塔上的女子啊，请你放下长长的垂辫

那蒙着忧怯与欢冀的仰望，和被薄帘遮挡的容颜
那曾在花丛间、落叶里、积雪上，盘桓于其下的窗前
若一场渐远渐失归的回绕，如阴云迷茫而遥迢的曼延
你可知那迷失便再未能复见，开满芍药和兰茝的花园
我在某条分岔再歧出的路上，在女子们忧伤吟叹的荒年
那一去不归的小鸟啊，你曾落在谁家的屋檐

（雨幕中的新娘）

我在阴晦欲雨的街上，穿过纷乱的忧烦者之拥挤
如要去赴约、上班或饮酒，又如一场无所达至的徙倚
有生羽翼的神灵在萧疏树木与晦蔽天穹间，载栖载起
所觅之人则在邈远之地或正与我擦肩，在此或在彼

那隐于幽暗高楼间的小店呢，消失的殷勤女主人和甘醴
那些欢笑者所化的影子，曾赠那个戴玉佩的少年以木李
昔日若回荡于灵魂的叩门声，和环间穿社而至的自己
期待在片刻或永恒之后，有宜笑者自内将屋门开启

仰望者倒映着密云的眼瞳，一如多年前祈雨者手中罍匕
我要赶到那徘徊所指之地，穿过人群和诸歌之未已
那些在落雨车站遇见的神灵，你们可要出席那场婚礼?
在那迷濛的雨幕之中，有我的新娘、烦忧与欢喜

阴云与郁鬤

（埃及之夜）

夜路在折转处重生，或言寻欢之途有九衢
那应约者步入濯发女子的内室，而她已赴穷石之旅
月光可浣涤双手，其中有入夜便化为草虫之瑾瑜
我要在拂晓前赶至那株野啊，别在幽暗的林间遇雨
林中路在黑暗里延伸，如蜿蜒不死的欢愉
求欢者或将逝于曙色，依远在埃及之夜的应许

而我指间耳际的黄蛇呢，和那些未可解忧的河水
那段载渴载饥的追逐，与沿路忧悲
那女子立于颤颤将倾之云下，长裙内隐熊熊九尾
在骊山的烽烟前一笑，令纵火者忘归
而雨落在一切燃烧和熄灭者之上，落在山麓与林隈
那俊美者曾绚然在凌霄处自焚，今惟有鹿台之灰

（阴郁林下之牝马）

忧烦生于阴郁之林下，生于多雨之时
当我披着淋淋长发找到那牝马，一如回到初始
司命神现于晦暗，我曾在遥远的岁月后与他相识
当我彷徨间认出那歧路编成的哀歌，沿之往复无止

而我终不能回到家中，纵然从门前经过三次
见洪波退去的河流，如大司雨之歌的遗址
支流曾如庞庞九尾般张开，空留下一支悲歌的格式
曾经欢声无尽的国度，今只有忧愁刈而不死
而仍有那从未相识之远人，若能忆起其所期与所俟
寻忧欢者仍在那无尽循环的路上，寻彼有苏女子

那欢乐似总可触及，若非我一再来迟
到哪里饮终可沾唇的美酒啊，那童蒙向彼方遥指
若曾梦与皎兮嫽兮之神灵，暗歌于东门之池
其云惟有这孤影和月光，可知王子

（偶蹄踏地之声与不死欢悦）

忧烦者在晦暗的时节，在九首蛇盘绕间的羁旅
暮色中响起的偶蹄踏地之声，和关于不死欢悦的隐语
他在阴翳下的询问和所欲，与远隔重重密云的给予
那些披着濡湿委地之长发来回，暗影般的九侯之女
而她们未在窗前、墙外或远方，如以潇潇之声的应许
你别在多云的傍晚出行啊，不然将迷失于夜雨

那些在阴天陌路的疑豫，和对濯发女子的觊觎
载畏载冀者沿若谜语或欺瞒的预言，在黑暗中穿社环间
有幻影在背后持一束徘徊花引路，似若即若离的欢愉
他褰起其淋涔滴水的衣襟，穿过了积水与暗渠

饮雨者绝食后阴干的灵魂，与哀歌缥缈之盈余
和他盘踞在每一个阴沉的雨季，远隔重重密云的索取
多足之蛇爬满潮湿的墙壁，我在无人的暗室之一隅
听见那偶蹄踏地之声，和关于不死欢悦的歌曲

（寻欢者　别惊醒熟睡的夏南）

有鸟若宝石或暗影，绕此桂棹桂舷之船

你是否要去河之上游的集市，那里有辛夷、杜若、石兰

是否能见到那善舞的女子，她曾在欢声中婆娑欲燃

还有在粼粼的一程中遗落，那些瑶珙、琼佩、玉环

那些在欲晦尚明的天色下，同寄形于倒影者的交谈

他说起哀歌的绵延和循转，其声潺潺

而那卖花的女人永在隔岸，采荇、采艾、采蘩

容颜随沿途风景而变换，身姿若倏忽九逝的波澜

你仍是曾遥识暗慕的少女吗，在故乡那多花的山峦

那少年想追及问你的名姓啊，却被一丛蓬蒿菊阻拦

或曾在多年后如夜如晦的雨天，解开你如梦如幻的云鬟

那徘徊者环门穿巷的寻索，与进退于积水之惘然

寻欢之路多幻影亦多歧，仿如九首互缠的巨蚺

而我要在破晓前穿过那密林，别惊醒尚熟睡的夏南

似看见蜃楼般绚焕的鹿台上，那英伟者掷王冠而自燔

亦若在如醒如醉的忧烦里，邂逅那女子炽繁

（阴雨天与无面女子）

迷途的阴雨天，我在若曾至的小巷穿行
路边有殷勤招客的女人，我认出了其中的山鬼与湘灵
就随所邀步入灯火吧，此店乃司命神所营
一如曾有霓裳与燕燕之翩舞，我那已化作逝影的宫廷
她们自称浤浤与淋淋，那宛如被雨声唤起的姓名
在其劝我留宿的片刻，仿佛三度听到了雷鸣
那些眼角泛起的细纹，如同门外那粼粼歧路之雏形
我则在假睫毛遮蔽的眼中，看到了遥远的忧喜与晦明
舞池中有醉生梦死的欢声，却在我每度欲步入时安宁
恍如那指尖已轻触其薄翼，却若梦影般飞起的蜻蜓
而纵然遗失了连城和王冠，仍有这些无面女子的欢迎
惟不知羁旅间囊中之所剩，可否购一夕的爱情
　（我曾有鲜花绚烂的故国，焚之易骊山的一笑
析玉树之琼枝致贻，而所托者迷失于中道
贳酒以狐裘、锦衣、秀裳，赠尽了明珠、玉盘、芍药
今只有哀歌之回转，和烦忧之已来或未到）

（歌者对司命神曰唯唯）

遥远的阴雨天，在濛濛九歌中的来回

沿途有隐现晤歌之神灵，尚宜笑的湘娥与山鬼

那些姗姗而至的约会，和徒留余香之罗帷

见她忧伤而逝的履痕，如蛇如虺

你可见到那舞于繁华的女子啊，她在蜀中、华清、马嵬

我曾三度与她结言再失约，在高唐、巫山、洛水

那些在桑中和株林的迷途，我的八骏相继虺隤

而我要找到那姓苏的恋人啊，其长裙若焕焕之九尾

而司命神乔装成途人，邀我饮酒于云纹缠结之金罍

半酣时问能否为之言哀歌之盘转，歌者曰：唯唯

（褒国那从未欢笑的女子）

那是阴云或乌发之女子，有神灵在北里与西郊
可否在萧条中为我一舞，以其声或其袖之潇潇
而我在一梦中湿衣濡发而行，若应那旋舞佳人所邀
如沿一正逆转易的巨环，有诸影在此路的周遭
她在晦暗云影之下，赠我以归荑、彤管、握椒
我认出那从未曾欢笑的女子，于多年前远来自褒
那场雨雪载途的迎娶，我带她转过再未复返的山坳
对其言今日的忧怀与抑郁，都将如冰雪般见睍而消
而那冬季并未曾逝去，如囚禁此彷徨之梦的寒宵
这途中有容颜相异的女子，她们皆从未曾欢笑

（灌木荫中熟睡的小猫）

阴云之下，我听到已生长为大哀歌的童谣
仍如多年前神灵之所授，彼时我在葱翠的山间游遨
那猎鹿者曾在幽晦林下，采集环环绕指的白茅
司命者暗随那少女而至，若恋慕中一丝预感的萦缭
她在苍苍一水的对岸，我应待霜降或即刻悬匏
仿若切近，忽又如在白云的彼侧般遥遥
我惟有这琼瑰所结之蛇，可以换木瓜、木李、木桃
欲徘徊相赠，却将去蒿里、云间、桑中之路混淆

（晴曦之下，我看到灌木荫中熟睡的小猫
它不知永怀于昨日，亦不解忧烦于明朝）

（宋华父督见孔父之妻于路）

如徘徊又旋经曾载歌迁延的校园，有彩衣者令我目眩
若一串璨艳的珠宝相连，一如多年前隔冰河之所见
那些与雪国帝子之晤言，阴云下同遮颜者的会面
飞鸟在延宕之地萃集与盘旋，和滂沱之歌的回转无厌
那些梦见洪波的独眠，和远在云梦、洛水、汉滨之所恋
司命神若乔装成女人在路边或楼前，复返者是否能分辨?

而神灵总在曾偶遇的廊间和楼角，无论其几度改建
我则如旧日余光的投影，穿行于曾久居的文苑和南苑
这里有搁浅又风化的梦景，和关于某失名女子的夙愿
有或泣或笑的影子与粲者，在窗后和转角隐现
北门外盘纡交错的路上，未找到往昔频频光顾的小店
那里有廉价的欢笑与酒，和对未来忧烦之赊欠
仿佛有彷徨不去的欢声，环绕那仍待我归来之酒宴
却在这寻欢者步近时寂灭，宛如霜雪之见晛

那别离后留出及踝长发的女子啊，谁为你编徘徊之发辫
我重遇她又目逆而久送，曰：美而艳

（洛神正晞发于阳阿）

当我涉水离去时，那女子正晞发于阳阿
我回首见九怀大蛇之追逐，而前路被阴云所遮
或此行本欲赴十二楼五城，却因桑中之邂逅耽搁
本欲饮维以不永伤之酒，却将忘归途之水误喝
踟蹰于阴晦多蒿的路口，见辚辚者载鬼一车
他们邀我共行，稍等啊，容我唱完这一支夜歌

而那终未能固藏的灵药呢，我在白云出处之所得
她化为白蜕婴弗而窃，今与我对泠泠之月光相隔
那幽怨于河上的女子呢，那曾约会的洛水与九河
今只有在收尾处又起调的哀歌，若蜕皮不死之蛇
或此歌终不会终止吧，直到故乡的水源干涸
我的命运就在那江水吧，如童年沿之漫步般曲折
而那些愁闷与欢悦呢，司命神幻化的影子和粲者
或欲寻那或笑或颦的女子，她在繁华荒凉间的两可
你可记得那曾相逐的硕人，饮两河而未能止渴
可记得他为你万舞后的容颜，赫如渥赭

我在徘徊中忽悟觉所行，恰与这交错的掌纹相合
那些皆衔接至蒿里的歧路，和诸多徒劳无差的抉择

惟有欢愉和佳期可待，我要去见雒嫔、纯狐、姮娥
若一环穿迁绕的掠影，彷徨于水滨、林下、高阁
请别纬𬘓而频迁啊，容我唱完这一支夜歌
当我从沾衣的薤露间穿过，她正晞发于阳阿

（晴天雨　苏家女儿的出嫁）

当我于拂晓走入闺中，见地上有绵延的断发
或许她昨夜留宿在这里，只是于我到达前起驾
曙光透过沉沉暖蔽的窗帘，若有她的讪笑在阴影之下
那朝食株林夕宿洛浦的女子啊，何为纬缅？

我欲以九驷所载者贳欢愉，请那饰鹝羽的巫婆估价
她依次收下那宝剑、连城、王冠，并未曾惊惶或疑讶
我倾囊步入那重闱之楼中，见长廊幽暗而分岔
有艳冶善笑的容颜，隐现于迭迭交邻之诸闼
会遇到兽影般徘徊的侏儒，兜售那倾国者的祎服和丝袜
我则登上环迂陡峭的楼梯找她，在这宛如迷宫的突厦

仿如曾在密云阴晦的下午，听到司命神和女人的对话
当时我斜靠在无人的墙角，若有声音传来自未来的隙罅
知悉了她的妩媚与姣好，和关于蛇、母狮、海水的变化
却未解何以她手中的微匣，能有如许的忧欢容纳
那童蒙曾贪玩迷途于山中，窥见了苏家女儿的出嫁
在那个于若晴似阴间落雨，天边现虹霓的暮夏

（浓鬟委地的女人）

阴郁的午后二时，怎样从一支歌的旋律里脱身
积水间有回环的纹路，若大司雨暂且离开之履痕
或云密云下有浓鬟委地者来访，她此刻已至或未臻？
那些关于淋漤与潇潇的乐曲，已在耳畔循环了几轮
而若同为风雨如晦间的来客，有待者能否区分
她幻化成艳影、体香或悦音，在恍惚间可视、可嗅或可闻
那披散、束结与盘起的长发，带来自雪国或南疆的体温
那身姿、盼睐与手，和如许切近又遥远的嘴唇
若那携甘醴的少女从光明中走过，阴云下有投影优优
我听见笑或其他欢声，传来自那虚掩却禁入之门
而我应以现无、已失或未得，给那阳光之室的司阍？
当云荫正与背影交缠，天色随环顾而阴沉
若转过阴雨稍歇的楼角，其后有九首依次生死之蛇紧跟
趁那烦忧暂离将返的间隙，我要去见隔壁的女人

（九首女人）

忧烦者在迷失忘时的林中，看到那九首的女人
那些交拼的云发、鼻梁和颜面，许多哀怨或欢愉的眼神
她哼着九支交错互衔的歌，迷路者仿似熟知或初闻
以若在耳畔或远方的声音询问：你来自山间、云上或河湄？
那些高盘或委地的长发，关于应许或嗤笑的嘴唇
衔来芍药（枯叶）袒服（蛇蜕）与酒（寒露），请每个过路者惠存
她说其夫正在遥远处拔木，将归来于某日的清晨
那个已制好了婚衣的徘徊者啊，为何在深夜里叩门？

忆昔曾御楼船与九驷寻取，一路上扬波复扬尘
在荒凉的路口遇到三个巫女，当天色明媚亦阴沉
她们说出关于神灵和忧欢的谶语，隐喻以回转不辍的车轮
我则在前行复返的每一条路上，看到了早已留下的辙痕
雨落在我彷徨无休的土地，在河流里留下漪沦
我抬头看晦暗滂沱的天空，仿似能读懂云纹

（雨水赋形的童蒙）

徘徊者茫然环转，若绕着那哀歌四起的荒城
这里有我的所亡、所逐与所欲，皆淹没于蘩之芃芃
我在多歧路的南巷失马，于云靡靡之北里丧朋
已三度遇到忧愁郁郁的女子，而那欢悦者则未曾
似曾在潇潇落雨的一夜饮酒，归家时若濡若醒
在清晨涔淋无人的街道，见到那被雨水赋形的童蒙
他唱着我童年曾熟识的歌曲，在前路茫然未知的半程
我不知应如何前趋、停驻与归返，如大司命手中旋蓬
濯发神灵四散在雨中的背影，和一再愆期的相逢
我踟蹰、犹疑、环顾，惟有诸影消逝于迷濛
后园中那未及结果，便化为蛇游走的葡萄藤
我已载歌于荒凉中周转了几度，何所成？

（丽人如云霓出行）

如木槿花次第而开，她以曼睐之眼的一瞥
若层波粼粼迭起，灵魂有绵延不去之欢愒
仿如在落英曼舞的灿焕中，登于远上白云的台阶
直到蕙风旋落而止，最后一朵舜华凋谢

当我于悠然假日，走在明媚繁华的长街
有群女着丽服来往，若一串熠耀梦影之序列
有无数袅娜的侧姿与背影，在这琳琅店铺间衔接
和一张张宛如花火的容颜，在双眼中燃起复幻灭
那些瞬息间的错失与目成，若掠影般的结言和失约
在那丽人如云霓般出行，未换下夏装的八月

遥忆起初春丰美之吉日，白芷正可以采撷
王携浩茫茫的车马与九卿，赴灵皇皇之大泽中畋猎
对涌潮般的小豝与大兕，将弓矢载张、载发、载挟
和载如云的猎获归返，那梦到雄鹿的一夜

（欢乐在牝鹿的背影和左瞳）

金觥中夜光蜿蜒，将郁郁蓬蒿疏通
未知者络绎而过，其影重重
神灵不在远处，在九度饮尽又斟满的兕觥
优优穿行于摇曳的屋内，其形朦胧

如在密林中疾驰，追逐着牝鹿的行踪
欢乐在她婀娜的背影，在她惊惶回望的左瞳
在其影逝于夜色之处，升起宛如蜃楼的夏宫
我若赴那终到时的约会，沿路野火熊熊

片刻前寂寥的室内，被诸马与舞袖填充
列仙驾九驷之车而来，其后有群女随从
有车轮转动的喧响，风声与雷鸣相塞壅
和忽然在门前停滞，那巨大者的足音蛩蛩

（巨轮转动）

如同有滂沱之歌颂，在天神的腑脏内翻涌
阴云投影于荒原，比洪水前更加沉重
蛇身的诸女神复苏，那负罪般的颤栗和惶恐
大歌者从远方走来，晦暗中有狂喜与悲痛
密云聚拢，诸神接踵
巨石滚动，巨轮转动

（神灵或晦蔽者之显现）

有神灵或晦蔽者之显现，当云影于雨后萧疏
或是那眼神阴郁的远人，又与彼遇于徘徊旋拢之途
若从阴云的影子中升起，惊起哀歌所化之鹧鸪
穿过被忧烦滋扰的岁月，翼如夭如

如嗅着那曾沉溺的悲伤前行，饮酒于蛇影之觚
若其中有彷徨之彼端的欢欣，或欢欣将死于其毒
如逆着被阴晦赋型的河道回溯，负着恋歌缠绕之辜
或那嘴唇未如夜歌者所想般，味如堇荼

河岸有复来遗音之神灵，临川者之踟蹰
见那雄狐于激流中渡水，九尾皆濡
或眼中有灭顶或挂罥之阴翳，而骊驹若瘃
彼箜篌所悲者，逐者之所逐

（如哀歌对忧烦的回应）

如一支邈远的哀歌，对此时忧烦之回应
若有乔装为故人的司命，从新筑之屋后途经
或相向亦宛如对背影，其脚下有歧出的小径
犹豫者在月下之花畦，怀中有芍药浸于琼英

零雨飘降复消停，或言蟏蛛到南岳是止
那男子有夜光投下的影子，影子中幻化那男子
或在那诸鸟九歌之时，彼吟唱夜歌者已死
或非惟蛇与烦忧，与徘徊周而复始

唇上有隐蔽的歌声，惟相类者趋近能倾听
若非可化为幻影，则不可走多蒿的小径
仿若有化为虚像的司命，又从曾阴晦之地途经
如一首归来的哀歌，对彼处忧烦之回应

（欢愉可化为姑梦之封豕）

如身缚哀歌的影子，仿若曾与之相识
复生者随之环间穿社，至东市小曲而止
一如在无尽悬置的云下，迫近一再应许愆期之时
惟在那舜华花开之一瞬，可邂逅车中女子

彼瞳中有欢歌之熠耀，恰与悲哀之倒影一致
若以枯唇轻触那甘醴，杯中有宛如蛇影之垢滓
车中有一嗅入髓之毒，而舜英易逝
逐欢者欲捉起那悦影，有物徘徊缚指

或曾因亡马而获罪，沉堕间惟悲歌未失
或言那欢愉可畏，可化为姑梦之封豕
那歌者初褰衣褰裳而渡，终披发载狂载痴
过涉只得一幻影，未及水中沚

（夜歌：野花爬满国王的座椅）

诸蛇爬满密云之王座，天空若一阴郁的灵魂
静寂中惟有大夜歌之盘桓，周而复始无休无顿
那巨环汇杂云影覆面之歌队的嗓音，指引向不释的阴沉
预言着晦暗中轮回不死之徘徊，将那场喜宴围困

生翼的女子们飞过天空，飞过河流与诗人的荒坟
如还魂般重现化为影子的容颜，当闪电上弑夜空之一瞬
无名者在阴云的每一曲隅处隐现，连缀诸雨之淋涔
他于无尽彷徨中又听到大司雨之音，远隔重重的疑问

（我在清流上饮马，认出了化为舟子的司命神
问我逆流之行和哀歌的反复，而我在芦花间未闻
不远处那多花的小径，还留有蜿蜒多曲的辙痕
那歌者曾从这里经过，去见那终未得见的女人）

（迷路者：夬九三、困初六、坎上六）

仿若在阴云晦冥的午后，赴那司雨之神的宴请
沿路有持伞着靴之影子接踵，而歌者仍夬夬独行
恍如因路边的歌谣而愆期，被人群中闪过的俏颜引领
未至便濡衣避入那酒肆，在彼少女的一笑间忘情

若在拂晓乘幻影般的驹马驱驰，盘桓若宿醉之未醒
却在日光永蔽的林间迷路，身受困于株木之刑
或终绕过繁如密云之纹的隔隈而至，未见那女子身影
惟有翼如者止于桑、止于楚、止于棘，栗栗而鸣

逐忧欢者在赴蒙山或有苏之半途，于九首之道口延伫
或曾问那荆棘间的童蒙其所向，得其旋舞环歌之指路
或我应依头顶晦暗的云纹而行，却被交缠的哀歌所缚
已彷徨三载而未得，亦不知何所归复

（山鬼　她肌肤有斑斓如烟火之纹）

忧烦者在黑山中迷路，看到兽影侁侁
它们在莽丛中、暗流边、巉岩上，当天色如濒死般阴沉
有衰草化为蝮蛇，环绕这旋踵难进者的足跟
有晦暗无形之物如梦魇般迫近，彼皆嗜肉而甘人
而失路者没有所由所往与所在，无物给夜宴之宫的司阍
他在其惶然逃至的一霎，关上了正传出欢声的城门

而我在黑暗中看到那婀娜善步的女子，人面而兽身
在她被如云长发遮盖的肌肤上，有斑斓如烟火之纹
那在辛夷和杜若之香中混淆，来自她肢体的迷芬
和被那忧愁目光擦过的所求和所欲，如惔如焚
她所行处那重重环伺的兽影，化为黑灌木蓁蓁
目眩者则沿此路迷茫而进，跟随那摇曳的牝鹿之臀

大司雨无休濒临，在我迷失与复见那身影的一瞬
在堕入徘徊的途中，有无数梳云鬟与盛鬋的女神
那些无面的倩影啊，不可将其曾经、将赴与姓名询问
只有循环的偶遇和错失，在忧欢环转之轮
她们褪下又着起兽影，隐于夜色中不可辨认
我则要服白昼的徭役，自每一个茫然失忆的清晨

（游入梓潼之山的蛇尾）

如九首蛇浮出深渊的片段，忧烦在这里显形
而夜行者要在憧憧的掠影间赶路，趁夜丁香尚未凋零
北方那苍莽衔烛的天神于天边隐现，其眼欲睁尚瞑
阴云则似能接续与酿生夜色，黑暗中若有远来自上古的雷霆
如迷失于一个因循环而无限的夜里，随死去和复生的爱情
我要穿过盘转互衔的小巷和如梦影罗生之重间，以及丘陵
她有在台桑、株林、华清的舞影，和永不褪去的妙龄
在遥远的歧路彼端觑睨、捧心、展颜，似拒若迎
或我曾在少年时的白日乘翰如之马致贻，俟之于庭
却迷惑于那些朝暮间的濯发与归次，遗失瑶英琼莹
那个积水徘徊留下分歧河道的雨季，和密云下遇见的神灵
而今我寻欢在周循复环之一夜的边缘，无获亦无停

若有化为多歧之影的预兆显形，当忧烦者从夜色里途经
那正游入梓潼之山的庞然蛇尾，和桑弧箕服者拾到的女婴
被风雪遮蔽的身影在北方独立，和为之抽思者的啜雪饮冰
那个求婚者沿繁花出行，看到若伤口烙于白马之颈的落英
若有连缀汉滨、洛浦、海上礁岩的歌声，供徘徊的灵魂聆听
我有王冠、五城与白昼，未及那陌生者嬉光曼睩的眼睛

（盛世二十九年的存款可否购一只玉环）

带密云者载歌载恋，绕宛如屧景的闺阁盘桓
问飞鸟那帝子之所在，其言或漫游乘御波扬灵之船
或我当化身风雨中之巨影，沿路折断树杞、树桑、树檀
或我应采白茅缚死麇以待，你将自复踏零露之溥溥
愿以这暗生云纹之双手，为你盘起华鬟、盛鬌、云鬓
却在求索间三度失路，徒迷误于洛滨、株野、洧盘
如你在白云间不能复来之地，欲赴则有蒿里之夜歌阻拦
或云惟此歌可至，历岁月中徘徊多舛之流传

那求婚者仍默载其歌，只是换上了异国之新衫
忘却了曾班如翰如之诸马，在轰鸣的车流间感茫然
我在周五傍晚回家的途中，未赶上那公交之末班
面对一如在迤逦之梦中所见的诸路，如获其形体的忧烦
或想在那秀发如云的妇人处买酒，而那家小店已关
忽觉已在环楼穿巷的寻觅中迷路，不知向何处归还
时间遮蔽于阴云晦暗，我则踟蹰于珠宝璀璨之货摊
不知盛世二十九年的存款，可否购一只玉环？

周六阴暗的居室中有老友来访，灵均、司雨、寻欢
我此时未有濯发晞发者共居，惟供金樽玉盏的一餐

我唤来如云的白马黄驹沽酒，它们已换走又自复几番
此杯中自有骊山之浅笑和鹿台歌舞，令聚者皆酣
碰杯间又忆起那多花的故城，其旁有玉皇九龙之山
每逢淋渗时你们可归复天神之形，在濛雨连绵间飞翻
那时我尚为学画之童子，写生于风雨骤起之山间
在匆促而避的幽暗林下，拾到神灵的密云花冠

（衔土的女子曾身着霓裳）

忧烦者的无眠之夜，大司雨在楼外彷徨
可窥见他阴沉巨影，在被浓云共夜色遮蔽的诸窗
有络绎来此的死鹿和马尸，穿过门外那积水的长廊
如同嗅着洪水的预感而至，在室中找到兕觥与金觥
而我在那犹如黑瞳孔的镜中，看到了身影迷濛的王
若他仍在繁花灿焕的盛年里，英武着一身戎装
而那些人立的封豕、兀鹫与豺狼，胡为此堂？
仿似溢出时光之镜的影像，自那场神灵相食的饥荒
而我要在明朝离开，在滂淋雨中向南方流亡
那个衔土蜿蜒而至的女子啊，你为何如此忧伤？

应到哪里寻葳蕤之唐啊？或云在沫之乡
寻欢者在那溯洄溯游的岁月，走过了盘桓的女娲之肠
婀娜者以笑颜悲面的迎送，似曾邂逅的淑姬与孟姜
她们为采桑与采蘩的往返，在那些九首却同归的路旁
几度经过蜃景般的故地，恍若熟识的大明与未央
你可曾见到我所恋的女子，她曾旋舞于盛世身着霓裳

（女演员戴着密云冠冕）

那个彷徨于闾社间的旅人啊，在晦暗的天色中隐现
若一个求欢者的影子，迷失在她雾色迷濛的双眼
阴云下颓然相偎的空屋，和传来茕茕脚步回音的宫殿
若某处茫远繁华的倒影，在天神苍老的哀伤中浮显
而她在假山或空池吗，有关于淤泥、顽石、枯叶的幻变
似化成无数忧伤的影像守望，以交织的凝视或流眄
阶石下有死去、沉埋又腐烂的欢声，永远沉没的喜宴
许多若在盛景中凋零的阴郁游魂，被夜色和密云所遮掩
一只鸟绚然飞过幽暗回廊，若死灰复燃的欢欣和慕恋
掠过被阴翳浸染的瞳子，却如在丘陵所出的彼方般遥远
徘徊者找到那未曾沾尘的妆奁，镜中恍若仍残留那笑面
你可记得乘皇驳之马而来的女人啊，她的华颜和盛髻

若在阴晦欲雨的周末傍晚自娱，是否能排遣忧烦
在那繁华之路转角的剧院中，有关于盛世的悲剧要上演
他们可购齐了那些道具，有霓裳、羽衣和玉环
我见那盘起长发的女演员在幕后闪现，如戴着密云冠冕

司雨神的忧郁

（神灵和慕恋的话剧）

云影覆在阴冷的街道，以及行路人的眉宇
地上有腐烂的落英和木叶之残影，不可以拾取
车鸣和人声的嘈杂间，若有神灵那浸入忧伤的低语
我穿过匆匆而逝的群影，似看到那对欢乐和忧烦的情侣
此行是去赴那约会吧，若被那眼神阴郁的女人所默许
我要赶上那班车啊，迨天之未阴雨

远方传来歌声，若可以旁观的忧愁和欢愉
那些年华曾粲然开落，皆在天空阴晦的一隅
我似曾骑白马将神灵们寻觅，走过了风雨潇潇的九衢
在那无首无终的路边小寐，梦到了醉卧于夜宴的结局
而欢歌神恰从身边走过，在我倦然入眠的须臾
将远逝的背影印在瞳孔，灼若芙蕖
而是否仍能再遇啊，白蒿已遮蔽了鲜花城的门间
不知启程时所携的甘醴，至如今已尽或仍余

站旁的小巷蜿蜒而多歧，如同对命运的隐喻
路艰涩地延伸，被我的延宕徘徊所斩断或接续
我经过一间宿舍，若嗅到了那已逝少年的孤独和忧郁
有一个似被雨淋湿长发的男子同我擦肩，转过楼角而去

道口那简陋的剧场中，正上演关于神灵和慕恋的话剧
出自无名的诗人之手，他深谙哀歌的格律
而我匆匆地穿过窄巷，穿过那些繁如密云之纹的诗句
在约期已过之时姗姗地到达，未能与她相遇

（神灵在阴天下午五时）

神灵在阴天的下午五时显现，身着姣服
穿过匆匆归家的熙攘影子，其形翼如
我在人丛中三次瞥见又遗失那身影，于十字路口踟蹰
又怅然独行于晦暗笔直的街道，遇雨而濡

而我已许久未回到家乡，若流萍之漂浮
闻说童年时曾饮其水的清流，如今适可濯足
她们仍在那里舞雩和沐浴吗，仍在那或嘘或笑间投壶？
还是早已离开那曾闲闲而歌之地，因忧烦不可刈除？
那熠耀的小鸟飞走了，我欲乘轻骑而逐
而雪落于这双肩和鬓发，徘徊在前行间蛰伏
初行时我遇到了王无休彷徨的列驷和群马，或痛或瘏
有女子嫣然立于多荫的路旁，赠我以堇荼
密云自何时起积聚呢，那逐日者久久地迷途
若要在这夜色中寻欢或拾梦，何不秉烛？

我在阴雨天的晚六时游逛，见人流渐渐稀疏
遇到那姣服被淋湿的行者，问怎去五城十二楼之都
我似曾成长逸游于那里，又乘轻骑沿雪路而出

彼处曾有繁花满城的欢乐，只今惟有鹧鸪

街边有卖花的小店，仿若欢歌神留下的遗孤

我在下班的途中遇雨，且饮于云纹稍解之觚

（化为路人的雨师）

如在寻找那动物的中途，而我在第几条歧路迷失
若那幻化无定的犹疑者，须臾九变而影只
似在阴暗中见到那匆匆者，我认出他是赴任途中的雨师
远远消失于迷濛环绕的路上，不知其何所之

鸟之熠耀者在白云彼处，而晦暗者萃集于此
我遇到那周身淋漓的缥缈者，他问我"何所不死"
那许多浓雾中或虹霓下的求索，朦胧者在阴雨间的遥指
似要沿所闻将吟唱者寻觅，那支歌则循环无止
那些在阴晴间出没的神灵或动物，玄狐、巨虺与封豕
和他们以人言所歌者，关于蒿里、云上和床笫
那欢悦终不能固藏吧，大司命之朝赐者皆于暮褫
一如那些曾与我结言，却永在到达前离去的女子

若随着神灵的忧哀前行，而我在徘徊的中途迷失
似看到那些异身而共影的女人，在密云下的每处分支
有陌生者问我诗歌之生死，我则认出那化为路人的雨师
淋涔者在同他交谈时落下，将我长发淋湿

（阴云下盘旋生羽翼的神灵）

如徘徊之途的驿站，我在这阴雨之城途经
火车于车流壅堵时开走，而光阴则在此久停
站前卖花的小贩，持着那永无人购买的舜英
我仿佛已延宕了多日，而那花并未曾凋零
有情歌声被重重地蔽塞，躲避着我空泛的聆听
光影偶然从身上掠过，不需要送别或欢迎

或问询下一班车到来的时刻，俟河之清
（俟河之清）而无论在途或困顿，我总彷徨而行
有女子擦身而过，我仿佛看到她似陌生若熟识的眼睛
在瞳子中遗留淡影，若夭折的悲伤之雏形
忽然忆起在多年前一个悠闲的夏日，我尚年轻
在漫游时遇到那湿发淋漓的诗人，问我"大鸟何鸣"

哀歌如失眠者的一觉，无数次浅寐与惊醒
时光则艰涩地循环，销蚀渐褪色的姓名
我着靴备伞出行，赴司雨者的宴请
在人流车涌的街道，望向苍茫不雨的青冥
晦暗中幻化出情人的身影
阴云下盘旋生羽翼的神灵

（动物园）

如残舟搁浅，生活冗长、烦闷而无闲
时间循环于梦游般的迁延与梦见延搁之睡眠
有时我会望着墙壁，漠然勾勒出曾为之反侧的俏颜
或在偶然未有阴雨的日子里，去逛逛动物园

大象卖掉了，鲸鱼则已一连三载在池中深潜
只有些羽毛明艳的鸟儿，在阴暗的笼内压抑地盘旋
据说在路之幽深处，饲有一头眼神忧伤的大猿
我则在分歧的路口上踟蹰，延宕不前
杂草丛生，道路若被一声断续的叹息所串连
我遇到一个似被骤雨淋湿的诗人，他问我"何兽能言"

我进入蛇馆，若步入贫瘠至突出筋脉的荒原
灯光晦暗，一条条大蛇正在笼中悲哀地绵延
若不惜破费，还可走入尽头处那印有云纹的隔帘
我购票前往，随着如幻影般列队的老者与少年
随后便看到那九头蛇，姿态如无尽徘徊中的前往与归还
它斩断一首便生一首，恰似你的忧烦

（旅馆）

我因公外出，耽搁于这阴郁的城中
无所事事，只能用玄思与窥探填满时间的虚空
行人从旅馆窗下走过，如一个个无面影子般行色匆匆
恰如时光的艰涩，公路总一天三次被车辆塞壅
楼下的女人们永在黄昏时醒来，睡眼惺忪
似在轮回无休地梳洗与装扮，于入夜时谜一般失踪
有时隔壁传来的靡靡欢声会穿过灵魂，迷离而倦慵
我则会如听了一夜的雨声般，在破晓时看到蝼蚁
白昼时门厅要播放庸俗的流行歌，循环至无始无终
弥漫于城市的喧嚣与嘈杂，则会将歌曲的间隙填充
走廊内偶遇的服务生，都如浴室镜中之影般忧心忡忡
屋内那惨白的墙上，挂着一面自我到来便停走的钟

（十字路口的阴云　车中女子）

盘旋于十字路口的阴云，车流在红灯前停滞
我游荡于酷暑的午后六时，不知何往、何归、何止
已一连三日携伞出行，而预报中的阵雨无期悬置
我则在此闷热与阴沉之中，邂逅那车中女子
她就那样美丽亦忧伤地倚坐，迷茫间若有所俟
恰好停车于我踟蹰的路旁，距这凝望者不盈咫尺
若一件优雅的标本在玻璃彼端，隔绝了时间之流逝
我则在街道的喧嚣间分辨出恋歌，循环复始
而她忽然从那永恒的姿态中探身，如雪美人之冰释
如命运的巨轮又开始转动般，诸车行驶

（公交车站）

我在傍晚的公交车站上，看到了城市中彷徨的神灵
他化为妇人、云影与少女，在瞬息间三度变形
他化作行色匆匆者问路，关于那些在狭巷与曲隈的穿行
我告知正如这哀歌之所似，却掩盖于喧嚷的人声和车鸣
而我所候之车并未到来，若在切近或邈远的红灯前久停
直到街灯和霓虹络绎亮起，若繁华之影中复生的光明
空乏间我忽被童年往事所摄，那时小区的鲜花尚未凋零
我亦在一个傍晚与神灵相遇，于晚霞下化作熠耀之蜻蜓

（往昔我有多金的时日，不解鸟之轨迹与天空的阴晴
爱浪游乘我无价之名马，在轻阴的一日与司命者相逢
他幻化出诱我登临的高楼，有嫣然善酿者携酒瓮相迎
在我酣饮时布下徘徊之歧路，悄然解开我系马的缰绳）

（列车站）

我在这雾霾之城的边缘，等那正点或误时的列车
独坐在如烟雾交织的群影中，片刻间三度关注时刻
那相约于昨日或往昔的女伴，因微雨或妆容而耽搁
不得见那嬉光眇视的双眼，和我寄存于彼处的欢乐
在那些如寐若醒的等候里，似听到了循环播放的老歌
而若不计在高楼环巷间的迷途，则此城并不善留客
那班车在午后或凌晨的两点到来，所往处被阴云所遮
我挤过熙攘的人流逆行而上，恍若多年前的溯洄而涉
王啊，在蜷卧于窄铺的一梦里，今夕借宿于洧盘或阳阿？
可见到那苏家或褒姓的女子啊，其欢笑与忧愁难测

（回家路上的积水）

神灵隐于阴云下，而我在落雨前三次觉察
他在远山彼侧、走廊拐角和教室门后，迷蒙似迩若遐
如同那陌生女子的歌声，引来或此或彼淋淋之应答
我则若相识与濛濛雨幕后，那仿似被大司雨摩揩的脸颊
放学后回祖父家的路上积水，我环穿于胡同之曲狭
一如多年后旋间绕巷的寻取，穿过忧冀惶喜之交杂
似同那女子隔初霜之一水邂逅，赠之以白茅所束之白华
她应许我以三日为期，我则在第四天的拂晓到达

而无论在故乡或这多霾的城市，放学后我要归家
那在一个个路口处分手的玩伴，只有暮色或阴翳之递加
那些沿路的欢声已逝，如同凋零便不再开的鲜花
只今我在车流与人涌间独行，将那欲歌与所梦积压
那个终未能与之晤言的女孩儿啊，是否仍如豆蔻般妍婷
或你已成多事多持的妇人，被繁务环身三匝？
或我曾携琼瑰、英华与佩玖，从河洲的一梦中出发
遇到那左右而分的岔路，遂迷途于一念之差

缥缈的女声自街边传来，而神灵在阴云之下
我在下班途中，认出他寄形于云影、猫和女人的变化

又想起我尚童稚时撑伞而行，在那阴雨绵绵的盛夏
看到那匆忙濡衣的背影，和远去的牝鹿之胯
那些在葡萄浓荫下的昼眠，听到的女子们悄声之对话
和因莫名的忧郁而荒废，那一整个烈日呆呆的暑假

（流行乐）

空乏的暑假阴雨天，和迷上流行乐的司雨神
游移于半梦半醒间的遐思，和午后两点的敲门
那些被淋湿了燕尾服和长发，来这里避雨的灵魂
如鱼群般汕汕而入，在地板上留下水痕
他们淋淋在客厅中踱步争论，关于时间或绝对精神
我则在冥思中泛泛而听，亦想着那卷发如蛊的女人
唉，那些或许有情的双眼，那些无望亦无缘的嘴唇
那些不知其名的飞鸟，当我游荡于遥远的河湄
午后四点我站在濛濛的窗前，数着雨线绽开的漪沦
电视上是无关乎争冠或保组，中超联赛的某轮
或会晤言于书中升起的蜃影，关于惑妇或鬼怪的见闻
等待着有神灵来赐饮，那可以吟唱诗歌的良辰
仍如往昔那个阴晦的夏日，初识踏积水而来的司命神
那少年放下奄奄将死之蛇，为那雨衣遮面者开门

（雨声隔绝的书店）

在那被雨声隔绝的书店，有撑伞的女子来光顾
她披着被濡湿的庞庞长发，如被傍晚的司雨神请入
她优雅地在书架间穿行，若一只徜徉于幽谷的牝鹿
从岩上和野花间掠过，忽又在水草丰美处延伫
若小鸟之载飞载止，起落于晦暗或璀璨的灌木
她以如经造物切磋的纤指，在如有待的书脊上抚触
宛如宿命中的初见或偶逢，或专程与结言者之会晤
她取下一本若云纹印染的诗集，关于歌者和神灵的恋慕

（那徘徊者乘贲如皤如的白马，离开故乡多花的山麓
在半途有繁繁积聚的阴云，和迷宫般周而复始之歧路
他要去寻那鬟髻如云的女人，她正在洧盘或穷石借宿
若曾相约于柔枝郁郁的桑中，却在北国的风雪里迷误
似又在白蒿起伏的山脚，遇到那采蘼芜而归的少妇
看到她向神灵仰望的素颜，和倒映着云影的双目）

宁静中忽有电话铃响起，告知我明日或下周的公务
抬首时她已在门口，不知那书仍在她怀中或原处
我远望她消逝于街市的背影，若一声若有似无的怨诉
那是一个阴沉如晦的周五，在风雨骤起的日暮

（暮夏某日）

上午十时的敲门声，和那濡发女子的来访
当她披着淋漓的雨衣步入时，窗外尚晴朗
她切近又遥远地与我交谈，嗓音如那场未至骤雨之余响
似能读出穿迁交织的谶语，沿着我云纹密布的手掌
或云司命神并不说明，亦不在晦暗的隐示中说谎
葡萄藤不可恣意蔓延，惟沿着已搭好的藤架生长
我在那暗涌的预感中觉压抑，想去将紧闭的门窗开敞
忽发觉阴云已在片刻间积聚，如悬渊之潾潾

我在午后将老屋整理，当云影与雨幕遮窗
看到那些若遗忘似永怀的旧物，若仍存鲜荣之城的余芳
有白霓缭绕的空匣，我曾寻取自白云的彼方
和早已走失于歧路，我的绿耳与渠黄之马缰
我找到那晤言于神灵的日记，若锁闭着循环无止的时光
便以曾彷徨握笔的两指，拈开那缥缈如薄翼的纸张
其云：四月初一孟夏，徘徊中遇群女出桑
迷乱于斑驳交错的丽影，流连于晒睐层迭之嬉光
五月她在仓庚之声中采蘩，俯起间似有忧伤
我在八月的出行中遇雨，看到那伤如之何的穹苍

暮夏的晚间十时，我在闷热的床铺上半躺
窗前有陈酿而未饮之醇酒，可待夜深与下弦月共享
有善笑善泣的倾城者主演之影片，适可在入梦前欣赏
我却在放映未半时去为注定者开门，未等到女主角出场

（红灯前）

阴雨若无休止的哀歌，而我在赴无可名之地的半程
前方有若忧烦之倦眼的红灯，九头蛇在灰暗中久等
有无数被抹去面目的影子，蠕动于水气迷濛
我看到那撑伞的女子立于十字路口对面，忧愁而靡所骋
仍如多年前在北国苍苇间，隔薄霜之一水的相逢
而她却并非那瘩寐间的女子，怀中无繫之满捧
那终未能泅渡的河流啊，稀释于光阴中的将欲和未曾
只有那些落雪时履冰而赴的约会，雪皇后的发寒唇冷

仍有在那夏季骤逝的寒夜里，被阴雨催生之梦
那些惟在彼处灿然造访的欢颜，与熠耀鸲鹆
那个戴花环从窗前走过的少女，关于流眄和窃笑的馈赠
和多年后不知赴何地的半途，令我久伫于积水的红灯
我听到水线打在车顶和房檐，在我的伞脊上飞迸
潇潇者彷徨在陌生的城市和街道，一如故乡的雨声

有被伞或雨幕遮去面目的女子，隐现于迷濛
我却并不能与之交会或追及，无关乎是否因红灯而久等
如有大司雨的哀歌循环不死，而我似在欲赴某地的半程
环顾各自蜿蜒向雨中的诸路，茫然而靡所骋

（有豕白蹢烝涉波矣）

如在一梦的中央或边缘，我于昨夜见月离于毕
有白靴的神明凌波而行，我则褰裳涉水而相继
若在绚烂的波光里迷途，徘徊于涟漪层层的轨迹
似看见她倒映于水中的背影，梳起宛如密云之发髻
我于周末的清晨六点醒来，窗外有覆遮三重的阴翳
众鸟被浓云吞没再吐出，若大司雨与神灵之嬉戏
我在吃早餐的途中遇雨，感到那女子在人群中隐蔽
似瞥见她被雨线半遮的容颜，在阴晦间若笑若泣

若曾在东巷、北苑、南湖见采蘩之影，忧愁如怒
而我则于载喜载惧的林中迷失，未到达她备下朝食之地
司命神关于欢乐和女子的应许呢，如今她们皆隐匿
我在蒙尘的旧物间搜寻整日，未找到那张约契

神灵自何时萃集于此呢，善歌者来自三年前的雨季
或云他从其多花的国度出发，欲将那倾国者寻觅
那些有望而未达的蒙山到台桑，失于半途的白马和赤骥
路边已长满割下便化为哀歌的忧烦，且容我载歌而刈

（公务中）

我因公务奔波，察觉她在吵杂间躲避
化为云影、水气和低飞之鸟，在长街上无人留意
她于阴暗天空下三度现形，在十字路口的彼端静立
一如初识时在绚烂的繁花间，固植含睇
我在等红灯的时间里，三次找到又失却她的行迹
有许多明艳或灰暗的图景，在我的踌躇间演历
似能听到那缥缈迷濛的歌声，从城市的喧嚣之间隙
其云：故乡已多生白蒿啊，而君子于役

我曾随着神灵所示的谜语，将那未相识的女子寻觅
从北国的严冬中启程，直至飞鸟解羽之地
那些她显现于彼岸的河流，我在迷雾间或厉或揭
有骤起于渡河未半的风雨，见白狐濡尾而溺
她出没于林间、路旁或河滨，采桑或伐其条肆
而我屡屡在一巷间错失，若有司命神随行隐匿
或在那环间环厦之时，见诸门各似掩未闭
我窥见那些濡衣濯发的女人，和她们宛如密云之发髻
那些在夜风曙色间的赶路，于密林中载畏载冀
穿过如憧憧兽群的幻影，而所会者在瞬息间变易
似曾以金缕与紫骝贳酒，遇到那殷勤善劝的佳丽

在那些若九首蜿蜒的道口，见女子在浓雾间遮蔽
我在荒凉的暮色中彷徨，见鹒鹍舞绚然之羽翼
引我到神灵毕至的喜宴，共许多已闭与未敞之回忆

我在深秋凄凉的阴天，赴那场因公出席的会议
似看见司雨神在云间的身影，盘桓间若有所睨
仿佛有思念或追忆之流淌，在我匆促的行程间漫溢
她化为云影、水气和低飞之鸟，阴晦中无从躲避

（静夜歌声）

我听见那歌声，于沐浴、夜读、失眠时三度响起
若失路之鸟，若我宛如遥远回忆的预感般可疑
蜿蜒在我的所触与幻觉之间隙，若离若即
其言：我将在那永不到时的时刻，穿过夜雨去找你

我立于惨白炫目的镜前，若看到她曾在此梳洗
披散开那如云如雨的长发，隐现于水气漫弥
那些随她俯身与抬首变换的容颜，丰腴或纤秀的肢体
都如我在绵邈的往昔于雨中初见般，一身淋漓
而若非大司雨的造访与久驻，我应仍在多花的故里
彼处有未以云影遮面的宜笑少女，于阳光下欢歌祁祁
宛如熠耀不可捕捉的蝴蝶，那蜃景与实存间的欢喜
直到那个密云巍然悬迫的雨季，我沿着预言的远离

你可曾在那阴雨滂沱的周四，出席徘徊者的婚礼
随濡衣而至的亲属、逝者与神灵，在吉日的一隅群集
有撑伞而无面的路人，在每一条道路上拥挤
我得穿着那岌岌过膝的长靴，蹚过被雨水淹没的花畦
若非因雨迟至，这里本应有尚可欢醉的甘醴
今只有不时循环三次的歌声，司命之所贻

（花店）

我要去门前的小店买花，当阴雨欲来之时
见神灵化为低徊无声的飞鸟，在楼群路障间迷失
地上有重重覆盖的云影，光阴若俯身可拾
其将化为倒映彷徨者的积水，如我在循环的雨季所知
路旁人家中传来吟唱声，载着关于恋慕和忧愁的歌词
盘桓在迂回狭仄的小径，与浸透雨水的风声交织
我似在拐角处看见那徘徊的身影，行转间宛如相识
你是那阳城与下蔡的眩者，你是南子或西施？
而那卖花者刚关门离去，我在一朵昙花的开落间来迟
大雨于归返时落下，将我头发与薄衣淋湿

（戴云纹发饰的女子）

彷徨者穿行于楼群间或窄巷，去见彼姝者子
不知她将应允或拒斥，亦不知其姓名、容貌、住址
幽暗中有迷路童蒙的歌声，在环路间周而复始
我仿佛无数次从她身旁经过，却错失于咫尺

微雨在傍晚落下，沿途有着雨衣的行人
他们在路灯亮起时出现，若浮起于渐密的漪沦
迷失的歌声再度响起，若出自这城市悲忧的灵魂
在那些沾衣湿发的匆匆者中，有乔装成路人的司雨神
忽瞥见那擦肩而过的女子，有云纹的发饰垂在她鬓唇
我转身欲追及那背影，却相失于密雨淋淎

神灵化为翼如者，在雨后载飞载止
阴云浮动于小径、大路和广场上，虚弱而不死
我察觉司命神在我茕茕彷徨的身后，不盈寸尺
当我穿过楼群间的窄巷，去找那陌生的女子

（影剧院）

白露时节的降温，烦忧者在午后六时下班
我要去那被悲喜环绕的影院，有关于神灵的歌剧上演
阴云在灰暗的雾气间涌起，从这喧扰城市的彼端
车则在艰涩地前行，如同犹豫的爱情般迟缓
我到达时演出已开场，那独白者头顶岌岌如密云的王冠
他身后有戴云纹面具的歌队，共她们那华服与盛髻
歌声在晦然拱起的穹顶下蔓延，穿过此处与彼方的忧欢
她则在回忆与预感间浮现，迷濛中态浓意远
我没身于情节的折转、收尾和循环，直至夜场已关
见门外有不知何时倾落的大雨，绵延于深秋午夜两点
如那剧中人濡发湿衣而寻取，历经神灵所示的迤遭
那女子在他迷途于雨中的一夜，将遥远的房门虚掩

（假日）

我在晴朗的假日上午出行，看到那濡发女子
若明媚阳光中一个幽暗阴沉的幻影，似遥远地在此
她茫然地游移于繁荣的城市，带着淋涔如水的举止
迷惑地穿行于行人虚浮的欢乐，若寻觅于水中沚
当她忧伤地与我擦肩而过时，距这裸露的灵魂不盈咫尺
我看见司雨那结言又背约的指环，在她泛起水纹的手指
似忆起那迷梦，关于曲折回廊、虚掩门扉与晦暗床笫
她则在消逝于背后时迎面而现，周而复始

我见到那濡发女子，当微云初聚于这城市
当我携着彩衣善笑的女伴出行，在花已久开之时
她正望着那蔚蓝中略有暗翳的天穹，虔诚若有所俟
那场将（已）淋湿她云鬟的阵雨，比预报中到来得稍迟

（早晨）

飞鸟穿过林荫小路，行人在树影晨光间遮蔽
她将化为猫、微风或快递员来访，（于今日）不知其期
那在梦影余韵中的着衣和漱洗，一支谣曲里流转的四季
和在七点阳光下传来的阴雨之预言，从那老旧的收音机
似又想起在昨夜琐碎睡眠间隙，同那密云覆面者的对弈
我执先在第二三七手错算，那胜负则消隐于晨曦
有残影在离去复来间徘徊，若对某个荒年或女子的追忆
我则在拉开窗帘的瞬间，看到了小区里遥远异国的荒蹊
那在此地、逝影和预兆间的游移，以迷茫目光的临睨
若在熟识的楼房、树木和花池间，藏着彷徨不死的歌姬
仿佛有烽火中笑声和霓裳之乐曲，在寂静中如翕如绎
我则有退回或未赠的花束、恋歌和梦象，在居室里堆积
而她于何时来访呢，若猫之悦影、回旋之风或一封快递
或正是楼下树影晨光间的行人，于晦明中身形依稀

(列车)

我走在满载而无声的列车上，那始发于午夜的某班
要去找沉睡在某节某座的女人，与某段已遗忘的哀愁相关
我走过乘客漫溢的夜梦，那些化为女子、动物、公务的忧欢
童蒙头上的花环，和孤独者在水边拾到的亵衣、衵服、汗衫
若有一支陌生的歌迷离响起，而其每一度折转回绕都已熟谙
我看见那袅娜的背影，消逝在每一节我刚踏入的车厢之彼端
仿佛在无饮无食的循环中化为空灵，车上将于明日清晨供餐
窗外却是永不变更的夜色，若陷于一只忧伤瞳孔中的迍邅
我好像无数次看见一个隐于幽暗的身影，每当我迷惑而旁瞻
见他反复无休地用一副纸牌卜筮，皆未得吉占

列车若失眠者之梦般频繁停歇，在不知其名其地其时的小站
我在一排排似曾相识之座位间的意欲和徘徊，被无数次截断
她可能在每一个暂停的片刻下车，消失于那不知其所的黑暗
或可能仍然在此，却未被这环厢穿梦者所见

（徘徊的司雨神）

我在突然落雨的街上，看到了那晦暗如阴影之人
若一个陌生亦熟识的忧伤者，升起于某雨滴溅起的波纹
他在擦肩而过时向我问路，声音如其出现前的云般低沉
你要穿过这迷茫的积水右转，再经过那种花女人的家门
那些随雨水漂走的花瓣，和留在泥泞小巷的履痕
那被凋零的云影所幻化者，亦将归复于某一处漪沦
不知这是第几度与你相遇，濡湿我的头发、衣装和灵魂
还有在那些梦见神灵的夜里，听见的脚步声淋涤
又想起童年时一个暂短的假日，外出前的大雨倾盆
我在濛濛若泣的窗前站了整日，看见徘徊着的司雨神

（释梦女人）

我遇到那似忧伤的女子，无名指上戴着云纹指环
她说能在某一个灵思忽降的时刻，将三日中的阴雨预言
她那被长发半遮的朦胧侧脸，和隔着重重隐喻的交谈
或我本应在午夜前归家，却在那如假象的会晤中迁延

她说我能回忆和预知的每一个女子，都被云影遮蔽了容颜
我则将在晦暗的重逢或邂逅间，找到不对称的欢乐和忧烦
那将饮之酒要比未饮者苦涩，而无物可比已喝下者甘甜
至珍者就在你曾居住的房间，但你却永远不可以归还

我在回家或夜游的半路，听到那若忧伤女子的预言
她在迷濛间指引出命运的折转，和关于神灵的洞见与谣传
她告知我不在此时此地，而在一个梦到都市的荒年
我将在梦中见到释梦的女子，无名指上有云纹指环

（将落雨的城市）

延宕者在将落雨的城市徘徊，于赴约前阴郁的一日
看到那撑雨伞、戴面具、遗背影的女子，沿途递次
那些无缘见到的面容，和仿如坠入虚无的凝视
若一条未系上弦锥的琴弦，不知这隐约的忧郁之所自
便走过阒寂迂回的小巷，走过喧嚣拥堵的闹市
若听到在神灵间流行的歌曲，带着繁冗叠复的格式
忽想起那个戴云纹戒指的女人，远隔岁月和隐喻的卜筮
或者那被预知者将到来吧，如这场雨之将至

那些如掠影般闪过的女子，和关于无关者的玄思
惟有在阴云和潮湿空气下，那场将至之雨可预知
那些在书店、街市、剧院的拖延，和似终无可避的淋湿
忧烦者在将落雨的前夜，三次梦到了迷失

（阴雨城的神灵）

我走在阴沉如晦的街道，看见络绎增加的神灵
走出纷杂岔道与我同路，带着如飞鸟、女人或云影的身形
那一片云纹粼粼交叠，若无数幽暗瞳孔隐隐俯瞰的青冥
和若一场漫漫羁旅的尾声，这阴云下莫名而无惑的前行
如同在忽然解开循环的路上，穿过那些忧欢的喧嚷和安宁
经过我曾于遥远的往昔在这里，对一位陌生女子的钟情

如饮雨者嗅着醇香步进，如同被潮湿空气和滂沱预感引领
神灵接踵在沉寂的密云之下，那无垠躁动的大司命之影
你们也要赴那将开场的夜宴吗，应终于归来的雨王之延请
在彼处，载渴者将饱饮、喑哑者将歌唱、沉睡者将苏醒

我走在被预兆淹没的城市，看见纷纭摩肩的神灵
他们在乌云下渐行渐现，有拖着蛇尾或宛如薄雾的身形
那些从未相识、听闻或偶遇者，和忽从记忆里唤起的姓名
他则在若切近或邈远的晦暗中，手持云纹金觥相迎

（医院）

我徘徊于不知其名的医院，窗外是晦暗欲雨的阴天
嗅到药香所掩的疾病气味，在诊室和病房间环穿
过道悠长而狭促，不时与不相识的白衣者擦肩
无意中闻其对话：明日要加班、明日的明日要加班
无聊中与那爱笑的护士调情，问她可有约于今日的晚餐
她则不似我所思、所欲、所求，亦无可令我迷醉之五官
彷徨中又看到那十五岁的少年，目光忧郁、脚步蹒跚
我知他未察其源的腿疾并未自愈，只是开散为明日迍邅
或欲随骤起之淋漓声赴露台看雨，遇那空灵者临深吸烟
告知我所拒者乃卷高唐瑶草所制，可令逐欢者一啜入酣
而那笑于骊山者若三度在转角处出现，身着白衫
若以迷蒙褒娜之背影相唤，在我追及时消失于长廊彼端
我在恍惚间来到那重重晦蔽的室前，其门似掩若关
有缝隙比偷窥的视线狭窄，而比那女子的呻吟更宽
我推门看见她纠缠着大蛇尾的分娩，在暗室中盘转数圈
看见命运般缠绕那些婴儿的脐带，如同已系好的悲欢

履霜者

（燎之方扬）

忧伤者乘晦明之间的白马，穿过茫茫如梦的繁霜
你可找到那肌肤如白雪的新娘，她在白云所出的远方
有哀歌起自琼华皓然之故国，回转在飞雪层冰的异乡
环绕着那硕大无形的女子，她着一身迷濛素装
有雪鸟如北方逝者的灵魂，飞过寂寥灰冷的穹苍
大雪则如一个苍老落拓的神明，踱过沿路的荒野与村庄
那些在皑皑群蛇间的迷路，以冰棱刺白驹之颈的饥荒
而那剔透者刲而无血，只有寒意飘落于冰觞
（她若一遥对于晴光中的丽影，在熠耀春日里采桑
于恋歌间徘徊了整日，归来时承无实之筐）

无欢者可曾在异国黄昏，沉沦于若有所赴的彷徨
在那夕晖蔓延的灿烂中，翻过徘徊花间的矮墙
随着那若有似无的歌曲，环行于柔婉多曲的回廊
嗅到花或其他粲者的芳香，在这宛如迷失的道旁
忧烦者，可否在荒凉远方的薄暮，找到了戴花环的新娘
见她忽笑于晚霞绚烂之中，若燎之方扬

（白云自出的山丘）

鸟身少女们的歌声啊，和那些欢愉夏宫的蜃楼
或我想乘着三桅船之影接近，却迷失于潺湲的忧愁
她们在每一个秋季里飞走，容颜则在双眼中停留
在那些无冰雪的深巷中等候，等我永彷徨于歧路的追求
阴云在往复的道路上升起，而虹霓落在远山的那头
这因拾梦逐亡而迷失之旅程，若一场忘却了终点的漫游
我看见那个大纵欲者，他走过了泛滥又干涸的河流
在每一场骤起或久盼的雨后，站在积水的路口夷犹

而那个曾善笑的女人啊，她此刻在种花、采蘩或酿酒？
我曾在一个晚霞炽燃的日暮，经过她贴上了喜字的门口
那时有车马如烟花停在屋前，而我在遥远的阴影下饮酒
望见那粲然凝结的笑容，当她于沉落的夕晖中回首

戴花冠者，自你从鲜花之城远离，今已徘徊了几周
她们曾在烂漫的春光中归来，又将离去于这一个深秋
是否能找到你远行的踪迹啊，若沿着城外蜿蜒的烦忧
若追随北国雪地上的足印，若越过白云自出的山丘

（新月）

你可曾在新月之夜，蹚过那小狐溺水之河
找到那白蒿间的小路，随你悄然的脚步闭合
你可见到那怀抱小猫的女孩，徜徉披柔茑和曼葛
留着比生命还稍长的秀发，有未被烦忧侵扰的前额
她曾欢笑于多花的盛夏，今只有白菊与黄菊间的抉择
如若欲开口同她说话，总若有濛濛无形者相隔
在她遥远的梳妆台上，荒凉有蛛网、木梳与蛇
她本应成为新娘，若非在那个冬季夭折

（女孩儿已盘起了云鬟）

那少女在微风里拾穗，拾到了离去者的忧愁
他已不在我俯身未见的背后，亦不在这金黄麦田的那头
他曾带着那些歌儿和欢笑来此，在漫长的盛夏里逗留
带我们泛舟于波光剔透的河上，于沿岸的繁花间漫游
他曾在永不归返的列车上，向着那奔跑的小女孩回眸
如今我们都不再能归去啊，如同那河水不能逆流

那妇人在雪地上漫步，若沿着远别者的忧烦
这里已没有他如命名者般，唤出的辛夷、白芷与木兰
他曾在多花的时节来到这里，隔绝开北风呼啸的严寒
让歌与欢声缭绕于玉波之上，乘着那斫冰御雪之船
他曾在暮夏开走的列车上挥手，匆匆一瞥后永不归还
可知曾扎发辫为你送行的女孩儿，如今已盘起了云鬟

（白狐裘的王后）

无名之花开的山路，扶苏与葳蕤间的神灵
和永在那一个季节腾起，仅关于玉波和云雾的爱情
那些飘扬出岁月的欢笑，在光影间显隐的身形
无论我在寒暑间往返几度，她们永在妙龄
而那不死的灵药不可寻觅，惟有这支歌尚未安宁
王又回到北方严寒的故地，在冰雪间隐姓埋名
而何时该筹备那祭典啊，何时梨花自五楼十二城凋零
当那穿白衣的女子归来时，我将履霜在渡口处欢迎

偶记起为寻找白云所出之国，驾八骏九逸的远行
在那个荒远之地的日暮，看到了仿如诸神的巨影
那些在巨木之林中的露宿，沉眠于若华所绽的光明
和在静夜里女子的歌声，遂在一梦中被忧欢引领
鸟群无休地在河谷上飞过，振翼如瞬息变幻的阴晴
跨蹢临延伸无尽的长河，见那吞象雄虺之没顶
在大司雨御骊千乘而来时，有倏忽万里之雷霆
王在阴晦无雨的大漠中困顿，刺其左骖之颈

我在树木萧疏的路上，拾到了琼华之落英
欲去找那赠我蔓草的少女，而她未在城隅、林下、丘陵

北风中若有隐约徘徊的歌声，供漫步者揽衣抱臂倾听
关于那场赴白云间徒劳的寻取，而那歌者则无名
他问是否见到那着白狐裘的王后，她正从迷濛山城途经
我走在故乡落雪的山路，遇到童年时相识的神灵

（她已在别处）

诗歌在晦暗与光明之间，在忧欢交映的双目
如阴云下载飞载止的神灵，忽栖于浆果若宝石的灌木
我追逐那轨迹而迷途，在环迁的诸路上往复
于一日间三度听到那谶语，关于彷徨、生死和恋慕
而她不在白云所出的丘陵，亦不在故乡多花的山麓
不在有约的桑中、阳台、洛浦，亦未在酒肆中待我光顾
那些在晴曦或零雨间的浪游，那些因寻欢拾繁的虚度
我随司命神来到徘徊所指的黄昏，而所寻者却在别处

大司雨在迫近或邈远的云里，花则在我迷离而行的沿路
马走失于繁华或荒凉的路口，忧烦者忘却所来、所经与所赴
预感如杂草或九首蛇之蔓延，自那个遇到神灵的日暮
他隔着重重的隐喻同我交谈，关于哀歌、濯发者和薤露
那些在荒原或闹市里的迷失，在有琥珀和夜光之地的借宿
那些未识却善酿的女人在黑暗里，变成夜歌、流水和动物
而我在潮汐般反复无止的长梦中，三次听到催促
如陷于一场永已曾至的循环里，却并不能稍歇停驻
我在曙光中又见到那戴绚烂花环的少女，隐于朴樕
一如多年前在大阜甫草间畋猎时，所逐九色麚鹿

而所恋者在光明与晦暗之间，迷濛或炫目
并不曾来或将至，不可以预期与回溯
那些忧欢间的无语与歌吟，若与神灵的错失和会晤
当我履薄霜来到那门前，她已在别处

（套娃之梦里的灵魂）

九首蛇依次生死，若忧愁之递嬗
村中小路在落雪前的一夜循环，是夜有关于雪之梦幻
你可曾踏着那繁霜如月色，走入种葡萄女人的庭院
看到那并未曾结果，而是绵延为诗歌的藤蔓
有被覆盖或显露的足迹，在荒凉的雪地上续断
那羁旅于套娃之梦的灵魂啊，何为去君之恒干？

高楼上那戴璨璨宝石的倾城者，和楼后卖不死药的小贩
我在若无尽回转的楼梯上盘桓，沿途有逝影弥漫
那些曾一瞥或久对的女子啊，她们的冷漠、窃昽与讥讪
还有那瞬逝或彷徨的爱情，总比我赴约的一程短暂
楼外那殷殷的预言之声，若大司雨隔着重重障蔽的问唤
我临窗看见神灵们走入密云之中，状如鱼贯
她在那远隔徘徊的顶楼梳她的云鬟，四方如此晦暗
哀歌流荡于阴沉环绕的楼道，迷失中陟降难辨

忧烦者看到那遥远往昔中的女子，在雎鸠于飞的对岸
认出了着新衣的司命神，关于流水、青荇和窈窕者的装扮
她载着叠复的光阴走来，拖着浸入水中和灵魂里的长辫

忧伤地隐现在这颓靡城市的冬季，濛濛如雪如霰
或云她已于昨夜或多年前去远方，那里有欢歌和诸花明艳
我乘上那似仍有她余香的列车，去赴不知其名的某站

（神灵在雪夜后的足迹）

晓色中若骤然苍老的国度，和雪原上恢弘难辨之履痕
那位神于无休循环的夜里，经过了夏宫遗迹与飞鸟之坟
白衣的挽歌者在寒冷中隐蔽，其嗓音缥缈而低沉
它们唱永隔绝于风雪彼端的昨日，在北风中不可辨闻
忧烦者曾在晦暗中迂回，找到大蛇尾者虚掩的房门
在那个可以出行、畋猎与祭祀，遥远的吉日良辰
若一个揽衣载畏的迷途者，躲避着夜色与密云的阴沉
在命运无尽盘卷的长夜中借宿，梦见了鲜花之城的沉沦
当他从那覆雪的小屋中走出，带着若缭绕着余欢的灵魂
看到了神灵蜿蜒的足迹，于那个雪夜之后的清晨

徘徊者遇到泠泠纺纱的老妪，在迷濛阴冷的霜林
她在每一条岔路将迷失者等候，唱着绵延冬季的歌吟
你看苍穹上那透出清冷日光的罅隙，它与两侧阴云相邻
阴晦中有盘旋而下的雪花，如同已永远飞离的鸟群

（三岔路口）

我在北方积雪的小城徘徊，遇到那倾城者
一如那些兴亡的长歌之所述，有云影在她的前额
那似颦若笑的眉目间，如钟情与轻蔑的两可
邂逅者则要在所余所向，与那朦胧丽影间抉择

若在零露间沾湿了鞋袜，可以晞于煦风自来的阳阿
而若非被含睇的一瞥所迫，切莫涉长鲸皓齿之大河
或我要去嘉宾已至的黄昏，却在这半途中莫名耽搁
如随着那若显若蔽的幻影，走过似逐似避的曲折

我在疏明之林间迷路，听到采桑女子之歌
传来自西郊、北门与南苑，似一条多首环视之蛇
若有无数道暖暖错杂的日光，在枝叶间半落半遮
我在那三岔路口之上，看见纯狐、雒嫔、姮娥

（衔夏花的男子）

忧烦者在雪后的拂晓，看见那蛇尾的少女
她在皑皑的旷野上蜿蜒蜿蜒，伶伶踽踽
沿途的冰河、雪鸟和白废墟，若一场有赴而无终之旅
身畔那幻化出银白蛇影的北风，如缠绕凄冷灵魂的低语
那在桑中、城下、家里的迷失，那场因霜降而迁延的婚娶
你可曾看见那衔夏花走过的男人啊，他曾是我的伴侣

冷梨花仍萧疏地飘落，若昨日已宣泄之哀伤的盈余
地上的积雪又加厚了三分，在我又忆起那男子的须臾
他曾是夏夜中的不速之客，穿过重重似闭半掩的门间
带着许多宛若恋慕的花儿，往返于窄巷和通衢

似曾在骤然落雪的山中失去那牝鹿的踪迹，忘路失虞
迷失在循环的履霜踏雪之梦中，将锦衾蜷局
倾国者拖着苍老的大白蛇之尾，环绕在昔日鲜花之都的城隅
王沉睡于雪和其他永落者之间，远隔欢愉

（雪中背影）

那纤秀的女子在下雪的街市上，行色匆匆
若一个空灵而柔美的幻象，穿过人流和摊位的塞壅
我在上班途中见到她白衣的背影，俏立于晦暗影像之中
与她隔着飘舞的雪花同路，若一场载恋载怯的跟踪
而道路向雪幕中曼延，这一程如无始无终
在这因公务早出，被重重烦忧所缚的初冬

那永不能迫近的距离，和其间稀疏或稠密的人丛
正与多年前那忧郁而虚幻，从未曾明言的爱恋相同
她走过我熟悉又陌生的街道，走过这场雪的清冷和朦胧
直到消失于某个迷濛的转角，终未能看到那面容

（冬季　她未在约好的西郊）

忧旅者在濛濛失时的水畔，见迷雾中有舟子招招
悯然于绝寂中徘徊相环的呼唤，见那影子撑着迷途误路之篙
我要去白水和寒波的对岸，应远处的蒙山与洛水之邀
在这云气郁郁的河上溯洄而去，穿过幻化为烦忧的波涛
途中或会经过那善客女人的花园，她种着芍药、木桃、兰椒
或我本应在绚烂中久留啊，却随着那泠泠的逝水远漂
漂过那宜笑或宜泣的姣好幻影，漂过无数个化为昨日的明朝
直到欢愉都如舜华般零落，惟有雪皇后的花朵不朽不凋
我要在北方那空旷无垠的雪原，找到隐蔽的九只白猫
归还散落的灵魂于那冰封之美人，可再听到她的歌声潇潇
当我在彷徨寻觅后姗姗迟到，经过那些雪路的分歧和相交
那长发晦如风雨的女子则并未到来，未在我和她约好的西郊

仿若远赴北方寻那冰冷独立的女子，越过诸水迢迢
在愈发阴郁的天穹下遇芸芸神灵同路，各自御波或悬匏
在那些被忧伤者荒废的沿岸花园中，生满宛如繁霜的白茅
而迷失者环流中骑冰挫雪的一路，若一场陷于徘徊的徒劳
若有邈远晴曦透过浓云间隙，他在梦见少年时的小憩中闻韶
与那默恋的女子在路边邂逅，于触及时化为溽淋的歌谣

（白门间）

那歌者在赴约途中，迷失于风雪骤降的岔路
看见那迷濛拖庞庞九尾的女人，在若见而未及的彼处
那些转瞬间被大雪掩盖，未留下印痕的脚步
和在她身形的错失与重现之间，迷狂般的疾行和停驻
那仿如逃开又暗待的背影，若一场欲掩或犹疑的引渡
跟随者穿过如重重罗生的白门间，那微舒又合拢的浓雾
他来到那陌生而苍老的城下，如远隔着茫远兴衰的归复
若见那回首者倾国的容颜，和倒映着一个雄伟者的双目
她说这里是涂山或有苏，被冰雪封存的欢愉之国度
你曾在一个茫远不复的往昔，戴着王冠将这里光顾

（饮雪神灵）

我在独饮的小桌对面，看见那饮雪的神灵
朦胧地坐在小店幽暗的角落，远离开惨白灯光的照明
窗外是阴沉如晦的白昼，隔着一片冰凌花的绽放和凋零
隔开我烦忧中的操持劳碌，隔开雪皇后寒彻骨髓的爱情
我是如何来到这里呢，若被那冰雪塑成笑靥的女子相迎
当我在上班的途中遇雪，忘记了所处、将赴与姓名
杯中那染霜未凝的冷酿，和徘徊在屋外的巨大身形
或我本欲在此处暂避，而风雪在我迷醉前未停

忧烦者在濛濛飘雪的早晨，走过蜿蜒覆冰的小径
看见醉卧在路边的饮雪神灵，和他关于雪中酒肆的梦境
他觉察到那忧伤的女子，若隐蔽在转角或迷雾中的宿命
用三个故人的名字将她唤起，在迷濛中并未有回应

（女子与雪人）

如同随一支隐约挽歌的指引，找到那些将来者的行踪
我遇到那群受祭冰觞雪饮的神灵，在这迷茫寂静的初冬
他们走过阒然凝滞的溪流，走过那些女子化为雪人的桑中
将这国度繁华落尽的萧条，用关于大迷蒙者的预感填充
大雪在无垠的苍冷密云里，在它如大白蛇旋舞盘桓的半空
将落在这曲折多支的路上，落在我迟到的鹿台和上宫

远行者感到那北方苍莽的神明，在远山之云雾间移动
听见那雪中女子，以饮过永居雪国之酒的嗓子歌颂
惟有将濛濛蔓延在此的白花，不需要在欢乐岁月里播种
那些曾莫名徘徊的忧伤，在寒意中化为有形之悲痛
我想起昔日河流尚潺湲，她着白衣在淇水上相送
我以为会在冬季后归来，未知那冰封者再不会解冻

我在挽歌中遇见持冰觞的女子，遮去的面目与雨季里相同
隐现在雾凇之林或积雪的山麓，带着若骤然被凝冻的形容
而我在这苍茫雪国中彷徨了几度，裹紧终未能御寒的狐茸
经过那些神灵的遥睇和低语，这雪路则循环永无尽穷

（鸟落于濛濛覆雪的小屋）

如同一个空灵若挽歌的旅人，在空濛雪国的迷途
仿若在每一条雪皇后先行的路上追随，而未能趋近其所逐
天上有飞离又化为白幻影归来，盘旋的睢鸠、燕燕、鸿鸽
停在不知所向的头发和肩膀，停在雪山之路的曲折和起伏
那些北风中隐藏的忧伤者之低语，和迷濛幻化的九尾白狐
他走在了无痕迹的大地上，如未同化于风雪的苍影般孤独
山神们若一支哀伤无声的歌队，漫游中穿戴着白冠素服
问你可认得在路边化为雪人的女子，她曾欢笑在繁花之庐
她曾采沿途凋零的野花而忘归，在分出雪路的道口踟蹰
随哀歌踏上那冰河的薄霜，以她未着罗袜的纤纤玉足

迷失者三次望见那静立的女子，若有冰霜覆在她肌肤
并不开口、颦笑或者转睐，若永恒地掩映于玉树扶疏
雪之国环绕着她消逝与出现之地，被风雪侵袭的鲜花之都
从茫然结冰的汉洛之水，到一场大雪连缀的蒙山与有苏
而我要将那小休的神灵寻觅，从彷徨之终结到相遇的遂初
看到那空灵如歌之鸟载飞载止，落于一座濛濛覆雪的小屋

（罗帷里的雪皇后）

履霜之路上的白雎鸠幻影，和远方被寒风吹起的罗帷
我要去赴不知其期、其所、其事的约会，徘徊至白马咂隙
那些在白水浮冰之河上的饮马，饲之以琼华的荒疏与葳蕤
走过雪路的曲折和叠复，若一场对缥缈北风的追随
而那个在童年时就已相许，至今仍未见的女人是谁?
仿如仍在遥远落雪的北方，独立于白草苍苍之河湄
她在那永远结冰的大河之彼侧，被从不消散的白雾包围
远离我的斫冰、履雪或泅渡，远隔我的遥望、溯游与溯洄
那盏我从中取饮彻寒之酒，浸着一条蜿蜒白蛇的金罍
和一场在无休的愆期易地之间，坠入茫茫白雪的来回

我听见挽歌或预言，若来自此地或彼处被风雪障蔽的歌队
这是巍然冰封的雪国，在重重歧路的交叉回转间破碎
或欲在那寒唇女子的酒肆小歇，贳酒以挂峥嵘玄冰的玉佩
却如被缚于永不能宣泄的悲哀，无数次呕哕而未醉
如迷失于首尾互衔的一途，则不可分辨进退
如化为无忧无欢无食的雪中虚影，则无谓丰年或荒岁
我在迷茫冬季，去赴那忘地、忘时、忘事的约会
看见远方被寒风吹起的罗帷，仿佛惟有冰雪在内

（欢聚之地）

我走在夜色中的长街和曲巷，要去找那欢聚之地
若有神灵或故人在某家小店等我，在这一如当年的冬季
置于温室一角的大衣、手套、围巾，和欢声中的饮酒无數
我似无数次与同伴穿过寒冷空气去那里，独行时却已忘记
若有朦胧无定的忧伤和沉郁，在前方灯火和黑暗之际
那些在白昼里与我寒暄嬉闹的女子，在此时将房门紧闭
街道旁是萧条至一览无遗的树丛，并无宜笑者在其中隐匿
未如我在多年前载歌经过时所想，她在繁茂后亭亭而立
那支我以为遮蔽于喧嚣的歌声，和此刻恍若自嘲的沉寂
惟有若在空茫旷野上无处可栖，空灵之鸟般的预感和回忆
雪忽然落在徘徊者的背后和眼前，落在过去和未来之间隙
在前方那将要途经的雪路上，惟有自己曾留下的足迹

（歌者之酒）

神灵在曾在与未来间徘徊，在那些燃起与熄灭的时光
从那永不入夜的繁华都市，直到白昼彼方的静谧村庄
他穿过鲜荣之城如宝石的夏花，与雪皇后之国的皑皑繁霜
将那蜿蜒舒卷的轮廓，倒映在被光影斟满的金觥
而歌者能饮下那如甘若苦之酒，嗅到神谕或倾城者的芳香
或可又与那个女人邂逅，当繁鸟萃集于山梁、丛棘或苞桑
她就阴郁或明艳地在常经的路口，隐现于诗句的欢乐和忧伤
在每一度寂静降临时消逝，于重现时换上时序的新装

而那遗失花冠者在何处流浪，西郊云下或积雪的北方
自他从繁花缭绕的城门离去，迷失于食诸马之酼的饥荒
那似同尾异首之大蛇的道路，和每一处有司命神行迹的异乡
所行处有如影相随的阴云，以旅程划定的雨国之边疆
而是否能再见到那些善笑的女子，已忘其形貌的淑姬和孟姜
她们不在萧萧落叶的榆杨之下，亦不在暮霭迷濛的寒水中央
他撒出又收回的恋歌无得无获，如远方思妇的无实之筐
只有如难解的预言在头顶悬置，那片云纹交织的阴晦穹苍

诗歌却不在白云间或掌纹，而在大徘徊的轨迹中隐藏
在去见那颔首又愆期者的途中，所无尽盘桓的幽暗回廊

那永循环在一个黄昏的喜宴，和被重重逝影围绕的婚床
求婚者窥见那窈窕宜家的女子，隔着一段桃花初开的院墙
神灵在每一个折转处在场，在那延伸入未来迷雾的路旁
当那忧烦如云荫之初抑，或有欢欣若炽燎之未扬
而司雨神之大祭司，鲜花城、密云国和雪之都的王
请让那诸首之歌环起吧，跟随你无始无终的彷徨

（司命之肠一）

吟游者带着抱琴的影子，穿过飞鸟低徊的小巷
地上有闪现的宝石与落英，若可以拾起的欢畅
沿途那灰暗或粲然的房屋，花如仍在矮墙后开放
那仅被目光照亮的欢乐和忧伤，相继被忆起和遗忘
寻觅间阒然无人，只有小路延伸向途人所来的方向
若一个失忆者之归返，在每一个若熟识的路口处延宕
那些若从远方或灵魂里传来，关于缥缈恋慕的歌唱
那已化为影子永嬉戏在此的小女孩，此刻是否无恙

在那些街灯绚然亮起，神灵们络绎显形的夜傍
她会明艳或黯然地立于路旁，以我不曾相识的模样
忽想起在循环的四季畏寒或避暑，赴居室未饮完的醇酿
今则是于片刻间或多年后的复返，却迷失于徘徊的一趟
仰望似此巷般缠结的云纹，似看见司命神莫可言说的形状
旅人在转弯处、岔路口和旧门前，遇到那无忧童蒙的影像
他若浸没在二十个雨季的积水中，遥远地漂荡
雨则在相对之时，落在屋顶、土地与归来者头上

在云影和夕晖交织的小巷，翼如者于晦明变幻间飞翔
烦忧者若听见如歌的低语，在尚未响起的雨声中隐藏

他带着琴与影子回到这里，未看到那些背影上转过的面庞
他们在晦暗的转角闪现，消逝于仍开着旧日鲜花的矮墙
在渐隐于暮色的路牌上，写着此处乃司命者之肠
街灯在其后燃起，照亮了神灵与逝影的彷徨

（司命之肠二）

六点时涌起的浓雾，和写着大司命之肠的路牌
我在上班或归家的途中迷路，若影子般堕入徘徊
在那骤然阒寂的迷濛里，似有悲喜间的神灵们往来
他们在一半繁荣一半冰冷的街道上，踏过落英与繁霜皑皑
我在那迂回反复的歧路旁，找到了八骏依次死去的尸骸
那些曾腾跃在白云间的明敞者，如今深藏于蒿莱
在无休经过的楼群里，有曾邂逅或未逢女子的故宅
她们却从未在家中或应许之地，未在我寻觅的桑中与阳台
你是已忘却了采蘼芜而归的忧伤者啊，还是仍为她永怀
而纵然在这终无所得的循环里，寻欢者的衣装总是新裁

远行者看到那高楼上的女子，戴着翠镯、玉环、金钗
在没有入口的闺阁下陷入徘徊，恍如涟漪的欢喜与悲哀
如在上班或归家的往返间迷失，或赴一座陌生城市的出差
你可去过那名为大司命之肠的道路啊，从未有有生者离开

（在此饮美酒又去蒿里的过客）

宜笑者，可记得其翼绚如的神灵，从午后的花畦途经
可记得那双被欢悦与慕恋燃起，倒映着你丽影的眼睛
当他载如云的宝石从鲜花之城到来时，那河上尚未结冰
你可记得白马上戴灿焕花冠的求婚者，如玉如英

而总有悲伤在司命者粲然而笑的背后吧，如影之随形
我种在后园的木槿、兰花、芍药，在雪皇后到来前凋零
他已走上那荒凉多蒿的远路，与云影覆面者偕行
我欲晒干这淋漓尽湿的魂灵啊，而雨已数载未停

谁能在迢迢的一程不遇雨呢，若行于阴晴之间的小径
总要在山间水畔邂逅忧愁或欢笑的女子，采蘼芜或采荇
无论跃马看花或失路彷徨，总有那遮面随行的司命
那些在此饮美酒又去蒿里的过客啊，你们是有福或不幸？

（戴璀璨花环的少女）

你可曾见过那戴着璀璨花环的少女，沿鲜花之都的城郭
她曾如一个欢悦时代幻化的精灵在这里出没，巧笑如瑳
她曾像一个诸面百手的绚丽神明，在鲜荣之树下旋舞婆娑
倒影在那些钟情者被恋慕燃起的眼里，倒影在熠耀之水波
而我听说她那不可复见的欢颜，今已被忧愁填平了梨涡
她已不在这荒凉的城隅或萧疏树下，一如遥远的预言所说

哀歌者随着那蛇尾的女子，登上了晨曦和落照间的山坡
俯瞰从阳阿到蒿里的小径上，有芸芸的烦忧者穿梭
我不知道被司命神带来又引走的过客，竟这样相似而杂多
将那支欢乐中抽枝出悲愁的歌曲，周而复始地传播

(诸歌的女儿)

神灵在诸歌中、密云下、阴雨间，在一双倒影着忧欢的眼睛
当寻欢者忘却了地点和时刻，堕入那些环间、临歧和履冰
那场由林下水滨到阴晦城市的回环，和遗失在云里的玉京
在其所止、所集、所萃处的谈话，同那些化为飞鸟的九卿

惟有其歌的旋起、盘转和沉抑，若一个国度的衰朽与复兴
在邈远神话或琐碎忧烦间往复，被未来和曾在间的时代倾听
若有苍老的天神所隐寓之风雪，和无歇自盛世里凋零的落英
那诸面千手的硕人若烟花般旋舞，在永隔着未济之水的云汀

而我要穿过那多首而迂回之径，穿过婚宴上列神萃集的大厅
走过那些虚掩或紧闭的房门，从纷杂的哭泣和欢笑里途经
一如多年前遇到年少司命前的一瞬，所见的绿叶和紫茎
我在盘卷着大蛇尾的王后怀内，看见我未获其名的女婴

伊人河

2017

饮马女人

蛇过道

漫游者，是否能看见雪山，若一连在三个路口左转
它曾现于密云微雨的阴天，比那冬至后的故乡遥远
他曾在羽毛生自锁骨时离开，在悲痛化为蛇蜕后归返
那些倒影着阴云的九河啊，别在我彷徨的每条路上追赶

司雨神啊，你在这边城第三次到来，请将她曾饮马的河谷注满
而我要蹚过这积水或小渠，是否应俯身挽起裤管？
或许人若非盲目寻欢，便不会忽略大蛇出洞之预感
而我则未期这雨天，来伊宁时并未带伞

斜阳

斜阳擦伤无名指和嘴唇，离者在哪道不经意的思绪后等我
带着似远若切的悲哀或欢乐，不可以预期、寻觅或闪躲
它是戴着绿藤环和褐宝石的虚无，徘徊于充满自身的寓所
在没有清醒和安睡的黑暗中，穿梭于窗隙、墙缝与门锁
我走在那从未在场者身侧，生出歌的灵魂在虚构的眼中祖裸
对其说你看这荫蔽我们的生命树，惟有在花皆凋落时结果
我看见那迷恋女人欢笑的男孩儿，在未来的每一处路口纵火
跟着那浓鬓如夜色般的神明，身体被云痕重重包裹
你将几次去那倒影忧伤的河边，迷失于水流的向右或向左
为隔岸迷雾中沐浴或浣纱的轮廓，溯洄溯游地求索？

忧伤者

忧伤者，可曾见过晦如阴天的神明，在木叶潇潇时迎迓
用云纹之手抚我头顶，抚我曾被江水浸湿的长发
你看那遗失的十二楼五城，有关于鸟群或密云的变化
流离者自何时离开那欢宴呢，彼时羽衣者们的歌舞未罢
迁谪者啊，欢悦如蜉蝣之速死，如十月黄叶之易下
惟悲伤化为怀缅或恍觉，如放贷者等在每一处路岔
你可记得那踏花者将远去异乡，剪去他悠悠长发的暮夏
在那些夜晚与梦境的间隙，涉及归来与慕恋的别话
而那永不再回黄昏河畔的失马，隔开无边薰衣草的篱栅
那个曾晤言于白夜里的女子啊，你将在哪一个冬天出嫁?

诸梦

你是否到过无可逃避的阴天，悲伤向每一条路上分岔
亡马者别走近树影，有蛇在每寸枯枝上悬挂
林中有一窥便不可归家的幻景，大九尾者送女儿出嫁
那个所寻的朝慕夕憎之女子啊，纬缅纬缅

赶路者啊，或想借宿在宜笑者的小宅，却迷失于大司命之突厦
那浅流若忽没过头顶，则过涉者不必惊诧
莫信天晴便不会遇雨，有云纹在飞鸟的腋下
你看那暮濯朝晞的女子，在一日间三次变化

（而伊在每一个冬至的梦里徘徊，履霜不着罗袜
王则要在这诸梦无尽赴死的夜里，再度蓄起长发）

肠子与骨殖

在那无何所可赴的十字路口，你将直行或向左或右转弯
愿我明日可化为女人或瞽者，可以对司命者靡顾靡瞻
他扮成带荇菜或白蒿或芍药的影子出没，携悲伤屡次屡番
我想这迷失应以九次为限，如我往日信事不过三

那濯湿又晒干的头发啊，在密云下的烦厌或喜欢
溺水者浸于十月没颈的洪流，如躺在五月漂花的小溪一般
是否仍在斜阳与云海间漂流呢，那两次载我来回的航班
涉及黄昏与冬至的预感，在胃中积存并腐烂的晚餐
远方痛苦与死去的神灵啊，是否与我的彷徨或寻觅有关
是否肠子化为这城市的诸路，而骨殖化为雪山？

乌鸦肉

神灵在无时间的白夜里吃鱼，用预言编篓或饲养雎鸠
我从哭泣或欢笑的女子中走过，却从未知晓她们的喜忧

那初揭复厉终行至没顶的河流，在堕入溺水之梦前脚下的水沟
你可记得在林中遇到的的死鹿，当你初来见我时身携着束脩？
我因迷路犹疑于多云的城市，却仍未逃脱被紧缚的终究
与司雨神在每一个晦暗处偶遇，无休输掉关于悲欢的抓阄
而那些断头之歌如何游动，接在迷惘之尾上循环无休
你是否会到他死去的河中遨游，编他未腐烂的湿发为舟？

（掺过太多雨水的酒，和共那些濯发湿衣者的邂逅
谁能在这阴晦积水的街道，嗅到被浸烂的悲痛之腐臭
我在这城市的每条暗巷中来回，沿着那醉酒神灵呕吐的污垢
看见牵肠或捧心的女子列队在此，问我或曾应许的婚媾
而躲雨的行人却不像忧伤歌声，能将这楼群或雨幕穿透
在那无休遇到的相同路口，谁能告知我应向左或向右？

谁看见那生翼的巨大黑影，落在我彷徨难至的屋后
窥见大司命张开盘桓的肠子，在那里吃下乌鸦的肉）

十月

忧伤可见，姿态如小鸟在阴天里飞翔
神灵则相反，在每一处将被雨填满的暗渠中隐藏

我仿若听见路人的议论，在何处看到我欲寻的亡羊
而斜阳在今天被阴云遮挡，未照在挂着婚照的屋墙
那十月某日夭折的女孩儿，在冬至到暮春里笑着吃糖
在夏季里察觉自己的恋慕，在昨日收下薰衣草香囊
或许仍有带笑女子从门前经过，只是不像黄昏之前那般经常
生着终将在某日哭泣的双眼，被绵密云纹织满姣好脸庞
株林中被忆起或遗忘的一切，骊山与鹿台都预示着不祥
蔓草和月光都令我生畏，女人啊，请拴好你的龙

阴云遮掩失归的神灵，有鸟穿过我独行的小巷
我在异乡小店中买来酸奶糖，在邮寄时将她地址遗忘
雨忽然落在这遥远的边城，落在一切欢悦或悲伤者头上
我猜想那大约太过矫揉，若在此刻问你是否无恙

纵火者

在可以捻成伏线纺织未来的当下里，他似乎最喜欢九月
那些可以忆起的朕兆与预感，火在某分寸上的燃烧与幻灭
诸梦重叠，我在赴拂晓之约时迷失于永不能走出的长夜
不可察觉，那朵徘徊花在我每一次经过起点时凋谢
如无休堕入齿轮般咬合的循环，其鳞隙间有你的欢悦
当神灵被遗弃死于路旁，惟有纵火罪给我慰藉

遇雨者，是否避开密云悬置的尚未，尽欢于舞燕低飞之暂且
而那一碰触便生出的云纹啊，这双手善结而不善解
是否曾迷失于诸水干涸的大泽，引车右旋或饮左骖之血
而你是姓苏、姓褒或姓杨呢，路边似曾相识的小姐？

红莓花与转轮

你是否记得为躲避正沉溺的一梦，徘徊于未至的清晨
看见那站在眼前胡杨树下，却永不能迫近的女人
那些扭曲的树影之间，隐藏着受难或死去的诸神
你可听见那谜样的女中音，仿如阴云般低沉

曾放着薰衣草与耳环的桌上，如今有蛛网和灰尘
那些不能分辨的口红之颜色，碰触或未碰触的嘴唇
你可会在未来或已逝的某刻，叩我已贴上喜字的屋门
而我正外出或在内呢，会否在远方若有所闻

女子啊，原野上有红莓花与浆果，那位神留下的履痕
别用你河中浸湿的两手，碰那一动就不停歇的转轮

食忧伤

神灵为面包坯加上紫色浆果，用曼舞之火来烘
我将它浸在牛奶与清晨的忧郁中吃下，口感疏松
歧路盘桓在一日三次开敞的腹里，被化为蜃楼的饮食填充
悲伤在晨昏时郁结又退去，如同这小城街道的纾解与塞壅
那些关于雪山或空濛之巷的漫游，某个宜笑者的哀婉行踪
傍晚时我听见小女孩儿的歌唱，在路边惘然停驻至曲终

你是否仍在那久久侵扰我的雨后，在那蝃蝀之东
我想在天晴时带上鸢尾花去看你，而去那小镇的列车未通
我在河边徘徊时见到司命者，乔装成正轻歌浣洗的女佣
将那些蒙尘的衣物在清流中浸没，烦忧与伤怀都散入水中
我在其晦然的倒影边静立，问起那溺水灵魂的吉凶
在那她已没入夜色的日暮，遥远的故乡正落雪的初冬

我在深夜吃神灵烘焙之物，忧伤发酵令口感疏松
我饮下悲痛酿制之酒，将盘桓之肠般的暗渠填充

鸟之所歌

彷徨者是否能找到失马，沿着那蜿蜒之河
我猜想你在暮色中待我接你，乘我的断辋脱辐之车
而黄昏永不会复返，纵然水滨之路回环如盘蛇
惟有曾遇或未逢的女子，仍在沿途将容颜半遮
而你是否濡衣亦湿发呢，迷路于这无首之水的曲折
若本就在阴天无何所可赴，则亦无谓因雨而耽搁
我似在密云迫至头顶的路口，有过向左或向右的抉择
雨则倾泻在每一条路上，如鸟低徊之所歌

做梦者

苍劲者之上不可解释的鸟语，和铺满黄蛇之鳞的街道
我猜想若在今天下午时落雨，便可于黄昏向蝾蜒的尽头远眺
那支飘浮于晴朗之城的俚曲，云纹仅在掌心和眼角纠绕
彷徨者在其饮马之地的羁旅，和伊犁河上如金色哀歌的斜照

而你是否记得在山中遇到的神灵，当无名之花开得繁茂
在那扶苏间的漫步与憩停，在浓荫中梦见宜笑者的一觉
可忆共那歌者在缤纷水中扬舲，接过缠满芳荪白芷的桂棹
忽能听懂熠耀者的每一声啼鸣，抬首见无定者在前方闪耀
（直至那三位采荇者的造访，彼时我正年少
山路忽如蘼萍之英般分歧，云则聚拢为预兆）

我在预报有雨的一日出门，在傍晚买来哈萨克奶酪
向杯中斟满紫红色醇酒，用忧伤灼烧过的葡萄酿造
神灵从这陋室的四隅走来，如烟云或她哼过的曲调
如诱人入水者自身亦溺水，那做梦者是否亦被梦到？

橘是柚

大司雨之肠盘转，投影为路之九衢
彼已在黄昏宴请神灵者，为何仍穿社环间？
怀内的云纹之束薪满捧，两手间已未有盈余
沿途有何物可寻取，若已经得之于东隅
或欲晤歌于江滨之二女，以双手携柚与柑橘
却如流入水中的一梦，忽然消逝于怀中的佩瑜
我想要褰衣左右而渡，在这并流的溪水与河渠
却各自干涸与没顶，在我上下而行的须臾
谁知那瞀目司命的儿子，对娥皇和女英的觊觎
却重重周转而无获，无论这追赶或疾或徐

如溯洄溯游之无异，司命的所予亦是所取
忧欢的先至与后来，不过是环绕的哭泣和笑语
或惟有章华遵路之歌，可赠予采桑之群女
她们消散于路之九衢，我所遇者惟有阴雨

卖花女

风吹来自铁路边的花海，车停在某不知名的小站
那个在此来回卖花的少女，垂着她长长的亚麻色发辫
你是否愿递给我一束马鞭草，我愿用未来的许多晴天交换
我愿给那些日子划上云纹，如你在我阴沉的瞳孔中所见
我将经过许多哀伤的河流，有我的失马和一个女子在对岸
看到那永不能渡过的河水，在我每一次途经时泛滥
我会路过那永恒的黄昏，当列车行驶于夜雾弥漫
看到如一出哑剧般循环，神灵如皮影般出席的婚宴
我会在前路遇到络绎的女子，用愈发厚重的云影遮面
看那些永远失去的容颜，惟有她们的悲伤循环无变
而你是否愿赠我一朵玫瑰花，当车尚停留于阳光灿烂
它随后要开往司雨者之城，那里的天色永远晦暗

饮悲痛

神灵在炊烟般的暮云边进食，吃她们采来的荇菜、蘼芜与苤苢
饮下黄昏里的河流和失马之痛，是否能获得形体？

你说要回那宜室者的花畦，为何陷于盘桓的路上而未抵
面对伸向桑中、陌上、林下的诸路，猜想有欢愉在此或在彼
何必向生于女娲之肠者问路，那些分歧者皆通往蒿里
不同者惟有沿途所遇的女子，关于你的慕恋、嫌厌与悲喜
而鸟怎样没入河水彼端的夜色，如其怎在山梁晓雾中飞起
彷徨者在偶得与乍失间的疑讶，和永藏在重重晦暗后的谜底
那些在命运背上欢笑与歌舞的行人，将在某一刻向阴雨城迁徙
蹚过那些及踝或没顶的河流，穿过雨王和他遮面王后的婚礼
而城中的傍晚会有关于司雨神的默剧，在云纹织就时幕布开启
那个曾与我约好同看的女人，你此刻在哪里将长发濯洗？

阴天上筹备着夜宴的密云，受邀者手中的酒樽与匕匕
若我在滂沱时无节制饮雨，可否抛却这悲哀的形体？

歧

在那三个梦首尾相衔的夜里，司雨者路过伊犁
我在清晨看见昨夜积水中有蛇游动，逶迤逶迤
你将蜿蜒去哪里，河畔或宜笑者的花畦？
何处亦不会将那女子惊扰，她已远离

路边的暗渠被倒影积满，而天上苍濛没有虹霓
我曾说自己将在冬至时归去，现在却多疑
若有被远方初雪赋形的影子在身侧，若离若即
你是否认得我在黄昏的失马，或骥或骊？

前路似有神灵缓步之背影，而不可追及
惟愿巷中有异族少女开门对我微笑，如荠如饴
愿我在下一个转角可以忘记，余忧伤如幻如谜
不知为何要去前方采一束马鞭草，而路却多歧

神灵戴一只耳环

神灵收到奶糖和薰衣草玩具，在夜晚和白昼与他交谈
在北方的楼下等将于一周后陷入悲伤者，戴一只耳环

乌鸦群飞过阴云笼罩的广场，迷惘者彷徨在六角形转盘
那曾售花瓶、首饰与礼盒的小店，现在闭门于初冬的霜寒
她在其从未到来的边远城市，留下重重痕迹将脚步阻拦
你可知那化身为河却自溺者的哀伤，在他人不见的水中盘桓
而夜色之肠和雪山下的街道，有酒红色落照的司命者花园
我已在忘却明朝的贪杯之间，用尽了你的三次归还
而那英发者仍立于黄昏薰衣草间，若你将紫色的熏香点燃
转首可见榜枻歌者正并肩身侧，当你在一缸清水中编草为船

而采荇的女子别好奇于死鹿啊，别同树影中走出的男子交谈
他的姿态声音里有阴雨之预感，云纹满掌戴无名指环

鸦之数

纵欲者般虚弱的阴云，和昨夜被雨淋湿的发绺
阳光照在生诸梦者额头的云纹，有黄鳞之蛇盘在门口
那悲哀者从初冬之东到来，是否在路过这边城后远走
那个用难解之语忧伤吟唱的旅人，似已在这里逗留了许久

而你是否欢乐呢，司命神在眩幻中的摇头或颔首
那个不相识的女子又离开了隔壁，窃慕者不必再听墙窥牖
而悲伤会否在这里长留，如蛇在无休的蜕皮中不朽
若阴云会变成多歧的河流，供我在无尽岁月中濯面与洗手
而仍有神灵可以晤言，当在此无节制地延宕或饮酒
在其隐讳的指引前三度前席，关于那些永逝和轮回的是否
你几度见到戴云纹面纱的王后，来自初雪之时某一个初九
你可曾在那黄昏数过天上的鸦群，是奇是偶？

我在客寓的某日整理杂物，发现带来的欢乐都枯萎成忧愁
看见欢歌神在春季新酿的醇酒，在变质之前并未入喉
而我会否在冬至履冰复返，走过在暮夏里泅渡的河流
见到那送行者仍等在渡口，只是将霓裳换作了狐裘

溺

扶苏间的歌者可曾见过司命神，徘徊于阳阿和阴岭
可记得在你一只瞳孔中汲水的女人，哭泣于无得复赢瓶之井
而那个与哀歌无休互化的神灵，请抚我被寒水浸没的头顶
赠我十二楼五城的长生与欢乐，遮住被薜上蛇尾缠绕之颈
谁曾无声地走过清晨的窄巷，将沿路闺中的诸梦惊醒
你们可看到那个雄姿英发的神明，有云纹绣在他的衣领
而水淹过那遥远晤歌中的结言，寻欢者手持一串葡萄的邀请
关于在月光不可照亮的桥上，并肩看脚下九河泛滥的风景
谁在水中解开长发和盘桓之肠，沉溺前我想捉住大饮器之柄
是否饮天上的水或吮吸阴云，可化为大悲伤者在涛中之倒影

想嬉戏的孩子们立于窗前久等，看到大晦暗者在风雨中窀行
经过迷濛花园和积水的广场，这街道将在他离去后放晴
而远方落雪的城中那无名女子，在结云纹者离去后是否安宁
我则在初冬去买花的路上，于转角处偶遇复生的神灵

樱花下

河流如流淌的哀歌，大彷徨者在暮色中停留
你可见如一片晚霞般消逝，走失于夜色的渠黄、骡骓、骅骝
编草者可知我已不再能吟唱，以一束谖草束住这歌喉
豢养悲伤为蛇自缚于背后，可钻进这瞳仁每当我回眸
那欲饮雨者亦可以蹈水，阴云之死后便化为河流
迷失者知晓路之多歧与叠复，自溺者可言水之可揭或可洇
若遇见神灵可预见慕恋或阴雨，应为那粲者或雨宴而绸缪？
司命化作无数向左或向右的路口，徘徊者永是怀玉而乘
如若解衣可以贳酒，则这雨披共风褛俱可以消愁
或我本应在樱花之下劝你，此刻却孤身在雪山中漫游
而密云开合可见虹桥与暮光，若有长歌回转在地之尽头
我在抟土者之肠上周转了三度，除悲欢之外一无所求

摩天轮

神灵在忧伤退过湿发和两膝的拂晓，化作微雨中的乌鸦
那些已被其影子置换的昔日熠耀者，现停在白杨树的枝桠
那远方的梳妆者永在我将至之前启程，相隔两小时时差
我在早餐后经过一处废弃的花园，绕荒凉无由环行了三匝
如那大徘徊者被囚于回转无尽的梦里，昼隐夜现、朝至夕发
我想在歧路上寻找那唱夜歌的女人，她是否在蒿里待我归家
而司命者总在夕阳下现身为爨者或佼人，在河边豢马或浣纱
若有人远眺在对岸的密云之下，远隔开苍霭与苍葭
而我要在你初来时初雪的某日，向那小城中寄一束黄花
它却在迷失者的彷徨中未至，在一个循环的黄昏里积压

忧烦之摩天轮如何转动，傍着伊犁河上的归马与晚霞
总有悲伤如没过两膝和湿发的流水，填满漫游者的闲暇
远避者在这未播种的一年之岁暮，将悲歌又收获了一茬
仿如丰裕的年月，若不计女子与欢乐的匮乏
谁不走那如蛔如肠的一道呢，惟有雄伟者觉其促狭
那些有神灵和阴云的沿路，在濯发者乍离时的到达

婚礼之后

遇雨者总在现有或将至的阴云下，嗅到忧伤或迩或遐
当你在积雪的城起身梳洗两小时后，乌鸦群飞过这里拂晓的月牙
总要走那条已无数次途经的道路吧，它随悲喜而坦阔或迂狭
徘徊者沿之去见暮色中饮马的女子，在她隐入夜色后的黄昏到达

在我路过雪中小城之日或那婚礼的下午，约定者是否有闲暇
悲痛与其雏形曾在无数晦暗的镜中看我，而溺欢者并未有觉察
嗜雨者在迷濛云纹之后，窥见的侧颈、嘴唇与脸颊
不经意间被阴云浸湿的头发，惟有哀伤可以亲狎
而我曾在那舜华如烟花的车上，穿过这城市返景般的浮华
看见那欢悦筑起的蜃楼之上，浮现出哭泣之眼般的疵瑕

若我在河流冻死又苏生后归去，是否仍有人沿之沤菅或沤麻
或我想在道边为你采集黄色徘徊花，它们却在陌路上开得狡黠
是否你仍夷犹在那初遇神明的故地，等他对从未问及者的应答
或早已去那密云不可触及与知晓的别处，带着你的妆匣？

复生前夜

鸟飞过没有投影的街道，清晨我要去六角广场
我要去买花瓶、剪刀和储物罐，当那女人将店门开敞
当我在路边等待的时刻，有一支歌在每一处隅隙间回响
有一个迷濛影子出现在十字路口对侧，在阴云下十分迷惘
是否我上次来这挂满异族首饰的小店，天气尚晴朗
那条我许久再未去看的河水，可曾在这雨季里上涨
那由湿润泥土堆起的丰腴河床，若一个女人在夕阳下横躺
当我在水流的彼侧遥望，似听见忧伤正沿岸生长
而这些关于阴天和河流的歌儿啊，能否在神灵那里得奖？
他会否在某个晴朗或阴郁的日子，忽带着礼物来访
而那些被哀伤促迫的徘徊，在每一个转弯处忘掉的所往
我是否要在那姣颜的神复生前的一夜，三度说谎？

阴晦中若明艳幻影的小女孩儿，和不知何处传来的歌唱
我要去前方那积雪的广场，穿过这阴雨连绵的小巷
那姣服的神灵在北门外等我，而我在没有路牌的匝道之上
在两度经过那出口之间，将约会的地点永远遗忘
将悲伤塑成那女子之形的抟土者啊，这些蹚过河流的梦象
总在我醒来时仍夜色笼罩的伊宁啊，请你快些天亮

徊

忧伤者可曾到过黄昏的河边或雪山之下，神灵在此或在彼
谁知道从那女子饮马之地到这阴晦边城，所行几里？
那些总是迟来的天明和日暮啊，她远隔时差的理妆与梳洗
而我为何在无数次被淋湿又阴干的循环雨巷里，徘徊不已？

飞过城外或远方河流上的晚霞，飞鸟在冬季前迁徙
而司雨者仍长留这地，那迷路女人曾在此饮下甘醴
你可记得这痛苦曾如蜜如饴，她走后那蜕皮为悲伤的欢喜
或言欢愉不在酒囊的褶皱，而在那啜饮者的身体

密云总在要出行时下沉，如河水总在欲渡时涨起
那个出现在我濡发之地的神灵，是否亦出席过徘徊者的婚礼
而我仍在回环无尽的路上，看到无数个正寻欢或溺悲的自己
你是否会在我持一束黄花去看你时，将罗生之间一一开启？

徘徊者若能无休路过阳阿和九河，将其发复濯复晞
会否在某时与姣服的神灵重遇，如履践那永远悬置的约期
持一支卷葹走过冬季吧，走出那沉寂又绽开的涟漪
走过阴雨中屋檐下的曲巷，沿着迷濛中明艳蜿蜒的花蹊
（当我俯身挽起裤脚时，积水已没过了两膝
先挽上这重又蓄起的长发吧，不必在没颈的河流里褰衣）

无马

当客寓者忽在其家中醒来，发现并没有马
而若我们都只在天神的一梦中，如何能辨别真假？
我在名为女娲之肠的集市上来回，算计着所购与所费的多寡
看见司命神混在人丛之中，变幻着欢喜与悲哀的戏法
我想用手上的戒指和囊中所余，换一把密云赌坊的筹码
当我同那云影覆面者交谈，是否有神明看见我俩？

嘈嚷而荒凉的十字路口，和那各延伸于晦暗的路岔
当我走到那没有招牌的门口，是否有云纹刺青者迎迓
我见到那盘发如阴云的女子，循环于她令我抉择的一霎
输光了夕阳、九河与诸马，将姓名与所归一一估价
而那旋舞者的背弃或归来，忧伤与欢喜间之互化
或我们在晴天阴雨中徘徊，始终未离天神的卧榻

司命者花园

悲伤者在沿岸有鲜花或苍苇的河上，在每个破晓和日暮划船
用神灵递来的桂棹或木楫划船，会否在背上生长出忧烦？
那投在我四周的云影，和它化为大蜃、城市与渚上舞影的阻拦
每当我看见岸上那仍在忧伤的女子，便知这条河又开始循环
如时间停在一个将到来的冬季，那只鸟无数次地飞过这里向南
她则在一个我无休经过却不知晓的地方，盘起永不生长的云鬟
我曾在一个黄昏向司命者赊来的甘醴，在宿醒之后应如何偿还
是否可把所有沿途将遇的欢乐，都置换为悲哀如蔓如覃？
那些迷路女子昨日行于桑中和陌上，今天在水畔采藻与采蘩
大司命在未雨时化身为重重歧路，在滂沱后现形为诸河之盘桓
那总藏在那一处夜色里的哀歌者，他问我其所唱者应如何流传
你是否听见船桨来回划过忧伤的低语啊，它们将一同归于潺潺

而云纹会否沿着我后背生长呢，当司命者花园又现于眼前
那里已在某一个十月里荒废，只有阴云化成的乌鸦在其上盘旋
我知通往那善笑女子的后院，曾有一条小径在暮光野花间蜿蜒
我曾沿之去见一个夏天的所恋，直至它终和徘徊者之肠相连
那些曾预支许多欢乐换来的芳醴，在酒醒后便忘却是否甘甜
只有我划船在这环流的水上，所无休经过的司命者花园

忧喜化为人形

永远迟两小时的拂晓，和永不能煮熟的燕麦
黄昏时买来的葡萄，在哪一个昨夜里腐坏？
女人们从曙色中走过，带着蘼芜、白蘩或荇菜
若化为人形的忧烦和欢喜，将所携者似彰若盖
那赭石色眼睛的女子啊，客寓者溯回溯游之所爱
那影子的戒食、沐浴与失眠，弥漫在无限堆叠的现在
她沿灵魂的每一道暗渠而来，黑暗中若嗅若籁
比徘徊者的歌儿幼小，比化为路的大蛇年迈
此处没有的阴云，在少司雨曾默对的窗外
那些云纹掩蔽的神灵啊，在哪个曾去或未来处等待？

麦田里的神灵

鸦群飞过有罂粟的田野，没入老太阳昏昧的目光
那个曾在路边赠我欢悦的神灵，他在许多枯黄麦穗的中央
黑发的割薤者从河之彼侧走来，随灵魂或泅或蹚
如同隔开无数聚落重间与我相邻，在我伸手可触及的远方
而那些总隐藏于夜色的兽影，被嗅到的贪婪、欲念与惊慌
谁能从这永无偏差的循环里，悉穿我的悲伤

黑暗中被镜子划破的手指，牛奶在煮沸时变质
司命神曾寄居于掌纹或预感来此，在那些没有阴云的昨日
那大截流者在黄昏的河边，为昼日三接的儿马去势
水中央如兴衰般旋舞的硕人啊，她已转颜背身了几次？

徘徊一个夏天的欢乐、歌唱与暗哑，收到后便枯萎的鲜花
那褐瞳的失眠者曾在暮光中饮马，在九月的某日归家
夕阳下有罂粟花和亚麻的田野，仿佛成群飞入梦境的暮鸦
那迷路者在麦田中遇到了神灵，于对视间容光焕发

堕入未曾

那座黄昏永在入夜后来到，能看见雪山的边城
那些在阴晴忧欢罅隙间的游历，路仍循环或堕入永恒
迷失者三次沿花径到达悲痛之地，三次皆昼夜兼程
与手染马鞭草香的纺伏线者，在无限个构境里重逢
而司命神凝视着他无论索取或赠予，涉及欢乐的无能
遥看他每一度曾有的所得与所遇，都将化为未曾

濯发神灵

濯发公主

大司命豢养的乌鸦群，关于其轨迹和数目的占卜
我若在清晨遇到偶数个长发女人，是否意味阴云将飘来自河谷
那个我在下雨之前，经过的有小孩儿影子嬉戏的花圃
会不会被积水和神灵的忧伤淹没呢，到我再路过的下午？

我若在淋雨时遇到有蛇尾的女人，会请她将这滂沱的一天修补
而她在我若听到歌声的阳阿呢，还是拾到裸衣的澧浦？
我看到早上花园中影子的主人，正在我家后窗外的雨幕中跳舞
你们是否喜欢司雨神呢，喜欢那阴雨天的濯发公主？

阴晴

迷途者在光中或影下呢，这密林中的晦明如何变化
我听说那大九身者的女儿，会在这种下雨的晴天里出嫁
你是要寻取还是逃避呢，当犹疑于每个若有霓虹预兆的路岔
若看到那戴着云纹红头盖的女人，徘徊者不必惊诧

忧烦盘桓在阴雨天，神灵在滂沱之下说话
你是否听见在哪一个时间，河流会溢出天空的裂罅
那女子今夜会在哪里沐雨呢，明早在何处晞发
淋涔淋涔啊，纬绲纬绲
而我能否赶在未雨时见你，当你在大舒窈者之下
而那男子忽化为司雨神，在他走近的一霎

瘾

多云的下午我躺在阴暗卧室，看见神灵对悲伤的因循
张开盘卷如多歧哀歌的肠子，等待雨或饥饿的来临
那些似要逃避大司雨的呼吸，穿过我幽暗思绪的飞禽
那个在重重云痕后对我巧笑的女子，不可预见、不可后寻
而你是否曾在午后六时赴约，穿过那无颜面和悲欢的人群
见大雨从拥塞街道飘至远方河谷，那条河在潮涨时的呻吟
我看到雨王在那些或怨或恋的女子间，关于欢乐的赤贫
或者那大蛇尾者赋予我们躯体以泥土，而塑造她们以阴云

那个披着滴滴湿发归来的诗人啊，昨宵在哪里夜饮？
我闻在从狂欢饮至悲痛的夜宴后，会有九个冬天循环的饥馑
你看那在自己所祈之雨中渡河而死的凄凉流殍，是否可悯？
若要问那令我往复忧伤者如何名状，我觉得那像是瘾
（在这阴云如大司命饥肠的路上，有失忆神灵倏忽变易的指引
她则在那我永远不可复至的地方，将曾半掩的房门锁紧）

阴雨城午后六时

我在阴雨城的午后六时彷徨，云遮蔽已久久未雨的穹苍
穿行于匆匆归家或赴约的无面者中，如影子穿着便服或正装
那支悄然从街角流淌过的旋律，若有似无的马鞭草之香
她就隐于人群中在此或在彼，只是换了我不认得的新妆
等红灯时我见司雨神在十字路口，在许多晦暗车流的中央
一如多年前我见你在水上，在那些寒衣或泅渡的彼方
那时我蹚过没上两腿与胯间的河水，在你的笑意里略感慌张
而多年后我仍未学会节制，无论寻乐还是沉溺于悲伤

我走在每一度回到初始，都有你背影逝于前方的小巷
在一条无分岔的路上陷入循环，在三次转弯后迷失方向
忽想起预报里午后六时的降雨，司雨将到来于总迟来的夜傍
这城市则在我的彷徨中永不到时，惟有密云的升起与沉降
（那个饮马者离开黄昏的河畔，当阴云拢聚遮蔽斜阳
我会在它被注满时不再哀伤，而那河流却无尽延长）

蠹头浮世

我迷失于有阴云的十字路口，当暮色笼罩这陌生的城市
问路于转身便忘却面容的行人，他告知我前方有司命者酒肆
而我在到达前无休止地遇雨，一刻间灵魂淋湿又阴干了三次
三度走进那夜宴的门口，却如穿过蜃楼般循环不至

我在迷濛中看见能看见神灵的瞽者，关于永逝或归来的卜筮
问他那条河会否在圆月时环流，我亡佚的马匹应何饮何饲
我能否在多云的城中找到那女子，若在暗渠和楼梯间或涉或陟
若雨淹没这有街灯和车流的道路，她便会如往昔般在河之涘
我在他化为黄熊或治水者的河边，听见关于洪水的明言或隐示
当这条河在雨季中伸出九首，那些漫溢的悲伤都可以安置
而新生者会否踏着冰河归来，所行处积存九个冬天的冰雪消释
他从履霜行至没膝与没颈，当繁花沿岸盛开如灿如炽

而那是悲忧之轮回或蒿里夜歌，大司命巍然而待的应许之日
但人并非惟因晴光而出行，当阴云无际时亦可以凭轼
那溯洄溯游仍隔一水的女子，倾室倾城仍未展颜的褒姒
人生纵然终无欢亦无执，仍愿沉沦于蠹头露水般浮世

花冠

司命者在晦暗之处徘徊，在夜色里或每一个阴天
在被无歇的雨幕所遮挡，每一扇可以窥见路人的窗边
那个穿雨靴跑过阴郁花径的小男孩儿，在积水中留下的晕圈
那在雨声中听不见的欢笑，水中迷濛的芳芷与兰茝
而那个曾住在我家附近的少女啊，你要在明日乔迁
去那诸鸟亦不知何在的地点，在这场雨停歇之先
而我在未去送行的一夜，看见了生于女娲之肠的神仙
告知我将于多年后无休生死的歧路上，找那濯发者的房间

每天晨昏时堵塞的街道，我寄形于影子的上班与下班
司命神那盘桓无尽的形体，生成他每日忧烦之肠的三餐
或会在某不期的时刻遇雨，打湿我无数次阴干的衣衫
似看见那曾静立于水中的女子，此刻在不可穿越的车流彼端
神灵出没于喧嚣亦多霾的城市，共我离开了故乡的群山
她们着时装重现于密云之下，而我已不再有花冠
我走过在夜色中罗生的重间，见那些门各自虚掩或忘关
陷入那不甘出离的循环，而未有我的欲求、所恋与欣欢

鬟

忧伤从干瞳孔中游出，化为夜色或女子濡湿的秀鬟
化为盘旋于这晦暗小城的乌鸦，和城中无穷递加的暮寒
而我要在雪与雨落下相同数目后，在那个最短的白昼归还
披着我在异乡又蓄起的长发，飞过我在暮夏曾鸟瞰的山岙
神灵在三岔路口的三重应许，旅人若不想迷路则未可太贪婪
河边那饮水便化暮霭的失马，河心那咏歌便成枯草的小船

当我在这多阴云与窄巷之城游逛，会被获得形体的悲哀阻拦
它化为无头之路或雨之预感，一个小男孩迷失在多渠的花园
忽忆起多年前避雨时遇到的男子，带着骰子、纸牌与轮盘
我则以许多未来的欢乐下注，想赢那只刻有云纹的指环
而我自何时起沉溺于阴雨呢，迷恋女子的背影和云鬟
她们或载恋载慕从身边走过，我却只和其悲伤有缘

那些大司雨之肠上生出的女子，永被雨披或云影遮住的容颜
可否看到密云不至的河川对岸，鲜花之城里婚礼的盛筵
人啊，总归在晴曦或阴云之下，会遇到狐狸的女儿携着妆奁
或我想到蒙山或涂山去找你，却在那些迷途遇雨间迁延

蓄

客寓者在白天三度共神灵进餐，在入夜时沐浴
看见不死的忧伤如蛇如肠地在此延展，没有首尾、困乏、食欲

夜游者在多岔之路口遇到的迷路女人，怎样教她们哀歌的格律
在阴云投影的晦暗河流之上，化为马或大蛇之舟如何控御
而那各自伸向蒙山、白云与蒿里的九衢，和一个失途者的犹豫
那些终然要湿衣濡发的抉择，和大司雨之眼隐于密云之窥觑
当黑发淹过额上的云纹遮盖双眼时，则其可剪亦可蓄
而我曾怎样见到那未认出我的女子呢，当在避雨时偶遇
她问我那些被雨淹没的暗渠之深浅，和泛滥之河的端绪
若司命神带着他用阴云塑成的礼物敲门，饮雨者不可抗拒
悲伤亦不可抗拒，如那涉水者每一度过涉灭顶之沉酗
当我阴干淋湿于淋涔骤雨的衣衫，司雨神一如昨日般忧郁

若在一座城市中无尽地徘徊，是否可以预知每件所遇的顺序
那如天神之梦般环绕此地的诸山，你们因何显形或隐去？
而那没有终始、睡眠和欲求的哀伤，在这里如蛇如肠般盘踞
你可见到那蕴藏着诸歌的阴天，当他在这边城里客寓？

围

你可见过司雨神的忧伤，在郁郁的阴云中发霉
那些雨季里喜食葡萄的女子啊，将倒影留在我金罍
无法逃避者显现为粲者或影子，问起我忧喜的萧疏与葳蕤
那些在街心或拐角的偶遇，在我环闾穿巷后的跟随
他将身体化为大蛇、哀歌、道路，将这多阴雨的小城环闉
我则在不可出离的晦暗里，无休为一个陌生女子画眉
那没有容颜、肌肤与形体，不可追问所是者是谁？
大司雨曾在那深闺前经过，将云纹刻在再不可找到的门楣
惟有环路永不可穷尽，消磨那些我无歇寻觅你的来回
若没有上游和下游的河水，则不可以溯游或溯洄
我可否回到诸歧未生的地方，在你床前绕一掬青梅
可否在那初遇阴雨的时刻，就避入你尚可接近的闺闱？

神灵现于当我在晦暗中彷徨，偶然于转角见到的芳菲
在那些我因避雨而误至，却找到了失马的林隈
那些在阴晴之间的徘徊，大舒窈者周而复始的盈亏
如我曾自诸花之城出走，是否亦终然能回归？

左手荇菜　右手蘼芜

忧欢者在晴日或阴天周游，其马璠如晦如
你是否看到那阴暗或熠耀的小鸟，在光影扶苏间相逐
那些小憩时诸路的置换，和司命者化为云影树荫的匍匐
而若从未有所寻、所归、所赴，则徘徊者亦不可以迷途
你可见到那些戴或笑或泣面具的女子，拖着蛇尾的苏醒与蛰伏
在那流转无息的朗照或阴雨之下，衔着甘饴或苦茶

那些从山麓河边走来的拾梦者啊，左手荇菜、右手蘼芜
我从两侧的悲伤与欢喜间通过，如穿过空灵雪巷般孤独
谁能总在那如烟花般的欢欣里停驻呢，不换下婚礼的姣服
如何能在九衢叠复间永不迷路呢，若行路者生而踟蹰
你可曾在她用以濯发的悲伤中沐浴，食洛托斯花或食罂粟之毒
或你是在重闱中饮酒或环路上遇雨，在归家时若醒若濡
是否沿路每一朵若有所寓的阴云，都已在无休的盘桓里相熟
而那被司雨神塑成的女人们垂青者，你是不幸或有福？

神灵啊别在蛋糕里加太多砂糖，它会在入口时变苦
妈妈说那愚者跌下了楼梯，最终却得到了公主
穿红鞋的小女孩儿请来这里做客，结队由暮至曙
在这哀伤未逝的一夜里，请陪我无休止跳舞

神灵与河流

那披着湿发的路人啊，是否知道阴晴的间距
在我穿过云海和喜宴去见你的一天，阳光和煦
谁说当云尚未拢聚之时，出行便毋须携带雨具
人啊总不知在哪个不经意的转角，会忽然同司雨神相遇

我在休息日的傍晚出门，去看关于神灵和河流的话剧
却在开场的时刻仍在途，因路在骤雨中断续
我在路边的积水里，看见曾赠她的芍药、木李、佩玉
同许多灰白的垃圾一起，随晦暗的水波流去
我想象剧中那盘桓无尽的情节，无关乎正叙或倒叙
在我姗姗赶到之时，那两个影子的分离或相聚
那些若云纹般叠复的台词，关于忧伤与等待的隐喻
而我则徘徊于相隔不远的路上，被困于司雨神的忧郁

阴雨匣

客寓者可曾在忧伤环转变化之时，听到不知何处的鸟鸣
而伊宁这来回不去的阴天啊，将在哪一个日期后放晴
那些总是淹过我梦境的积水，和永远晚两小时的天明
我在每一个夜色里沐浴，认出悲哀周而复始的变形

而那频换衣装和面具的女子啊，在忧欢间的拒斥与欢迎
隐现若互化的粲者和影子，当我在互衔的诸路上穿行
淋涔间的遇雨与遇到神女，所赴的株林与株木之刑
环间者忽置身于多刺的囹圄，当匝道上的徘徊花凋零
你可见过那载恋来此汲水的女子，却终然濡衣复羸瓶
可记得那从某一个傍晚之后，便不可再唤起的姓名
而谁能看见忧伤如虺如蛇的循环，城市里面带哀容的神灵
看到诸歌在阴云上的缠结与延展，当那司雨者正侨居伊宁

你可曾在滂沱的雨中出行，踏过无人街道的泥泞
看到忧伤和司雨神的影子，在有涟漪的积水里倒映
能否映出我在迷濛中忘却的容颜呢，远方某深闺中的妆镜
照出她与此无关的忧喜，和其身后那永远闭合的小径
阴云神带着姣好礼物的叩门，和室中人穿过诸间的回应
那在阴雨天受赠带匣子的女人者，他算是有幸或不幸？

司命的女儿

浮云之上的飞鸟，它作为熠耀或晦暗者的显现
若我找到那没有入口的高楼，她会否在我徘徊时放下垂鞶
我看见许多枯萎的花朵，在她住所尚未升起时所在的小院
或者在凋零之地能找到谖草吧，依那句何处听来的古谚

你是否看见若生自环路的神灵，要去那已完成或仍延宕的喜宴
而那徘徊者为何徘徊呢，若其有所欲、所寻与所恋
那些阴云般聚集与轮转的预感，道边遮面者的爱慕或嫌厌
路在每一度迫近她住所时的折转，惟有沿途的林荫与云影不变
是否若在天象被夜色遮掩的拂晓出门，则这一天的阴晴难辨
当我穿过那似晦若明的曙色时，是否被司雨神看见？

这些在赶路和借宿间的循环，和那些女人们一样忧伤的驿站
那总是湿衣濡发而未得的寻欢者，和路边阴影中卖春药的小贩
我是否能避开这些阴雨呢，若这行程稍快或稍慢
而大司雨在密云的每一处褶皱间，将他彷徨不出的九衢乌瞰
酒囊中这泛起云纹的醇酒啊，分别被饮下和变质的一半
我能否用这风褛、高冠与所歌，同司命神的女儿交换？

雨男

那是不是就要下雨呢，若在梦见蛇的午睡后起风
若不是天色这样阴沉，我要去广场放我的大乌鸦风筝
为什么我的忧烦和所欲啊，不像天上的云般无减无增
冥思中那无休生出诸首诸尾的动物，和它不知怎唤出的名称
在那些过去的晴朗日子里，我多想看到熠耀于飞的鸧鹉
而他只在阴云密布时来找我，仿佛是被大司雨者梦生
神灵在我还欢乐时寄来的奶糖，是否应在悲伤变淡后拆封
它们应已变质了吧，如同什么都已经变更

那总是披一头湿发的男子啊，关于偶遇或相识的似曾
莫非我不撑伞出现在阴晦中，那些云就能够永恒？
他现身在我脚下的每一朵涟漪，在我外出这暂短的一程
如水中的恋人般迷人啊，如永不存在的未来般迷濛
你是否曾问每一个雨中邂逅的女子，是否愿去你的阴雨之城
我在迷茫跟随时忽转身逃去，归家后如醉如醒

约会

他约我晚上去那夜宴，衣服应如何配搭？
它们在那天淋湿后便染上云痕，头发总湿湿答答
他说我是神用阴云塑成，而其他人则用泥巴
在每一个阴雨天来找我，带一朵黑色曼陀罗花
我答应他今晚一同出去，但要在九点前归家
他摘下那有云纹的戒指，放在我妈妈那里抵押
我在梳妆时看天上的阴云，估算应在何时出发
见到窗外那萧条的树上，停着一只大乌鸦

盘发

若在将要下雨时出门，该将这头发披开或上盘
他说会在黄昏时来看我，而车堵在这城市的几环
我想独自去滂沱的街道，看行人们撑伞或被困的忧烦
假装未察觉那些濡衣的男子，在雨巷里的跟踪和阻拦
若在雨中徘徊得太久，便难免会弄湿云鬓
或我应在天黑前回家，又不想在他久等前归还

若他要来到这里，会经过窗下那积水的花坛
而我不过是不经意的俯瞰，欣赏那水中兰
白天那些络绎而来的求婚者，王谢家的公子或长男
或我应再只等他片刻，到我将这支歌听完
（我是否应再出门消遣呢，将这刚吹干的头发上盘
我想他正要来找我，堵车在这首歌的第几次循环）

异眼司命

因阴云而显现的神灵，和那些与其影子互换的飞鸟
是否若能窥透这些晦暗与熠耀间的变换，便可知司命神旳机巧
那悲欢者在阳阿和洧盘间的纬缠，在水之涘、河之洲的窈窕
我为之沿无首之路和环流之水的徘徊，那永避开其所在的寻找
或言悦人者在云影所覆的水中，供我以裂隙如云纹的漏卮来舀
我三次见欢笑者在晴曦之下，三次在我共密云走近时化为袅袅
而那个因饮雨者之恋沾染忧伤的女子啊，你是否找到了谖草
忘却那男子戴云痕戒指和晦暗眼瞳，曾走出自天穹阴暗的一角
是否我所经将至的每一条道路，都有如晦的大司雨到来得稍早
而那不再蜿蜒于你窗下的九衢九河啊，这遥远的哀歌是否打扰？
那些相继绽出凋零的欢喜与哀伤，惟司命之肠的循环不死不老
是否若无休地吃下我的迷途与沿路阴沉，那大盘桓者终会醉饱？

遇雨者可认得现身为阴云的莫名者，会在不期之时化为潇潇
当我彷徨在她所隐藏的多雨城市，或传言有濯发者出现的远郊
在这些纠缠无休的诸衢之上，又有无限的巷陌与之相交
我要沿之去找被云遮住所在的女人，应那早已失效的所邀
大司命是否在何处窥我，抱着那双眼各是晴日与阴天的小猫
我要去找那欢笑的神明，他则不在所将赴的明朝

染

那些影子般的鸟预示阴云吗，在拂晓载飞载止
是否有云纹在它们的羽间或翼下，如司雨神在彼或在此
或我应在今日携雨具出行，看她是否又在水之沚
而我是否要在未知所遇的一途，采下木兰、辛夷、白芷？
这手上为何生出洗不掉的云纹呢，是否因为那天河水中的染指
或言你今日所有的欢乐啊，明天便化为垢耻
若我要去看那没有姓名与形貌之人，是否会弄错地址
实则我们都只在必走的路上，大司命从无须驱使
惟有容貌和形姿的离去和归来，其包裹的悲伤永生不死
而它会在第几次转弯时再度出现呢，化为带笑或濡发的女子？

阴雨剧院

忧烦者要去阴雨城剧院，因那梳云鬟的伴侣而拖延
她不在每一个有约之地，不在密云广场上雨王的雕像之前
那些阴翳下没有影子的观光者，和关于谁会留下或离开的预言
我想起曾有鲜花和欢笑者在这里，它们已各自凋零或长眠
那些在街道上忽然绽开的伞，和花店前可以避雨的屋檐
我看见在水中升腾又消逝的女子，她们的悲伤无尽亦无源
而那个司雨者会走过这里吗，化身为滂沱轮廓或湿发的青年
带着他无论在泛滥水中或女人的镜里，都无法照出的濛濛容颜
无疑啊我现在所处的这一条道路，会与所有曾经和将至者相连
而我应前行回溯左转或右转呢，哪一条才是神明走过时所沿？
是否在这些交缠的街道与水渠之上，有诸鸟周而复始的盘旋
在其上有密云和九歌之诸天，而忧欢者在其下有死者的花园

迷濛之中的街巷和楼群，濯发者在重间中的哪一个房间
那夜行者是否遇到过神灵，在他环衢穿社那遥远的阴天
而悲伤紧跟在寻欢者身后，在他每一次旁顾的相反一边
在那古老河上永不变更的波纹，和他多年后自沉留下的晕圈

行人如皮影般穿过阴暗雨中，这里距阴雨城剧院还有多远

若我未能在开幕前找到那女人，是否应独自去观看那场表演
我站在及膝的积水中看看时间，正是那大滂沱者将登场的钟点
她则在这时从司雨神广场走来，披着如阴云般下垂的盛髯

阴云盒子

忧烦者要到哪里观光，哀歌河、阴雨巷或密云广场
它们在阴天之中，守望着没有影子的游人之遗失与迷惘
路边摊有装满阴云的香囊，刻云纹的耳环项坠可供玩赏
而在这里尚不叫阴雨城时，你可曾带一位无忧的姑娘来访？
你可曾为她买辛夷、石兰和杜衡，当在洒满阳光的街市来往
遇见那收集女子秀发的老妪，她在将什么昼沤夜纺？
而我总要无休地向曾经之地归来吧，纵然那欢歌都不留余响
那些神灵们曾秉简扬灵的河上，今只有乌云的倒影在流淌
若要问云纹和其下的诸衢如何排列，是否应自视其掌
或我应到重闱中的第几道门前去找她，而那濯发女人多谎
若我用往复的徘徊饲脚下之歧路，它们是否会因此生长？
而那盘桓者无论怎勃发与伸延，其形总如环如辋

若本就是无归无往者在无首无尾之路，则迷途失向何妨？
反正那生出诸悲诸欢的大抟土者，其躯体总如虺如肠
是否那夜语者许下却未赠的鲜花，皆可用自身的忧悲代偿
我现知应赠其一束废园中找到的谖草，若再度偶遇于跬旁

忧烦者在何处漫游呢，沿哀歌之河、密云广场和阴雨小巷

是否买到了装阴云的盒子与云纹指环，当在阴郁街市游逛
那些看不到的路人或所恋之面孔，无论与我相背或相向
和忽然响起的淋涝之声，若远方濯发神灵之合唱

阴云歌队

当沿途之歌又开始循环，悲伤之肠会将缠绕放缓
我遇到戴着云纹面具的歌队，在这繁华市中心的傍晚
那些盘起阴云般盛鬋的女人啊，络绎而过在身后右转
我猜想将有盛大的剧目，在我已走过的剧院中上演
迎面走来霓虹照亮面容的诗人，将一位盛装华容的女子轻挽
我看出她被阴云塑成的身躯，和那欢悦中渗透的晦暗预感
而那音乐和路人与我无关，幕布后的伏线与我无关
将落下的骤雨与我无关，纵然曾淋湿我这身衣衫

我在雨歇时遇到穿雨衣的行人，说起神灵的切近或遥远
告知其某日在夕阳下所见，失马临河而亡羊在阪
而我在这被阴云笼罩的城市，见大蛇爬下树木在积水中延展
你是否仍在这悲伤中沉浸，限于循环的道路不知往返？

撑伞女人

司雨神在哪条濛濛的小巷，装扮成撑伞的女人
当我披着漓漓的长发与他擦肩，若听见了曾为她唱过的歌吟
夹杂于雨声或她渐远的脚步之音，敲在回忆上淋淋涔涔
水气中幻化出河边的失马，在我的讶异中三度腾起与湮沉
我在拐角处莫名回身，惟见依稀的伞上有认得的云纹
如我在久久仰视的天穹上所见，或她在哭泣之夜留下的泪痕
似想起了我怀揣琼玖穿行于夜色，为她走过的环巷与重门
不想被夜雨将这锦衣淋透，怀忧望向密云未雨的穹旻
而雨终落在这条我必经的路上，落在早已待放的每一朵漪沦
我则已无须挂怀约期或仪容，带着死去又复生于水中的灵魂

我在客寓伊宁的第三个阴天，遇到来自家乡冬季的司雨之神
在我堕入循环中的每一个转角，扮成迎面而来撑伞的女人

濡发公主

在伞脊上雀跃的雨滴，和被涟漪打散的倒影
若我要去赴司雨神的夜宴，可否将那濡发公主邀请
而她在这城市的哪一个角落呢，听歌或看淋漓的风景
如雨落在那低洼和沟渠，亦落在最高的屋顶
那个王子会否重获其形呢，若雨水填满林中的枯井
而你会在第几个阴雨天里，去将那睡美人唤醒？

若有鸟从阴雨中飞过，其羽仍熠耀或有瑛
是否预示我将遇到神灵，在那有盛筵和醇酒的大厅
而那与我共舞的女子从哪里到来呢，舞鞋灿然若水晶
她那如乌云郁郁的盛髻啊，波光曼睩之眼睛

稠

如所有的延宕与悲哀，都能在大抟土者之手找到缘由
那我眼前这些积满雨水的小沟，来自那条河的第几道支流？
撑伞的男孩儿从暗渠间跑过，我则因失去那欢快而夷犹
无碍亦无妨吧，反正积水的哪头都未有我欲求

或我想问到过此城每处隅隈的释梦者，那欢欣女子在哪里幽囚
这场在雪山下迂回无度的寻觅，是我在阴云下的第几次漫游
所有被云影遮住路牌的街巷，一座座无差无别亦无入口的高楼
我总茫然回到起点的大小环路，若一个大盘桓者的伸展或佝偻
他在每一次入夜前看到的河水，如蜃影般不可厉、揭、泳、泅
那些在濯发神灵间混淆的悲伤，和她们总在不期时合唱的歌喉

我在那门前有荒废花园的小店买来酸奶，浓稠浓稠
如那个总在我睡眠中站在内河彼侧的女子，忧愁忧愁
或我应回溯至滥觞处蹚水而过，而这自环之河无源无头
一切被遗置者都将随时间消逝，惟有徘徊者永远停留

神灵与失马

被浓鬓遮盖欢笑的女子，和化为其影子的飞禽
司雨神将在悲伤到来以后，那第几个阴天里光临
我想去曾遇见神灵的山间，沿着笼罩花径与荒蹊的密云
却因避雨而误入，那找到我失马的树林

忘记在玄关的伞，和预感将被淋湿的头发
似乎总不能逃避那阴云，纵然路在十字道口分岔
我想寻那无法在潮湿中遁形的神灵，悉穿他的三次变化
却因避雨而误入，那找到我失马的林下

你是否会在预报有雨的早上，预感会看见蟛蛛
而那些云从哪里涌来呢，在这下有忧烦之城的天空
我想找隐藏于行人中的神灵，沿他在悲哀里流露的行踪
却因避雨而误入，那找到我失马的林中

濯发者花园

如同被云影构成的城市，和仿如大司雨阴暗身体的穹苍
我是否能再看到那女人，若走到这密云广场的中央
我能否在那将路过的花店，买到桔梗、鸢尾与迷迭香
买花者说那座花园已经荒芜，其惟在徘徊者途经往日时开张

而我能否在循环的路上，再度经过有神灵与甘醴的故乡
那个因阴雨天未接到的新娘，永在哪里盘发、试衣、梳妆？
我想在这场绵延之雨过后，亦能再看见虹霓与阳光
那能如蛇与卷葹般轮回不死者，并非只有忧伤
我看见那些随淋涔声跳舞的小男孩，从我被雨幕遮挡的后窗
他们问那美丽的濯发公主呢，她正做客在哪一个地方

那是否因阴天再度拖延呢，这本就晚两个小时的天亮
而天空是否会放晴呢，若我穿过这积水的小巷
她或许就在这迂回幽暗的路旁，哪一座找不到入口的楼上
梳她在我淋雨时亦濡湿的秀鬓，向分岔亦相衔的路上眺望
而我能否走出这迷途呢，若一条蛇重重盘转的形状
那沉睡在巷口园中的花儿啊，你们何时再度开放？

翳

如在他的阴翳里太久地行走，会否将自己和那个男子混淆
阴天如同那无意间反复听到，便不自觉会哼唱的歌谣
我是否应独自去转转呢，到他曾说想与我把臂看月光的天桥
当我沿那盘旋的阶梯登上后，会否看到淹没这城市的海潮
若我在想起他的时候迷路，是否可以看乌鸦的所背与所朝
而在这没有路牌的道口，我应选俱延伸在阴云下的哪条
若我到骊山时仍是雨天，你还能否将烽火台点着
而那时我亦不笑吧，反正燃起与熄灭都一样无聊
或我出行本想浣濯这长发与身体，在雨落下时却不禁想逃
而那男子是否正在密云鳞隙之间，盯着被淋湿的我瞧？

如无休地在他的影子下徘徊，会否将自己和那个男子颠倒
若我在被阴云遮住时间之地遇见神灵，应该说晚安或你旦
我看见一个被雨幕阻挡的小女孩，在那座废弃的花园里舞蹈
你不能穿过积水归家吗，若他的哀歌永不终了？
而我要在雨停后晒干这头发，将这间被染上云纹的卧室清扫
那个阴雨天出现的男人啊，你别再化作云或其他晦暗者打扰

蜃

阴天可致人迷路吗，如同那忧伤可以致死
我是如何来到这九首如虺之途呢，在幽暗中徘徊至此
如同阴影或远山上的雾幻吧，那男人是大蜃之子
变幻为所恋或所憎的形象，在我的烦扰中周而复始
那擦伤我耳垂的指环，戴在抚我秀鬟的哪一根手指
你说要为我筑一座小屋吗，别仅在你内河之沚
愿你在途中遇雨啊，愿你在雨中遇沛丘之豕
莫非你曾说过的哪一句蜜言，亦可对神明启齿？
司命神别晃动这酒杯吧，便不会翻起那沉淀的垢滓
而这支环绕在此的哀歌啊，请你别永无休止

是否忧烦可致死去呢，如阴云可致人迷失
这些晦暗来自那个男子吗，或是被哪一个神灵所司
你会否在要落雨之前，将密云的伏线纺织
于我将途经那街市的前夜，在阴雨集为绤为绤
而我能否洗掉这早已注定的水痕，若新衣被骤雨淋湿
当我犹疑于应濯发或避雨，忘却了所自与所之
那个男人是大蜃之子，在我初遇时化形为教师
我问他干湿与情态之变转，在那个阴雨天之后有知

嗜

这天好似比昨日晴朗，而比大司雨到来前阴沉
而我总不会在有雷霆的荒野，遇到那能看见未来的女人
她能有怎样欢笑与哭泣之谶语呢，而前路总如辋如轮
那些静立在路边的神灵易逝，惟有周而复始者长存

迷失者能否认得这些歧路呢，若看过大司命的掌纹
找到曾隐藏死鹿死麕的林下，或往日逸游之姑蔑
我会否又在故地遇雨呢，她的所是亦淋淋渗渗
而你会否如我死而复生前一样，再为那濡首湿衣者开门？

若在回环之路上遇到陌生女子，是否可上前询问
那个化作云影或夜色的晦暗者，你已忘却或仍怀恨
你可知有鸽鹇曾飞过这里，若司命神灿然的一瞬
若你此刻痛苦，是否亦有欢乐在往昔里对称？
如那濯发者终在滂沱中被赋形，寻觅者啊能否辨认
那些嗜悲伤的神灵，在阴雨天无从隐遁

街道变河流

忧烦有几种形态呢，能否在阳光或阴翳下变形
如同我去找那个女子，却遇到了司阴雨的神灵
那朵乌云飘去的小巷啊，已被淹没或仍可通行
而我是否要在积水中穿门环径，最终可及丘陵？
是否这城市的阴沟和暗渠，都将一一被忧伤充盈
而待这大滂沱者路过之后吧，天空总会放晴

若这些街道都变成河流，是否又能看见她来此采萍
在那车流与闲言都不再喧嚣之处，袅袅婷婷
彼时你可会忘却憎恶与哀伤，同阴云投影者的恋情
对那似曾相识者一笑，当其隔岸唤起你姓名？

水滨变城市

如长久地无取亦无执，是否会渐失去有形的双手
仿似那惟有榜枻者倒影的河流，一碰触便化为乌有
漂流者可曾问岸上停留的女人，应怎样用葡萄酿制甜酒
而司命神说她与甘醴易逝，惟有你的离去不朽

若这水滨化为城市，有无面者在朝晚循环行走
我能否在亮起绿灯的马路之前，对招招者说卬须我友？
是否神灵亦要寻找那女人，才化为弥漫的阴云窥牖
而其言她正濯发其中的高楼，我盘桓三周未发现入口
若司雨神永在我彷徨的前头，谁知迷失者自何时濡首
是否终然会化为影子呢，若在密云下徘徊得太久？

那河流上可以浣衣与采荇吗，有关于恋慕的欢喜和烦忧
是否此刻天上空余其影的盘旋者，实则本为鸧鹒与雎鸠
水滨在阴雨天显现为城市吗，少女化为迷濛者出没四周
是否天晴后街道又归于河水，那窈窕者依旧在河之洲？

徘徊内外

路在阴云下向各方延伸，若命运张开的诸般可能
而我知无论直行、转弯或回头，总要走司雨神正待我的一程
那记忆与得失皆易逝，惟有循环演历者永恒
忧伤者若在幽暗中阴干了头发，便不知已遇雨或未曾

不必向沿途的神灵的问路，他们亦回不去十二楼五城
它矗立在密云下的轮回之外，远隔不可穿越之迷濛
而那大结绳者正纺织的伏线，在我徘徊到第几周有成
若有人曾借宿于宜笑的女子，悲喜要在几度哀歌后平衡？
或言若在宿醉后的清晨头痛，饮酒可以解醒
那些消逝的濯发女子，总会在下一个阴雨天相逢

女子啊可记得司命者花园，那里有徘徊花开得茂盛
而戴花冠者会在某天离开，当夕阳照在无可安置的鞍镫
你最终可否找到了失马，或迷失于环间遇雨之梦
可否在白云间遇到了神灵，医好你终有一死的绝症？

浣发女嫛

那仅余哀歌遗影的女子啊，你可记得曾与我同游的柳园
可保存那无忧的我采来赠你，初绽的白芷、兰茝与芳荃
你说这些欢欣都将随水而逝啊，婵媛婵媛
那时你尚比我年长啊，而如今已无人再是少年

而我是否永不会在忧烦中衰老呢，若不曾与含睇的神灵晤言
而谁能不在那花径叶荫间寻找呢，若经过未锁住她笑声的门前
那云鬟者在对面的高楼里濯发，因何忘记拉上窗帘
若彼时惟有月光窥见，是否路便不会在环间曲巷间绵延
而你在哪个小渚上婆娑隐现呢，若一片梦影的浮起与下潜
是否若晦暗者未在那水波中照影，便不会弄污你常浣纱的清泉
那里是否仍有彼男子所赠之物，在你曾从中看到阴云的镜奁
是否当那司阴雨的神灵离去，它便可再照出你的欢颜？

徘徊者遇到神灵，当其避雨于云纹缠结的屋檐
听他说你看这流入沟渠的积水，都会在晴天里暗中回旋
正如你抉择又迷失的诸路，实则俱在折转处相连
那颦眉者立于云影下所待之处，亦是宜笑者采英时所沿
（而世上最诱人是悲伤的女子，其次为大司雨的盛筵
那赴约又赴宴者是有福或不幸呢，若仅与这二者有缘？）

迷失之楼

如忧悲者在河上无休地摆渡，能否到达没有阴云的一端
若那个女人园子里的灿焕者再度开放，她可否为我编一顶花冠
我要去那座司命者告知地址的高楼，路却在每一次迫近时转弯
是否沿途的阴云、暗渠与晦然之鸟，都仅仅与我的徘徊有关？

你可愿邀环巷者去楼上做客，拔下那锁住岌岌云鬟之发簪
当雨水没至你曾俯瞰河流的窗下，那没顶者便可以沿水纹登攀
而那门缝比他浸满忧伤的躯体狭窄，比窥见你长发的视线更宽
你是否会在他死于水中之前，拉开那河伯禁止触碰的门闩？

若我绕着这迷失之楼无休地右转，它会否在某刻化为雪山
朝觐者可沿雪路盘桓于阳阿和阴岭，如沐神女无休变换的忧欢
而是否现为重重诸路的司命之肠，都幻化自柳苑中食用的三餐
沿途那令我慕恋亦痛苦的女子，正如其入口时和苦若甘

乱

那永有一个女子携甘醴在对侧的路口，和惟有失马到达的旅栈
有迷路与夭折者的尸体埋藏于此吗，其上有一同腐烂之花瓣
这路是那大抟土者在滂沱中分娩吗，在迷濛中如泣如叹
我能否在徘徊中找到罂粟和谖草呢，这旅程便不再轮回无断

而你那里有不死的芍药与熠耀之鸟吗，我在晦暗中遇到的小贩
假若我这里有许多哀歌，是否可与司命神手中的花环交换？
我想要一只红玛瑙手镯，它曾戴在一个总看见阴云者的手腕
那饮马神灵锁骨上凋落的羽毛，和恋慕者永汤沐于其中的梦幻

是否若我不快避入那没有入口的高楼，便会沉溺于九河之泛滥
而那濯发者会否放下她岌岌之云鬓，当路缘石上皆化为河畔
大司雨及其他神明走入罗生之重闾，周而复始状如鱼贯
而我则要在这如轮如辋之循环中，寻找诸歌之乱

涂山王后

九身司命

哀歌者能否从那九命者的行迹里，窥见转易无定之吉凶
如那至晦暗之云于死后，会化为如绚烂长梦之蝃蝀
若以那徘徊者朝发阳阿作始，以薤露又将生于夜色时为终
到底有什么可以获得与失去，在他的周而复始之中？

为何各自灿烂与黯淡呢，那九身大司命的一对眼瞳
我知你在我邂逅之女子的怀里，在我因避雨找到失马的树丛
为何你能无休穿过那蒿里呢，穿过人皆永迷失于其中的蒡茫
请你显现为猫在前方无声引路吧，而我将载歌跟从

肠

哀歌者最终可会一一发现，隐藏在这边城的神灵
察觉仿如实有的抉择、往复与趋避，实则只是沿忧烦轮的运行
总是循环复始的样态吧，（如辋如肠）无论大司命怎样变形
他能幻构为多阴云的北国城市，亦可显现为雪山之下的伊宁
并非忧伤与欢喜之转易，而是永恒之同一者的晦蔽和澄明
徘徊者沿盘桓之躯的归返远赴，如徘徊花在原地的绽放和凋零
司雨神在晦暗中锁起的重间，镜子里宜笑者在虹霓下欢迎
那个总在阴雨天找濯发公主的童子，亦在寻她婆娑而舞的天晴
而那是环间所指或白云所出之处，能找到女子或灵药于丘陵？
是否有神等在无限迫近之地，当他自沉与复生携诸歌无名

徘徊者之所遇皆为重历，时间中并没有关于将来者的未曾
神灵（阴云）女子（酒肆）飞鸟（花园），都已在先无数次相逢
大司命之肠上无物逝去，只有无休重现者共构筑起的永恒
人只会沿貌似分岔之路走向注定之地，自衔者隔绝虚幻之可能
他在鸟每次飞过那道云纹时遇雨，看到溅起相同涟漪的童蒙
若其在某度滂沱时避入酒肆，则永不可知悲痛起因于或濡或醒
他每度缚谖草沉入灵魂的哀伤，都会由下一个看到阴云者继承
她们初来时仿若有容颜与肢体，在每次被趋近时消逝于迷濛
而其所觅者无疑在其盘桓之外，如那女子的居室或十二楼五城

司命神已为万物规置好轨迹，从曜灵列星直至风捲与转蓬
而在那有声者环行循路的影子之下，有哀歌神无限生殖的欢腾
你是否仿若看见形姿嬗递的诸歌，在此无穷轮转的一程

阴天上大司雨舒张又聚拢的掌纹，与倒影在九河上的九罭之罟
地上的彷徨者不可出离，纵然在轮回中下潜与上升
当无名者在扶苏山间路过，可听见万物的生长与凋零之声
若以恢弘与微渺者各自轮回一周为度，则无物不因其命运变更
如阴雨城之街巷可化为河流，则她们亦会作为采蘩者复生
或这覆雪之肠变幻为雪路，漫游者便可沿之将雪山攀登
而王如今仅余虔诚与阵痛，遥应其失去国土上的祭祀与战争
女子们仍可收获快乐与哀痛吗，若他的身体不再在大地上躬耕
那无休生肠、抟土、化为阴雨的神明，和其循环间变换的名称
王则应约重赴西方的边城，若重历那不死尚能复来的远征

如同终将在这里衔起的夜色，和倒映出故国的大舒窈者之瑛
谁能从密云的晦暗与滂沱之生死，看到雨王之城的倾圮与复兴
而白昼会在其濒死的冬至生长，供复生后更英发弘大者途经
他来此时在那河流中濡发没顶，归去时则可手扪霜云足履坚冰
变幻肠上蜃景吧九身司命，转动你各自蕴含晴日与阴天的眼睛
如大司雨曾晦然照影九河，晞发者亦可登无数虹桥望诸水复清
那歧路、重间与环流之拟构，出自蛇尾硕人无休旋舞的云汀
从湿发女子放下幽暗云鬟的楼下，直到白云之上的空濛玉京
大盘桓者现于其重重指引的婚礼，当徘徊者于暮光中来到大厅
在如云的姣服神灵中穿过，从涂山王后的九尾间抱起那女婴

当雎鸠开始鸣叫之时，那个女子最初在河流边采荇

其可幻化为饮马女子或徘徊者新娘，出入于无限交叠的构境

寻欢者无休在薤露重生时归返，当那女人吹响夭折者之胫

堕入不变的迷失遇雨之循环，若沿着大抟土者塑入躯体之约定

往复间干涸又泛滥的河流，晴曦与阴云下的宽衢和小径

那能无数次从蒿里归来的歌者啊，你在徘徊间是有福或不幸？

哀歌者最终能否看到所有的神灵，若盘桓之肠对其所歌之回应

若可观其（有神十人）出现之沿途，则亦可知大司命

结

晴曦和阴云下三度来去的女子，和季节终于堕入冬天的变更
你可问过那生出悲欢的大盘桓者，这一年各自的荒歉与丰登
或言哀伤来自无首之路的循环，而欢乐仅在白云彼端的长生
这些被蒿里束结之诸路永不可通往之地啊，只有密云沿之加增
而哀歌者会否在每一个岁末，看见那些夏鸟的灵魂盘旋于北风
在那濯发神灵离去的空寂里，听见大司命浩然转动之声？

徘徊者并未出离，只是路延伸至这雪山下的边城
结命运者仍在我途经的路边与河畔，无休沤麻、纺线、搓绳
人啊不过是孳生于大抟土者的肠上，走这周而复始的一程
莫非终可以行至白云和丘陵所出之地，若蒙眼的拉磨者有恒？
忧欢者不可预知、寻索、算计，若身为风揲、薤露、转蓬
如在滂沱破漏的天穹下理水，何营何成？

司命神总扮成陌上人，那注定者总像是偶逢
我要在此刻并行共迎面走来的女子，踏过密云下的白蒿芄芄
而你是否见过大司雨者，其声浡浡、其形濛濛
出现在每一条我初来或复至的路上，淋湿所有的将逝与未曾

蒿里人归来

揽衣者若能走出这片雪原，是否会看见花开？
别在这空濛之地迷路啊，陷入脚印互衔的悲哀
穿过雪城与冰河的幻象，惟有司命者之影不可疑猜
这寒冷是哀歌者之得吧，纵亦为寻欢者之灾

那是否能看见神灵呢，若将手上的云纹依次摩揩
我看见环转为雪路的大白蛇，从落在掌心的雪花里脱胎
那些在璨璨冰雪中的漫游，在一座雪山下城市的出差
同大迷濛者女儿的共舞，和我永远未跟上的节拍

雪路上因何积雪呢，徘徊者为什么徘徊
那下雪的神明已在我之先，到过了濯发者的每一处故宅
你已带着妆奁和忧伤离去吗，留下惟有雪花在上的妆台
留下我曾在霜天下无休寻找，你藏起的那匹白马之尸骸
飘落者在我的两肩与头顶，堆积者没过迷路人脚踝
那无形者会因覆盖而显现，十二楼的花同时彰显与掩埋
而神灵伴我穿过这冬季吧，那揽衣者揣一束卷蒳草在怀
若这大盘桓之途终于结起，则我去蒿里亦能归来

自沉者复活

若站在永不能复至的路口上，你寻觅的神灵在右或在左
是否在相反的一边，亦有那濯发女子的住所
我听说行路人若被大司雨看到，则那些阴云不可闪躲
莫非若我可再度临歧抉择，那场雨就不会在将至处等我？
我知司命者之肠周而复始的循环，无论其正圆或顺椭
我总要无休地回到她曾婆娑之地，东门之枌总无花亦无果
我看见那些曾环穿而过的重闉，在此刻一一上锁
而你会否再度欢笑呢，若再一同去看骊山上的烟火？

那些在阴翳下渐隐去面目的女子，正结队将云影采掇
此地在徘徊者第几次回到初始的一刻，会变成大司雨之囹
那本清可见底的河水啊，在悲伤者来照影后变浊
这忽然生出雾气和云纹的双手，不可揩拭、不可浣濯
歧路显形为盘桓无休的巨巘，其上有无限密云之郁勃
若这大晦暗之轮终然运转，则我自沉后亦能复活

蕹上露重生

抱玉者是否仍在夜色中徘徊，看向若有神灵凌波而现的碧澜
若其沿着内河无休止地来去，是否会有一天看见渡船？
你可曾在白昼里来过这河畔，有女子沿此采蘋、采藻、采蘩
而彼时你正在阴郁城市中忙碌，自失于案牍公车之忧烦
你是否会在黄昏想起那些逝者，若在货摊看见上有缢痕的玉环
想起那女子唯一的欢笑，当沿路街灯如烽火般点燃
而那诱你迷路者在沿途隐藏或变化，你不可与未知姓名者交谈
司忧欢者化为小猫在夜影中窥探，其眼黯然、灿然
而大舒窈者变易的残缺与圆满，濯发神灵散为无尽夜色之秀鬟
若我在某时从蒿里离去，会否归来于新露之泞泞？

月下

如月光照在梳妆台上，能否幻化出忧受者的面容
像我曾迷失于闺阁内对置的镜中，所见的无限构境般朦胧
你已在我徘徊楼下时离去，或隐藏在罗生之室的哪重
是否我应依天上飞鸟的数目寻找，从一、二直至无穷

如那些在此或在彼的冰雪，皆在同一个时刻消融
她们带着荇菜、苍耳、芍药途经，而我只在内有死鹿的莽丛
是否女子皆来自一个窈纠者之变化呢，纵然面貌与形姿不同
那能拼成明月在哪天的形状呢，这些我所赐与将赠的佩琼
是否那些兑现与悬置的预兆，实则都有宿命或远或近的跟从
若我曾在某天遇雨，会否在日后彷徨中忽看见彩虹
你何时在涂山遇到那白狐啊，何时化为黄熊
或言若曾追随那九尾茸茸，则亦会在未来遇九渠之洪

我听说无论诸路怎样盘转多歧，终归会在蒿里收拢
月光照在那乌发女子的闺中，亦会照上白华间的荒冢
其间有大司命化蜃幻肠之变易，所寻与所避之倥偬
惟有这关于冷发神灵的哀歌，和她们的悲伤隽永

饲肠

神灵是否会附在我背上，若我在凝滞之水中无歇摇桨
或本是褰衣即可走过的小渠，却在司雨神的投影里无尽增涨
秣马者寄形为哀歌的或泳或方，惟有那永不可渡过者可谓之广
那个拖着浩荡之尾的抟土女人啊，是否正化为河床在彼岸半躺
应如何区分上游和下游呢，若只有自衔之水循环流淌
那漂泊者再度经过的荒废花园，从那个阴天到来后便再未晴朗
而这大盘桓者应如何饲喂，才会在迂回反复间向自身生长
请你在这密云下无休止饮食，汲取悲伤及其他营养

阴云下的高楼与重闾之影，将行人化为迷路者的罗生之巷
那些因我的犹疑而分离的影子，在每条歧路又绽出的岔口延宕
我要去找那忘却所在的女子，她歌声在可行被阻的每一个方向
她解开又束起如夜色的云鬟，无息吞下玄鸟之卵变幻着模样

那盘桓者伸出又合拢的诸体，应如何饲养这司命神之肠
它是否会在悲伤中生长，若我永无节制地沿其身躯彷徨
阴翳下没有笑靥与忧容的神灵，如虫蛆般生于无首尾的路旁
这不可出离者没有所归与所向，惟在每一度吃下徘徊后延长

悲欢

如晴天已永远离去，仍有晦暗者载止载飞
遇雨者或会看见神灵呢，在其濡发避入的林隈
若在鹿台上俯瞰烟花太久，便不免会跌进火堆
而跌下亦是上升吧，或会在灰烬里拾到琼瑰
若路人被大司雨看见，则亦会被虹霓偷窥
若我在重闱中迷路，是否亦会误入濯发者的深闺
我听说欢歌神在永离之前，仍会有三度回归
能在轮回中死而复生之物，并非只有伤悲
若我沾唇便饮尽甘醴，是否有新遇的宜笑者续杯
那座我再来时已荒芜的花园，你能否再度芳菲？

饲歌者

女子啊可曾在不见神灵的荒山中漫步，走过忧伤之蒙茏
她取出那男子所赠的瑶英、琼玖、玉佩，在月光下化为草虫
有阴影般的死鹿徘徊于夜色，在你觉察时隐于树丛
你可见到那雄伟者履过蔓草的足迹，听到寂静中的足音跫跫
而那场我渡河未半时的骤雨，若一轮褐色夕阳的恨怨眼瞳
我未携雨具在某一个晴天的初遇，和那终然被云纹遮蔽的面容
那流转不息的河流可方或可泳，或其不可测度之处可以拏龙
我见一支大哀歌在彼浮起又沉没了三度，在密云下盘卷重重
而那个饲歌者遗失了欢欣与道路，在哪一次遇雨后可看到霓虹
我又遇到戴欢笑面具遮住容颜的女子，与昨日的离去者相同
她们曾与我偕行却彼此皆未至，谁见到那大盘桓者游入梓潼
畏水者在一条蛇尾幻化为九河的夜里，梦到了涂山的熊

谁不走那不知何时伸向蒿里的道路呢，惟有徘徊者永不会途穷
司命者请再携死而苏生的悲伤运转吧，我将再度为你跟从

幻

大九尾者在暗室中变化，化为引来神灵的诸烟
当我在无限叠加的夜色中灼烧龟甲，点燃白茅、白华、白菅
而只有云纹浮现于空无一物的手掌，随问唤无尽增添
幻化为拖着盘桓之肠的女子，将一支大哀歌编而又编

而她是在阳阿、九河或洧盘呢，在不可寻及处昼夜三迁
迷濛间有遇雨或复生于水中的男子，将湿发披散在双肩
你可曾在有裸袂漂流的河畔，拾到她丢弃的耳环、发饰、马鞭
见其曾婆娑旋舞的小渚，如今已被浩渺之水尽淹
徘徊者啊亦曾带着仿如在车上的新娘，为其喜宴邀请列仙
经过有人正梳妆、换衣或濯发，那些虚掩或半敞的房间
怎样出离这不知所来所往的循环呢，这些同心相叠的圆圈
或言在那无尽的密云之上，有九歌神所在的诸天

若我在这周而复始的路上无休前行，是否能走近那雪山
而两侧有酒肆、歧途和路边女子，有所往者不可以旁瞻
但人总不知在何时迷路啊，无论是寻觅神灵或寻欢
惟请邂逅者为我而舞吧，为我戴上明日便枯萎的花冠

河伯之妻

忧伤者可曾数过天上空灵或晦暗的飞鸟，或偶或奇
它们告知王已不在十二楼五城，不知归期
你是否在徘徊中见过他或生或死的诸马，饰金络与金羁
它们走失在阴云下延展的窄巷，或通往宜笑者后园的花蹊

迷失者为何来到草虫生于月光之处，有零露浸履沾衣
见到那若一朵白芙蕖般旋舞的佼人，舒兮僚兮
仿如永相隔一水的梦影，不可以消愁、解渴或充饥
若我伸手即可触及的幻象，被投影于弱水西影之西
而你是否见过那被诸神灵眷爱的男子，在你濯发晞发的朝夕
当他自沉或苏生于水中的时刻，密云下都会泛起涟漪
又忆起我多年前穿过如续如断之路，蹚过水流的没踝或及膝
在那九河忽然泛滥的夜里，去见河伯之妻

晚霞下落满枯枝的小鸟，和城隅蒙蒙生出的柔荑
我曾带上酸奶糖去看她，穿过那薰衣草飘香的市集
神灵啊你看这苦肠涩骨的悲伤，曾经亦如蜜如饴
而谁能在晴天中久驻呢，不被九首的大司雨寻及
或言那个失去所是与姓名之人啊，岂不最善于解谜？
那狮身人面者在哪一条路尽处等我呢，而歧路又再生歧

复

忧伤者是否在那延伸的路上，无休止地回到开端
看见那座总在阴天里显现，却永无法靠近的雪山
那些为滋生盘桓的肠子，与神灵共食的三餐
我在秋天里扔掉的葡萄，在腐烂前是甜或酸
人总要走这若笔直却迂回的道路吧，在循环间或狭或宽
或你初来这里时曾驾御长风，复至时则迤逦
或有那女子曾在重遇之地问我，这彷徨间生有何欢
如此或如彼吧，反正这薤上之露未干
而我要赴那误时便永错失的约会，趁为我虚掩的门未关
那刚刚开走的公车啊，是否还有下一班？

轨

是否能看见花海或瞬逝的神灵，若在列车上座位刚好临窗
这些令我想起司雨神与宜笑者的阴晴，窗外三度变化的穹苍
那个在候车厅里被我注目的美人，现与我在同一节车厢
我刚刚洗手时在镜前嗅到的，是不是她的体香？
我在读倾城者名录，折书页在蛇游入梓潼的一章
而那个总是复生于鹿台骊山株林的女子，你现在哪里梳妆？

若我在车中一直绝食与戒寐，能否看到每个同行者的忧伤
溢出他们的疲倦在这里游荡，在昼夜间似隐若彰
我看见那女人梦思里的河与道路，变幻着荇菜与萧艾的顶筐
那些思慕投射成的男子，无休止地蹈水、泅渡、履霜
而车正驶过若一个天神红眼睛的斜阳，驶过铺洒在此的暮光
驶过有阴云或濯发女子的城市，司命神离开或将至的地方

是否我在这过道的每一度来回，都会两次经过那睡美人身旁
穿过她在悲喜中无限梦生的构象，失约者、徘徊花与婚房
那刚燃起的火苗多美呢，所谓燎之方扬
直至它烧尽了麦田、桑林、蒹葭，令所欲者无法隐藏
是否她爱上那男子，但未忆起他是王
如我在去寻她的列车上，未觉察铁轨是循环的大司命之肠

旅

那显现于阴天里的雪山，和它永不能步近的山麓
若我要在日落前走到这街道的尽头，是否太过仓促？
我想起那幽居在北方的女子，在每一度烛龙之眼闭合时汤沐
夜行者在漆黑中三度听见水声，实则他在永隔诸河的陌路
若我在首尾相衔的水边无尽来回，能否看见隐藏神灵的潭渡
问他彼方是否有鲜花与欢笑的众人，和我永徘徊此地的缘故
若我这满载悲伤的躯体登上渡船，它会否在江心倾覆
彼时我会沉没或是漂浮，在那些乌鸦群飞过河流的日暮

那些在中途或路口的阴云，和在途者失却方向的迷误
在路边那善酿者的酒肆里，我看见司雨神化为迷濛者的光顾
在他身上我嗅到远方濯发者的忧伤，惘然间若畏若妒
看见一如我所经歧路般的云纹，在远天和他双眼中密布
你是否看到这盘桓无尽的诸肠，延伸出大抟土者之腹
你可曾沿之去蒙山褒国旅行，见到化为梳发或濯足者的惑妇
那些在长春与伊犁间的故室或新居，这些或久或促的借宿
那我要归去的十二楼五城啊，它现在密云中的何处？

白狐裘

那穿白狐裘的情人啊，我知你将在这时归复
以双手环抱我长发和两肩，当我漫游于蜿蜒无休之雪路
惟有你所赠之花不枯不朽，飘零在我的忧伤里无芬无馥
落在那苍凉张开的诸路诸衢，沿一个彷徨者的前行与回溯

如同突然有穿墙而过的预感，不必在每个司命神投影之处延伫
那条我曾畏惧没顶与遇溺的河水，现在可以履冰而渡
揽衣者是否看见那些空濛的白马，和它们穿过一个冬天的觳觫
我曾经在那城市里徒劳地徘徊，忽然已到达那雪山的山麓
那上面有一只小鸟的覆雪小屋，和一个苍白影子苍茫中的借宿
那些如多头哀歌般将之环绕的神灵，在某个被风雪封闭的日暮
那场取道向蒙山或上宫的旅行，失路者在林间或云下的迷误
是否在这多岔的漫游中并无歧途，若终通向你待我的寒冷之处

沿途那蒙蒙罗生的白门间，和若由神灵先引的出离与进入
我是否会在踌躇的一瞬化为雪人，若在这行程间旁瞻或回顾
脚下若因饥饿而空灵的盘桓之肠，孕生出无尽雪路的女娲之腹
我要沿之去找那白狐裘的女子，无忧无欢啊、无休无驻

无嗅花

北风吹来这里时，灿然者都飞去了哪一个地方
或者这些乌鸦是你们所化吗，盘旋在密云广场的中央
我要穿过它去那积雪的市场，踏过濛濛如幻的繁霜
而我是在这寒冷中生病吗，为何嗅不到天上白花的芬芳

若神灵来到这边远的小城，是否亦在每个客寓者的故乡
如雪落在蜿蜒的伊犁河上，亦落在我童年便熟识的山冈
司命神说会在我归去时等我，将红葡萄甜酒斟满金觞
而你那满是云纹般裂隙的匕鬯，是否尚可以为我挹酒浆？

不相识的异族女子，和她们耳上璀璨如冰雪的明珰
你们可曾在镜中看到司雨神吗，当在阴郁的天气里梳妆
而我看到一个忧郁的童蒙，从暂居处雪花飞舞的后窗
你会在这场雪停后消逝吗，当那哀歌者不再忧伤

白草舟

如果我在这时换新衣出门，是否会觉得寒冷？
（或许吧）不过就算在冬天不行乐，也不能为春天节省
我要去那一片皓然的水滨，用白草编成舴艋
而那河流已不再歌唱，（无碍吧）反正人生总不完整
我应绕道走璨璨的公路呢，还是穿过银色的田埂
会不会正有一位神明，在我错过的那一边静等？

是不是忧伤和欢喜，不会像季节这般失衡
这冬天是多么漫长啊，在我出生的北方小城
忽想问问那新婚的玩伴，意中人来自久觅还是偶逢
那个我想要的男子啊，你已经出现或未曾？

有谁在外面敲门呀，而我是醒着或做梦？
那是云影或你的身体呢，挡住了这猫眼和门缝
我才不给你开门啊，（我未梳妆）我正害着失眠症
楼下那座我喜欢的花园啊，你何时再度茂盛？

雪中蛇

那能否捉到白鱼呢，若在我曾采萍的河中下罾
神灵请给我一个吉兆吧，譬如吹来了雪花的蕙风
在这闲游中会否寒冷呢，我要在归家后饮南国的菜羹
勿忘在其中浸一片谖草，则忧伤便不会加增
我听说蛇在雪地里死后，会化为一个男子的脊椎再生
而当他再从白云间归来，万物都已经变更
或者当我同阴雨隔开一个冬天之后，便又可看见鸽鹈
不像此时我在空濛中漫步，只听见大乌鸦的叫声

糖果盒

如若那大乌鸦忽迎面飞来，出神的我会否受到惊吓
若他再寄形于其他的晦暗者中，我是否仍能认出那变化
走哪边可以再不碰到他呢，为何路只在阴云下分岔
就这样任意而行吧，反正那些影子又不会说话

司命神，我早先看中的那对耳环，又在我犹豫中涨价
不要它们了吧，若不属我亦不须牵挂
即便在那欲求中困扰了再久，要放弃也只有一霎
若神灵再带着糖果盒来给我，亦不会转身笑纳

若在空濛中感到寒冷，可否去那座我以往爱逛的商厦
可我担心这些雪若在室内溶解，会不会又弄湿头发
这里的冬天多漫长啊，我想带上漂亮衣服去南国度假
而在这大概就要有船来接我的冰河上，只有雪一直下

红浆果

总是那样变幻的云朵，和第几次漂走的渡船
若他在鸦群再飞来时仍未至，我是否该就这样归还？
要是等到这河上结冰，我的秋装便不能御寒
若我现在便转身回去，是否尚能将忧伤对自己隐瞒？

唉，这流过便不可复归的河水，盘起便盘起的云鬟
当我还是个少女的时候，亦常来这水边儿采蘩
而神灵已不须她祭祀啊，若那女子的心中长满忧烦
自我在那阴天同他遇见，便再未去那条花径上游玩
这布满云纹的发饰，和总能听见（淋淋涔涔）雨声的耳环
我能否不再这般愁闷呢，若将它们摘下抛入波澜？
而他会否在弦月升起时出现，踏过零露湍湍
我是否应揽衣再等片刻呢，直到听不见水声潺潺？

田野上腾起的雾气，和仿若有神灵的远山
若我能独自徒步去那里，是否便可忘却这些忧欢？
沿途那熠耀的飞鸟啊，请带我去这荒原的彼端
请告知我可在哪条河流中沐浴，在哪片树荫下进餐
灌木上那红宝石般的浆果啊，在入口时是甜或酸
而他是隐藏在那叶影里吗，戴着灿灿的花冠

空袭日

穿过这阴云下折转三次的街道，我要去前方的忧欢者市集
那里有梳子、妆镜与首饰，我爱吃的葡萄、糕点与糖饴
要是此处在黄昏前下雨，我还能在归家时看见虹霓
而是否什么都已经迟到呢，在那间花店中只剩下荼蘼

那是否能暂忘却忧烦与所冀，若盯着云与飞鸟入迷
而那陌生的男子忽向我问路，问我怎去那褐眼女人的花畦
其在我引路的短短一程里，将河水、斜阳与马一一提及
（有意无意呢）他会否是那神灵变化呢，我在片刻间三度怀疑

那总在迁延的雨，和总好像悲伤的神祇
若我在这似有预感的一天出门，会否正遇到空袭
那些轰鸣而过者不是鸟吧，那些火与毁灭不来自雷殛
而我该去哪里躲避呢，当这城市尽归坦夷
若我独立于战火灰烬之中，会否终看清大司命无尽之肠的逶迤
若我在废墟上再与他相遇，会否心怡？

北方鹿囿

忧烦缠在永空无的两手，或有司命者跟随在身后
若我要转过曲巷去前方的市集，是否云亦会在那里等候
我听说它会在徘徊的第三周显现，于冬季里最狭促的白昼
在那神灵与遮面女子来回的地方，有花或其他粲者出售
而我已没有黄金、白璧与琼玖，纵然欢愉可购
失去了可被其看到的形体，当再与那宜笑者邂逅

纵然北风穿不过这风褛，仍有寒意渗透
那卖花人将在前面左转吧，而漫游者要沿雪路向右
你不可怀顾、旁瞻或回首，沿途的悲欢皆不会遗漏
走过那酿酒女子的果园吧，去到北方神灵的鹿囿

迷

忧烦者可曾若被神灵牵引，与络绎的姣服者邂逅
是否这些有她们忧欢的环路和重闾，乃盘桓的大司命所构
为何要沿之无休呢，若被悲伤或其他致瘾者引诱
徘徊以及丘陵啊，迷失以及虹霓之尾与中菁

若在阴天里行走得太久，是否这身体亦会蒙垢
或若我未怀揣上有云痕之琼玖，大司雨便不会在必经处等候
那寄形于密云者解开云鬟，解开锁住滂沱之形的纽扣
那环间穿社者是否可谓有福呢，若沿途风雨叠遘？
若这淋涔者能打湿衣衫，是否亦会向灵魂里渗透
而我在今早离开五城十二楼时，不只将雨具遗漏

那熠耀和晦暗之鸟各飞向哪边呢，是否我应引车向右
而此路将如一条大白蛇般冬眠吗，蜷缩于渐短促的白昼
徘徊者沿死而未生的河流之迷途，神灵在遥远处预言的婚媾
我要在这若九尾迷濛延伸的雪路上，寻我的涂山王后

花

掠过花坛的灿焕飞鸟，和徘徊者遇到神灵的回廊
你看到有一个女子永在此婆娑旋舞吗，她只在我双眼中隐藏
是否若我带上芍药、琼瑰与慕恋来此，她便会翩然显现于道旁
那如粲然之影的羽衣啊，如欢愉晓梦的霓裳

司命神，是否若我能再回到你的花园，便会将甘醴装满酒囊
而那花枝、秋千与欢笑，环行者并未找到入口的高墙
或不应攀折那树桑、树檀、树杞吧，僭越者不免跌入池塘
那湿衣者应是在晴天里遇雨吧，既然沿路晴雨本就无常
她会在每一个无云的日子里换上姣服吗，去那芳菲袭人的花房
并未忆起那被杜衡芳荪缭绕的男子，他正沿落花的河水流亡
她会否在每一个黄昏时忧郁，若在等驾皇驳之马而来的新郎
而迷失者则永在绕那阳光院落数匝的雨巷里，周而复始彷徨

我忆起少年时曾随吾师在葳蕤间漫步，见雌雉起落于山梁
听闻它将有忧伤与欢喜之变化，当沐浴阴翳或光芒
如你所遇者皆为预兆，幻化自大司命盘桓无止之肠
今日白华可化为白色之大迷濛者，九尾庞庞

徘徊者在花径上被拉长的影子，和明暗者在晚霞中的回翔

我能登上那矗立在绚烂远方的摩天轮吗，当夜鸟正飞向斜阳
而半途被吞没于夜色无妨，纵然迷途在蒿里亦无妨
如那往复者陷于忧喜之重圃和歧路，当其归来时依旧是王

焕

忧烦者能否到达雪山呢，若从薄冰下沉睡的河上走过
或神灵正在苍濛的山麓等我，彼时这哀歌者亦可静默
在那里诸路都将于雪中汇合，掩埋关于未行之途的假若
而那履冰者要第几次遇到司命神幻化的女人，可致不惑？

若那英发者要复生于水中，须先在波纹中沉没
在那无休止的浮起与下潜之间，轮回者并未有所失与所获
那些永梳妆在虚掩重闺中的女子，沿途无尽开敞的若非与倘或
她们在远方复濯复晞的云鬟，和所经河谷的萧条与饶沃
而你能否在得路迷途的循环中，知觉到司命神如轮如辋的轮廓
无穷无尽的大抟土者之肠，阴雨中周而复始的巷陌

小女孩儿在其中欢笑的花园，和她在阳光下吹出的泡沫
徘徊者要去接暮光中纺纱的新娘，请别将那灿焕者弄破
在那摩天轮无休转动的晚霞下，有花与其他缤纷者永恒的凋落
而你是否总待我在那绚烂之中，翩舞如择？

拾

徘徊者能否拾到欢乐，当在那女子的楼下途经
那是飘自她鲜花绚烂的窗台，或缥缈琼楼的落英?
俯瞰者是快乐或者忧愁呢，以含睇或含泪的眼睛
如此处的晴曦或阴云，而我要去霓裳者婆娑的云汀
登上潺湲间婵媛者的小船吧，以桂棹挫雪斲冰
她说悲欢皆决于司命，并未有倘未或本应

如有阴雨落在山隈与林下，漫游者应快步或徐行
若穿过那濯发者淋漓之影，会否有欢歌者在虹霓下欢迎
所有逝去者都将重遇，如那抟土者无尽循环的身形
灿焕者将再度开放，如其曾在司命者花园里凋零
那迷失者在夜色中遇雨，亦终会在湿衣濡发后见雨停
如我在黄昏时遗失爱马，亦会在朝霞里邂逅神灵

重

如一扇门在周始如轮的巷中，会否化为无尽罗生之重闾
而穿行者在锁闭的圆环之内，以为迷失于无限开敞之九衢
所遇的殷勤或冷漠之女子，相隔他沿此往复一周之须臾
那同为归返的离去啊，一体的悲伤与欢愉
总落自那不动阴云的阵雨，和忧伤溢出沟壑河谷之盈余
那曾从河流中泅渡而过者啊，请你再度跨过那积水的小渠
蛇之信的燃烧与幻灭，若朦胧中绽开又合拢的芙蕖
无物持存不变，惟有其消逝与重生不渝

飞鸟的方向、形姿、数目，以及司命神的其他隐喻
如果他带着云塑成的女子或他物而来，有死者能否抗拒
欢声所萦绕凭依者，亦是哀歌所寓
忧欢者可看见命运各自晦明的正面和背影，从其走来到别去
摩天轮何时转起啊，转动我的所弃、所失与所欲
或我在暮光中未见到那女子，却与晦然的神灵相遇

女娲之肠

神灵在伊宁，远山上、街市中、河之沚（正如哀歌在此）
其可化为忧烦者客寓其中三月的城市，一如其可显现为女子
那些欢乐与悲哀之转化，大司命盘桓间之所赐与所褫
有生者要在水中沉没又浮起几次，可致不惑与不死？
（神灵）变幻者生于女娲之腹，（人）徘徊者成于抟土者之指
请共沿其如蛇如肠的躯体往复吧，载舞载歌、无终无始

烦忧轮

2014

诗十首

一

徘徊者出没于荒凉的灵魂
如上古的兽群之影
我在噩梦憧憧的夜色中重获生存
被周而复始的命运引领

悲哀的动物在此迁徙，从光明行至阴郁
若一支不死的歌声般，轨迹弯曲
还会回归吗，那渐游入黑暗的旋律？
若化为蛇的河水，流过鲜花之城的废墟
忧伤还是快乐呢，轮回还是逝去？
或许在玄鸟的身体里死去，归来时化为王雎

而王永在那一个雨季复生，只是愈发哀愁
若欢欣的花儿已落尽，结出了累累的烦忧
若一条苍老的河水泛滥，涌出了新生的支流
仍在这泛起哀歌的路口，只是多徘徊了一周

二

释梦者于荒芜的时光出没大地
那是洪水消退后一个漫长的旱季
我在虚幻的彷徨中看到他的身影
然而并不能苏醒，并不能苏醒……

一条大蛇无休止地从幽暗的河中饮水
仍干渴，徒劳地往返于潮湿的芦苇
大鸟九次死于水中，疲惫而伤悲
又九次在退潮时从晦暗欲雨的天色中起飞
而我在哪里遗失了爱马啊，我马在何地尥蹶？
我在密林中邂逅了王后，却看不清她是谁
她若多曲河水卧于黑暗，拿一只盛红葡萄酒的金罍
问我：君王啊，这一夜你已死去又重生了几回？

没有欢喜与哀悲，只有我一再复返的山谷
我徘徊处的那条内河，无数次地泛滥与干涸
我忆起了多年前，那一个昏黄的下午
少年独自在家中，第一次杀死了蛇

三

复生者走出水中，一如曾死于水
重获了影子和呼吸，以及晦暗双眼中的伤悲
光阴庄严地展开，若蜿蜒而去的巨大蛇尾

孤独地跟随吧，向未曾造访之地回归

洪流的遗址上，又开出了欢悦和忧郁
而悲伤的根在地下，如沉默的弘大乐曲
穿过幻影般的花草，沿着预言中的归来和远去
沿途的光明和阴郁，被忆起的史诗和风雨

远方，诸神阴沉的影子交叠于瞳孔
采集的忧喜化为悲痛，盛满了献祭的黑色兕觥
苍鸟群飞，命运若不死的哀歌暗涌
到洪水中去吧，一如曾来自水中……

四

日影投于河上，如颓然之酒杯
有一支歌刚在夜色中复生复死了九回
灵魂若一苍白的纵欲者，现于熹微
而那一如阴雨潇潇的梦象呢？她是谁？
一只猫从晓雾里走过，一眼欢悦，一眼哀悲
隐没于郁郁芦苇中，似忧伤葳蕤

若徘徊者，那位神三次在黑暗中回归
命运如一条大蛇将那歌者的沉睡环围
晨曦若绯红的蛇信，预言着荒凉之路的芳菲
苏醒吧，我将再为你跟随

诸鸟曾如神灵般落自密云的裂缝

（沿途的哀歌和阴郁曾多么繁盛）

如今那场雨已停

（如今皆已凋零）

他在孤独中做了一夜关于王位的梦

然而并不知道自己的姓名

五

梦，如大蛇浮出阴沉的海面

一叶孤舟漂流于天神不醒的沉眠

那些宛若生死的光明与晦暗

命运在隐没与显现间循环

而徘徊花绕着路旁开了几遍？

恰如我乘着白马的离去与归还

我无数次走入那场饮下神灵雨的夜宴

看到忧愁如野草般蔓延

她从哪里采来这许多悲哀和欢愉？

沿着那支彷徨之歌的重生与死去

如今云影又织满那永逝不息的河渠

天色从未如此阴郁

是她若一阵哀怨的冷风婆娑吗？

为何只有这萧萧而下的木叶与飘荜呢？

我看见遥远的海上那荒凉的烟波

小船沉没了

六

在人生的折转处，我迷失于一场大雨
道路在跨踌的地方弯曲
我察觉到诸神踏过积水的步履
（在雨停时我邂逅一位少女）
和他们遮蔽在雨幕后那巨大的身躯
（步态若一阵莫名悲哀的唏嘘）

大蛇仍游过多雨世界的灵魂
沿着冥冥中的弘伟轨迹向晦暗里延伸
在路口的那一夜，我三次梦见了天神
（我穿过滂沱的密雨跟踪那个女人）
从爱马的遗骸上找到了献祭的酒樽
（看见涟漪般的徘徊花在路旁生根）

祭祀与爱情，畏惧同沉迷
苏醒与死去，遗忘和远离
当雨又倾落，若一阵突然的哭泣
我又在阴暗的房间中，孤独地杀死蜥蜴

七

这是离去与归来之地，天象是阴雨或起风

你可到过晴朗的国度啊？未曾
未带回谖草与饮器，只有彷徨不去的歌声
你可有过不如此悲伤啊？未曾

我见有络绎的女子，沿此路采葛或采桑
再纷纷化作飞鸟，飞向密云不雨的穹苍
只有弃置在路旁，那浅盛着恋慕的矮筐
和离离向远方蔓延，那宛若云雾的忧伤

我远去又折回的足迹，在泥泞上印了几行？
恰等于路边徘徊花，几度的绽放与枯黄
此路或许短暂啊，却比我的延宕更长
此国或永远下雨吧，而因此我才是王

八

他来临，有巨大的轮廓
带着无数旱季与雨季，这是诸河死去与重生之国
历经九次的欢腾，与九度的缄默
百年的烈日杲杲，百年的大雨滂沱

多首的大哀歌，命运的九条支流
那个人永徘徊于此，同蜕皮新生的女子邂逅
看见欢悦的面容下，拖着宛若长河的忧愁
溯游而下，在一连三个黑夜与白昼

有花采下又绽放，有鸟去而复返
我在永无休止的梦中，筹备着雨王的夜宴
而他来临，投下阴影如预感
我仿若失声，而天色如此晦暗

九

如络绎出现的幻景，一连三日的祭祀
在干涸之河上，若大蛇之尸
如复生之前夜，那个存在巍然而至
投下晦暗，于道路的每一处分支

而仿若忧郁的女人啊，在岸边将什么采拾？
用来酿酒吗？盛入君王的金卮
我遥遥听见她们那犹如谶语的歌词
路却多歧，于重重忧愁里迷失

命运轮回游动，若无休咏唱之诗
而徘徊者，你已从此经过了几次？
有微小的欢欣，如巨大悲歌上的瑕疵
他梦到那场祭祀，一连三日

十

如那个大歌者一般，我遇到了络绎的动物
当我的悲欢已渐渐苍老，将步入人生的中途

我遗失了嗓音与爱马，于幽暗中失路

察觉命运若一条大蛇，在岁月里蛰伏

这是雨王之国，我已离去又归来了几度

河流在此弯转，构成轮回的圆弧

再一次经过这里，路旁竟开满了恋慕

我在蔓延的徘徊花中，仍是孤独

（如那名字中呈现的预感，这里是徘徊之处

我梦见未来的无数次途经，从丰饶至荒芜）

当我彷徨了一周，太阳已三次地沉没

这里是什么地方啊？这里是少昊国

那些生羽翼的神灵永远在盛夏里陨落

经历一个严冬的死亡，化作阴云复活

雨已下了三日，我又彷徨了一周

又看见那个女人，花园里长满了忧愁

我曾经种下的欢悦，在又一个荒年里歉收

而我到哪里去啊？我想去徘徊之尽头

九徊司命

一

如同被冬之预感悬临的大地般荒芜
众蛇在天空隐没了头颅
而祈雨者在九条周而复始的河道中行路
穿过荒草般死而再生的孤独

在诸鸟的魂灵无休盘旋之处
九身的大司命者在歉收的土地下蛰伏
他将去复归来了，随着纷繁而生的预知或追溯
（徘徊花凋零绽放，带着恍若未知的芬馥）
如雨如雪飘降于这宛若有歌的一途
（有一陌生的女子在路旁，而我曾与她相熟）

光阴化为无首之蛇哀愁地祭奠王的亡故
若一首弘大阴沉的哀歌衔接起未来与始初
他永远逝入又浮出那有鳞隙的夜幕（一度、两度、三度……）
殂而复苏，殂而复苏……

二

雨中牝马，若来自空濛久旱的冬季
我在泥泞中九次遗失它踪影，又三度寻及
若有悲欢在那杳如长梦的盘桓间隐匿
若这场徘徊之隐现的预兆，而我却多疑
（多歧路啊，我却一再回到曾饮雨而歌之地
仿似悲哀，而我在耕作或拾遗？）

少女们走过，将未成熟的命运采集
看来多像欢乐啊，这转瞬即逝的花期
你们何时回归啊，看满目的忧愁离离？
你们何时远去啊，而雄狐仍是无衣

却总在晦暗或明媚之路口，邂逅又错失那神祇
在丧马又复得之日暮，不知向今夕或昨夕
他告知蛰伏再复苏的天命，哀歌和王位之承袭
而我在别去与归还的路上，载歌载渴载饥……

三

九个首尾相接的荒年，若大司命之一瞬
而歌者能回忆起未来的饥馑，在阴云暗涌般之灵魂
去而复返的求婚者，第九次从向来迷失之地发轫
在晦暗荒远的歧路上，偶遇了隐蔽的神

如一巨影在岁月里爬行，那如悲凉之歌般的命运
当灵魂能摹仿吟唱，便预知到曾经的饥馑
第十个冬季将来临，那女子久久地不孕
（密云永在此悬临，并不宽缓或迫近）
又轮回至第一个荒年，被大哀歌牵引
（徘徊者一连九夜，梦到了雨之醑饮）

无首之龙、迤逦之马与无声之飞禽
永在这时归来，致贺九年一度雨王的婚姻
这是丰饶之日，遥对那绵延百月的赤贫
刈尽又生出的忧愁啊，凋零又重开的欢欣……

四

忧愁蔓延生长，在又一次泛滥之後
大洪水如梦消退，空余残影般的河流
一个三倍长的多雨之夜连接着一空茫之白昼
（她随阴云逝去，又在溯洄溯游的每一个渡口邂逅）
众鸟盘旋自远天，若女祭司无休反复的歌喉
（积水的大地上，又生长出新一茬忧愁）

司命神倒影于河川，而我在纷乱的支流间夷犹
看见城垣如梦消逝之处，又一次长出麦秀
想起我曾御着白马，孤独地在列国间周游
（雪遮蔽迂回的道路，我在一程中三度掉头）
九次趋赴白云的彼端，求取我的婚媾

（终于在祭祀神灵的前日，找到了采蓣的王后）

苍苇沿着河岸繁生，好似你的殷忧
而王才在阴晦中复苏，这是徘徊花开的节候
有鸟自明媚中飞来，在夕阳下彷徨了三周
我追踪着晦蔽的命运，引车向右

五

（怎样去白云间啊，若复生复来之归客）
徘徊花沿山麓生长，好像被放逐出灵魂的欢乐
那里停着我的虺隤之马与脱辐之车
（我想在黎明时启程，却从拂晓延宕至日昃）
我九度于暮色里失路，被九身之大司命的巨影阻遏
惟在此彷徨而歌（滂沱而歌、泫潢而歌）

而环绕着生命之大河川，在每一个旱季里干涸
（若命运可畏的尸身，渊深、多歧而曲折）
直到阴晦再度君临，随着无休往复的大歌者
他死于每一个雨季之后，脊椎化为盘桓之大蛇
（我预感到你的归来，当荒地上生出九穗之禾）
伴着阴云与悲痛苏生，安抚饥馑岁月的干渴

采集卷施饲马的女人们啊，他已亡殁，他已亡殁
余你们结队在风中唱起挽歌，犹如逝波
将有九个不生欢乐的荒年，和九茬忧愁无人收获

当他再度在密云下归来，请翩翩婆娑

六

忧愁已离离将刈了，而我在离去或归还的途中
见哀伤的女子在寻忘忧，隐现于长草蒙茏
我登高眺望，天象倒影于手中泛起云纹的觥觚
（他将复生了，带着被禁锢之雨和北国漫长的严冬）
晦暗在切近与辽远处降临，密影重重
（那桎梏中的大司雨者，生着和王一样的黑眼瞳）

饮酒的女子们穿过河之遗骸，带着古代的歌咏
感到大哀歌神正孤独地沿灵魂走来，脚步跫跫
若一雄壮的求婚者，迫近了她们的颤栗、希冀与惶恐
（密云在此刻汇聚，命运之巨环收拢）
若暴雨前的低抑之鸟，逃避阴晦的苍穹
（未来衔接起始初，如悲凉蜷曲之龙）

而我正远离或重归呢？在一日间三度途穷
于每一处途经或未经的路上，迷失于离离的忧痛
却总在环游中永诀又初遇那人，在晦明间的徘徊花丛
未有过一次欢聚与悲离，未曾被歌颂

七

哀歌沿灵魂蒙茏而生，从荒疏至繁盛

在九月将要终了时，王又与大司命者重逢
若被循环之吟唱赋形，化为重重密云之梦
拢聚又延展，悬临于无休返复的一程

晦暗九度降临，命运在前路投下多歧的阴影
若雨之国的怀念与预感，诸河川之遗迹或雏形
烦忧蔓延于野路，岁末时可解开酒囊将弘伟无形者宴请
在彷徨将尽复始之处，祭祀那个重重讳避之姓名
（我徘徊而行，随着云之罅隙间熹微蜿蜒的光明
白马盘桓，在一连三个路口处遇见了神灵）

这一途鸟儿远飞或相随，我仍伶仃
爱马旭隙而死、死而复生，而我要无休无眠地前行
这里曾开满了欢乐，当我的司命神尚年青
自他（我）生长为（加冕为）大司雨者（雨王），它们都已凋零

八

第九次丧马自复，远望去尽是无人收割之忧烦
这是轮回叠加的荒年，惟有悲觞之飨宴
环流之大河川自鸿蒙起干涸，搁浅我的菲菲偃蹇之船
（祭祀之日将至了，王后在白云悠远之处采蘩）
神灵络绎穿过这云纹密布之眼，似回顾之预见
（我听见她隐约的歌唱，在一日间三续三断）

这是干旱的世代，而生命的内河无休止地泛滥

渗入彼侧之阴沉，筹备着遥远的曾经雨王之归还
天象晦蔽，云影若多歧之大蛇穿过枯裂的河岸
他用洪水之预感共狭长灵魂蕃庶，得到九支大哀歌盘桓

徘徊花绽放又凋零啊，我乘骊去而复返
看白茅渐淹没了芳华，正如我的悲欢
永是亦往亦复啊，我在路之盘纡处回转
见王从濛濛中走来，头戴密云之花冠

九

有歌盘桓往复，这徘徊者复来复往
看到那宛若虚影的雨王后，在远方采集着忧伤
而我在阴云下得马再失路，被哀歌神追逐仍寻访
在蒙茏间折返了九趟，困顿于悲歌暗涌之穹苍

而在阴晦降临后的三个凶年里，灵魂都收获了吟唱
可以在严冬之苍濛时，将履坚冰而至的神灵们宴飨
大司命于席散后化身为一梦降临，比能领会的生存更雄壮
种下忧烦，沿着这多曲的内河生长

九离九回，这将佚将亡的歌吟啊系于苞桑
而并未有新生的麦秀，只是在周而复始的悲愁上彷徨
有九度被晦暗世纪遮蔽的丰饶，对应着彼侧的灾荒
　（群龙在密云中隐去头颅，若多歧而轮回的时光）
而何时能找回自己的姓名啊，雨王？
　（无始无终，如同被冬之预感悬临的大地般荒凉）

无题十九首

一

上

多忧者反复其道，或想去一望浩茫之彼端
而若蜷曲无首的大哀歌，已周而复始了几番？
何处失饲舜华的尵隤之骓？何处丧饮薤露的玄黄之骖？
陷于丛丛忧愁之遮蔽，无论奋进或蹒跚

惟有在忘却进退的中途，在蒙茏中拾梦与寻欢
惊起那有声或失声的鸟群，于离即间忘寝与忘餐
王已遥远地离开了故国，忆起鲜花之城曾多山
酿酒的女人久久地失约，或许葡萄尚酸
诸马在昏昧中找到水源，来到歌者投水再复生之川
看见王后沿蜿蜒的流水采荇，头戴着徘徊花冠

神灵在忧郁的瞳中出没，复来之马迍邅
他在三个云影重重的荒年，将曾酝悲欢的灵魂阴干
大司命神在密云的缝隙间显现，阴晦不可望穿
那机微比他的躯体狭隘，而比歌吟更宽

下

未曾相识的女子彷徨而行，陷于往复的时间
采忧愁以苍白至空灵的双手，采而又采十指纤纤
似曾摩挲蛰伏又苏生之蛇，若游入灵魂内河的罪愆
她在一夜三次泛滥的水中折返而渡，或厉或襄

鸿鹄飞过鲜花之城，丘陵自出之白云在天
王携神灵饮雨之觞远行求取婚媾，御上有云纹之轩
诸马屡屡走失于丛生的歧路，始发之蘩芊芊
明媚中云影间杂，尚未聚拢之命运隐而未宣
芳菲化为白茅于将欲奔赴之处，此路渐阴郁而多艰
故国困于无终旱季，他则在濛濛风雨中失散于列仙
道路沿徘徊之轨迹合拢，衔成无首之圆圈
曾在大司命无形之牵挽下右还，而欢乐尽在左边

犹如九首的啖日之大蛇，那焚烧忧悲生起的云烟
若持金觞登高而望远，便知哀歌又息壤般增添
司命之女采欢欣续以绵绵忧烦，将草环编而又编
缠绕那人，去而复返、行而盘桓、歌而蹁跹

二

忧愁蒙茏自生，远行之沿途有繁郁郁苍苍
此路衔首而环靡尽靡盬，有歌化作嘦嘦之鸟集于苞桑
登高者盘纡而痡、其马陟而玄黄，且临睨于高冈
见歧路若绵密之云纹，各伸向阴翳决眦之远方

犹如在丛生的支流前犹豫，身临烦忧密涌之江
何以渡之？或厉、或揭、或泳、或方、或履霜
或待舟子，而其摆渡于轮回不至决断之日的时光
三次邂逅那云影遮面的女人，三次皆在水中央

若忧可以酿酒、愁可以饲马，则此国并无饥荒
但司大旱者在此盘桓九载不去，欲曝女丑、欲焚巫尪
王御翰如燔如之马求其婚媾，远赴失雨之国的边疆
往复于有莘与有苏、在涂山遇白狐庞庞，终得女孟姜
何处寻到那期于桑中邀于上宫的女子？或者在沫之乡
她能采麦与采唐，在荒年中酿造欢欣之酒浆
九驷带来掌中有隐晦之纹的女人，求婚者朝发而夕张
在黄昏时祭祀于喜宴，士刲无血之羊、女承无实之筐

徘徊者环间穿社而行，阴沉中云纹弥彰
神灵将解开酒囊，饮酒于云痕雨线之觞
他在幽谷间失路得路，缚足于瑟瑟的稻秧
进退于渐积之雨水，褰衣而蹚

三

白茅蒙蒙生于四野，若远人之忧心忡忡
乘白马徘徊而死而复来，或想去白云中
而若有云纹在双眼暗涌，若有忧痛使人扪胸
失路再陷于永伤与永怀，惟姑酌彼兕觥
有女子沿途采蒙茏的苍耳，忧喜间似有隐衷

或曾向她们问路啊，问得晦蔽难解之吉凶

哀歌如弘大多歧的支流，将临袭此国之洪水疏通
在生命中浩然蜷曲无始，悠然环流无终
王曾御九骥九骊而远行，不祥之预兆憧憧
时值最后一次收获欢乐后，那坠入轮回的孟冬
他在一夕间三次临歧路犹豫，三次遗失向导之行踪
陷入循环中永不途穷，惟归程被司命神之影蔽壅

神灵遥远地离开飨宴之地，饮雨之觞已空
无人收刈的悲喜自生自落了三度，有客远来自东
他似背负着濛濛零雨之国度，魂魄淋漓龙钟
戴着密云之王冠步近，沿途忧郁葱葱

四

犹如涌出大地的阴云，烦忧蒙蒙而生
循无始无终的凶年之环，戴徘徊花冠者在荒原上躬耕
诸鸟盘旋于空旷云天，若系于茫然视线之末的风筝
这里曾鲜花满城，只今在释梦者的隐语里亦未有丰登
司命神之过处不生黍稷，只有刈而不尽之茅随往返递增
若弘大年轮之哀歌环绕九度，恰与世袭王位者同庚

诸支流如多歧的蛇足，曾于何时设九罭之罾？
当大河于反复旱季中化为蛇蜕时复返，得白鱼尾赪
若曾于白昼时出行在赤霞下归返，且飨和酸若苦之羹

焚烧阴干的忧喜于釜下，作歌如小鲜之烹
饮雨的神灵们归来吧，甘辛之酒已三酿三蒸
女子们沿内河采悲欢以其汇，元亨

忧烦者生于婚媾，而歌生于忧悲与欢喜的纷争
似曾于一场孕怀丧礼之喜宴，邂逅那失马复得马之翁
以密云为花冠之歌者，于周游间自失于诸风
神灵则在未来或已逝的岁月，以被遗忘之姓名相称
有盘桓者十往而九复，载无终衔首之歌声
遇大司雨，既不说明、亦不掩盖，惟显示象征

五

忧烦者采忧愁之白华，束之以忧郁之皓茎
空灵者在白菅为席之大雪中周游，双瞳有琼瑶之瑛
神灵在每一未及与已过之处静待，而此途多环且路倾
得马、失马、厉揭、履冰，陷于衔首环路之伶仃
而怎样编制长歌啊，或以徘徊为纬以诸忧为经
他披着翛翛长风往来，或赋、或比、或兴

密云无雨若释梦者手中匕鬯，雷鸣百里震惊
白驹三去三返，载来诸神飨宴之次日降生的女婴
王看见云纹勾勒出的大司命之形，其双眼若白似青
朝见她濯发于浲浲蓶露复晞于阳阿，而夕饮冰
逐日者行于盘纡不升的山路，手扪阴云复抚膺
沿途有繁生的哀愁郁郁，间以恋慕菁菁

折辀之车负载复生复来之王，忆此处曾为白玉京
只今枯木丛生于十二楼五城，上有化为鹧鸪之九卿
在歧路遗失九逸八骏之马，临深渊抛落鱼肠盘郢之兵
三度乘云帆如晦之船远行，三度阻于鬐鬣蔽天之长鲸
或徒步出野草殷殷之北门，视三五在东的小星
若同为满载忧愤之灵魂，孰重孰轻？

六

忧悲若云雾般自涌，其间有九衢之思蓁蓁
失语者在遗失姓名的荒年中劳作，三刈而不伤其根
吟唱者乘饮薤露饲白颠之马出行，不见夕阳不见朝暾
夜色中遇歧路若重重盘绕的大蛇，无首而九身
或欲去白玉京却失路失马于玄云壅塞，三载未觅其阍
见其影子彷徨于多尘之路，或笑或泣、或喜或嗔

哀歌者试以忧愁重酿，得飨神之酒一樽
王于祭祀之次日梦一女子，掌中有密云之纹沿天命延伸
王雎盘旋之处可以邂逅，或曰其在涂山、有娀、有莘
他三往三复而寻，载之归返于一骊歌环绕之黄昏
在徘徊者无休离返之地，那女子践其盘桓之迹而有娠
揲蓍而问之于神灵，曰：利牝马之贞

犹豫者临迷濛之水而立，欲过不知其浅深
何以渡之？或泳？或蹚？或舟？或方？或化身为鲲？

灵魂负传承之罪与徘徊之辜，三度蓄长发而三髡
见命运之诸尾交缠于前路，其首在身后紧跟
天神赐生命只一杯和甘若苦之酒，不可被诸饮者均分
那歌者持云纹雨线之觥，请为之满斟

七

忧愁繁生于何处？或在白云之隈苍山之阴
彷徨者在彼处饲马，又饮之于周始而复环流之水滨
群山濛濛雾化，鲜花之城于王离去之次日遭风雪入侵
雪化为白蘋蒙茏生根，重重交叠如席如茵
何以解忧与解愠？或言蓁蓁麦秀之上有南风之薰
善酿者三度于荒年中制酒，或酸、或苦、或辛

有路循环盘纤无首，若持无柯之斧应如何析薪？
王乘屯如班如之马赴白云彼端求其婚媾，一进而三逡
缚命运之女人复去复返，显而不循其路、隐而不择其荫
他追踪那轨迹迂回而行九周，得白茅绸缪之死麇
卜曰今日雨，有自西、自东、自北、自南而至之嘉宾
司昏者置喜宴于日暮，迎候沿云纹歧路而来的九牧之君
神灵携贺礼无声光临于此，其间有司命、司雨、灵均
忧喜交颈而缠，环绕这场徘徊者的婚姻

忧烦者行于无始无终之徊路，御其九骆骓骓四牡骙骙
其雨其雨？而此阴晦笼罩之国度已久旱至今
其亡其亡？戴密云之花冠者以一缕哀歌系悲愁万钧
见大司雨，晦然而至、盘桓不去，而终不嗣音

八

犹如多歧之蛇延伸诸首，命运在这里分支
而如何除灵魂之烦忧啊，如同寻拔心不死的卷葹
远游者于明媚中出行迷失于重重阴晦，云神换素衣为缁
上下求索未见不老不死之灵药，空得九衢盘卷之思
阴云生于盘旋无休之轨迹，若浩然无首之玄螭
忧烦者只一条歧路庞杂之环道，无谓其何之

那女子在释梦者之隐喻中，采葛采荇、为绤为绤
或为她析薪与秣马，马夜来而昼去、薪朝束而暮失
乘魑隗之马者三度欲饮酒于高冈，以金罍、金樽、金卮
皆若骤雨，未沾唇已漏尽于密若云纹之瑕疵
或言王三度渡河求其婚媾，涉水、履霜、履冰、践流澌
终于在白草干枯之荒凉山头，遇其阏氏

吟唱者周游只得一反复之哀歌，如徘徊者九身而影只
一日间三度觅欢乐而途穷，若天神三见蛇足而三断其肢
失路者彷徨而返，见云盘旋而不行、雨积蓄而不施
大司雨引惶然群飞之诸鸟为线，将密云花冠编织
河流随天雨而干涸泛滥，灵魂亦如斯
忧喜并非自生于内，司命之所司

九

忧郁者在彷徨中途见采葛之女人，今夕何夕？

若哀歌神寄寓之躯自失于歧途，此处生恋慕萋萋
翠盖之车断辆而众马粲然奔逸，有骊有黄、有骓有驱
如风铃之声起伏，颤其金鞍、金镫、金羁

王以精糈与燕麦饲马，欲赴白云彼端而陟险巇
却于重重阴晦下失路，三载不见落照不见晨曦
诸马络绎阽隙而死、死而复来，以食则再生的白蘋充饥
他无休盘桓于一条往复循环之路，只是周行渐化为蹊
或言远天云纹缠结之处，乃鸟身之释梦者所栖
问卜者朝发于露宿之地而暮返，路遇徘徊歌姬
闻其歌者自忘姓名，御则失马、步则失路、待则失机
日出于东而复落于西，若浓云蔽日则无东无西

无名者在荒年中蓄悲愁之长发，三束而三披
濯之于无穷旱季中不可滥觞之九河，历寒暑而未晞
他焚烧忧愁为烟以飨天神，其火三燃而三熄
天湿而欲雨？阴翳已若群马之尸骸于玄天重重堆积
祈雨者见密云翻涌而似将泣，长风骤起而若歔欷
三次将羽觞、兕觥、金罍置阴云下，而神灵三度愆期

十

忧烦者已徘徊渐远，与云影遮面的女人离居
或其无首之行程仍与绕床青梅同心，只是轨迹愈发回迁
此路应是弘大之盘桓吧，有殷殷麦秀生于鲜花城之故墟
他在永不辨远逝或归返的路上，履霜履雪、载驰载驱

这里是有寒冷之长昼的北国，日出于寅而延宕至戌
有悠悠悲思以秣白马，暂短愁梦可饲骊驹

王欲寻抟土而做的女子，其路盘纡，其尾环纡
她已若久旱之大河般死去，于阴云下生莘莘之虫蛆
恋慕者姗姗地到达，愿为之濯足、饮沫、吮疽
而她魂灵若国殇盘绕，化为无休彷徨之长吁
或将有复生的时刻吧，黄河的腐尸上飞起领唱之王雎
诸神们远游而归来，踏过河道中积存千载的泥淤
为此请先唱周而复始的歌颂吧，其声曲而不屈
循司命之所赐分配忧喜，纵不可取悦于众狙

女子们载笑载言出行，路随蛰伏的命运而弯曲
沿途采得荠菜不足一绺，而堇荼已郁郁盈掬
顷筐早累累盛满，复又揽之以襟裾
为何载如许的忧愁啊？或乃祭祀之所需

十一

戴密云花冠者载歌而行，陷于流淌的忧悲
彷徨失路，看见那采撷一花便凋零一花的王妃
若灾凶之年里的麦秀，云影罅隙间之熹微
她沿荒草中的蜿蜒之花，迂回而去、徘徊而归

白蘋生于阴晦无雨的一程，其间有隐约忘忧花芳菲
或那是女人们采谖草而焚，以失声之唇将其烟远吹

多烦者犹豫于分歧之道口，见相背而飞之黄鹂与子规
沉迷于无休的远去或复返，不知其是、不知其非
此周而复始之环路被阴云吞没再呈显，若月相之盈亏
他走在神灵隐于道旁之途，不见夕照不见朝晖

将佚将忘的歌曲啊，将化为蛇的脊椎
灵魂从晦暗的瞳孔，向荒寂的世界偷窥
这一路断辐又脱毂，迷途兼丧骖再失骓
幽縶淹没了野道，四顾密影崔巍
有什么可暂释怀啊？惟酸与醅
用什么来盛它啊？惟觞与杯

十二

忧愁已酿而又酿，空余积压在灵魂的麦秸
而复熄复燃之火若遥远的欢悦，映于无终绵延的一瞥
载歌者茕茕而行，拖着环流之河般浩荡的咨嗟
惶然倒影于司命神晦暗的瞳孔，若黑瓮中徘徊之鳖
王位被异域之梦环绕，他在无休的雨中踩到白蛇与白蝎
彷徨于化为蟾蜍之眼的繁露，孤独地撑伞着靴
鲜花之城沦陷于荒凉的岁月，白蒿淹没盘桓九环之街
这里曾有祭祀、宴饮与欢乐，今已未知晓那些

司雨者似忘职于阴沉的岁月，而迷濛中渐现祸福之阶
云影遮面之天神引忧烦者前行，将沿路欣喜——删削
求婚媾者乘九辕之车远行而失路，在诸马乩隙之地休歇

三度在桑中、上宫与淇上相待，那女子三度地失约
他在风雨之夕到达拒斥又应许之地，那入口蔽而不揭
在如晦的哀伤中焦焚地徘徊，其时鸡鸣喈喈

神灵乘白马九离九回，赠之以白璧九望九缺
王以晦暗的双手摩挲哀歌，直至其声如磋如切
登高者在云纹之杯觞中饮酒，那忧痛不可拿捏
见歧路似绵密之蛇足，同蛰伏的命运相接

十三

忧悲生于昔日鲜花之城，自诸鸟焚其香木之窠
护河化为彷徨之蛇，其波不可涉、其水不可喝
远方络绎奔来王之失马，仍饰已失声之金羁与玉珂
其离去时浅草未能覆蹄，只今青葴已密密没髁
他仍在永恒的黄昏中徘徊，欲寻觅司命神的驻景之戈
听到那酤酒女人的吟唱：忧伤请恣取、欢乐不可赊

自何时远去兮，自何时白蒿生满故国的山阿？
在何处饮尽金罍金觞之酒，在何处遗失九乘九驷之车？
回望曾踌躇出走之路，由蒙茏的悲愁蒙遮
或欲到白云自出之处，行程却无休地耽搁

这又是白帝归来的时季，应将郁郁之繁收割
却迷失于盘纡多歧的阴晦，无论果决或婑婗
王在九逸复丧复来之远域，沉陷于忘却姓名之沉疴

只有那烦忧酿制之酒，沾唇便化为哀歌

十四

忧愁之歌如何编织啊？以徘徊梭
见司命神之初来时嫣然而笑，将蛇尾浩漫而拖
曾赐以系绕三匝之欢乐，于韶华未落时三度褪剥
今时负载起天命之密云，初亦不过焚烧恋慕之一撮
他陷入司雨者阴郁的瞳孔，彷徨三载未能逃脱
仿似来自曾多雨之国度，以空灵之魂荷笠荷蓑

有歌盘桓往复，其声如切如磋
王用布满云纹的双手，将采集的悲忧摩挲
大歌者于泛滥洪水中自沉，复生在荒凉内河之漩涡
诸神之河的九条雄伟支流，只在灵魂里遗留逝波
而悲愁如梦如雾，无形不可言说
此国永不落雨，惟云影繁多

有河庄严环流于此，将王位承托
有女在此采蘋与采藻，有女沿此吟唱与婆娑
而徘徊花落，随失雨之城悲哀蜿蜒的城郭
那时欢乐适飨尽，而忧烦初播

十五

这是歧路丛生之地，荒弃之田涌出殷忧

一首大哀歌以悲愁将此国环绕，已无声流动了几周？
那些迷途的马儿生则犹豫盘桓，死而不得首丘
王曾在遥远的雪中御它们出行，那时正值孟陬

他在荒野中三次梦见鹿群，其鸣呦呦
神灵于鼓乐中纷纭来访，飨休糈之酒与九牲之馐
今涌酒之觞已干涸了，祭祀之地久久地失修
鲜花之城永远地颓败，落满空灵如雪之斑鸠
那咙隑为虚影的九驷，和云烟般消散的列驸
只有遗失姓名的徘徊者之吟唱，无止无休

妇人们一连九年种下的稀稷，第九次歉收
只有幽幽之蘩在田间摇动，随北风悠悠
他在无限辽远之地，以孤影遥对灾荒笼罩之悲秋
久旱之地，只有一莫名女子若回响或预兆之棹讴
忧烦延伸到灵魂的每一处邃落，由思不可寻究
何以你总是无欢乐呢，或许司命神并不抓阄

十六

忧悲如一场首尾相衔的长梦，他又回到其徘徊之初
在一程中反复遗失相貌与姓名，身影恍惚
其马咙隑而死复生再瘏，其仆瞻望而病怀顾而痛
驾无辀之车出入光明与晦暗，随重重阴云之蛰伏与复苏
沿路之哀愁随光阴而繁茂，欢喜则愈渐萧疏
终于在一北风苍凉的荒岁，回到了曾鲜花遍地之国都

那些女子在阴晦不雨的旱季，以忧苦之双目望其征夫
一眼遮无穷之云翳而失明，一眼因无休之垂泪而干枯
候鸟已离去飞来了几度，而你在何处击鼓、衔枚、执殳？
或已因望君盘桓征程而失语，若这哑儿三载未曾啼哭
耕耘之时机已久久怠误，田间忧不可以锄、烦不可以诛
时雨永不落于大地，于半空尽化为鹧鸪

蓄起悲愁的王以云纹运转之双手，将长发且挽且梳
却渐浩荡不可整理，沿彷徨之途盘卷而铺
怎样制短歌啊，或应沿密云鳞隙而行手持承雨饮雨之觚
而阴云幽暗而难辨，其纹路之变换倏忽
或云沿繁生之白蒿而迂回，可觅见天命之机枢
忧烦乃司命之嫡子，而欢乐皆为庶出

十七

忧烦者以徘徊之火，将瞳中的白茅焚烧
而它们在每一条荒远的歧路上又生，随寒风萧萧
动物在晦暗中络绎而至，出没于惶然环视的周遭
命运现于夜色的遮蔽，如环流之水中隐首之蛟
迷途者窥见那女子的容颜，复拾到她胫骨制成之箫
吹奏它，便看到那一眼欢乐一眼哀愁之猫

犹豫者在林中失马，寻之于九河之皋
欲赶赴日出之地，应采薤露濯发的女人之邀

路三次分歧、折回与断阻，九次皆隐蔽于蓬蒿
他身陷于错失永离之预兆，忧心如焚如焦
或饮下金罍兕觥之酒，揣永怀永伤而登高
三度迷失于云雾，遗失貂襜褕、琅玕琴、金错刀
忧愁已九浣九晞而酿，致哀歌向不老不死之云霄
曾赠复生复来之王以白云歌谣，只今八骏已夭

有声远逝而迂回，将魂魄三唤又三招
天命若无首大蛇之盘桓，正同周折的道路相交
大司雨者酿滂泽之美酒，请酌之执北斗之杓
他去而复返、而彷徨、而浩歌，长发儵儵

十八

忧伤之新月升起了，若欢歌神之吻留下的空灵伤疤
夜宴之觞九尽九满，远天飞来归去化作神灵之暮鸦
忧思如低抑之乌云，悬临于司雨之歌者的世家
年青的王烦忙于祭祀之日，在宴饮阑珊处见到了他

白露繁生，盘桓者折返于苤苤而生之蒹葭
失路又得路，追逐着九牝之麈与九乳之豝
哀歌神蔽于阴晦，将不祥的低吟在恋慕上环绕了三匝
是时欢乐已落尽，而忧愁始发
歧路若隐现这饮雨之国天命的掌纹，在荒地上交叉
王御脱辐之舆求取婚媾，沿凋零遍地之徘徊花
那女子昼织而夜拆，在无休的岁月中纺纱

她曾乘班如之马到来而久久地不孕，是夜风雨交加

白茅三生三刈而不死，烦忧如九河之沙
大哀歌环绕之国永久地失雨，惟阴云重重积压
若曾犹豫于欢喜或悲愁的道口，命运彷徨在一念之差
而司命神暗待于多阴郁之方向，将无觉的生命牵拉
袭位者在悲忧繁生之路上，默对憧憧群影之矜夸
密云至雄伟则不雨，若善歌者常是哑巴

十九

犹如司命神先行于此路，将忧烦密密而栽
燔以九衢之火而复生，何处是其焚而不死的根荄？
似欲去往白云自出之处，却迷失于此途之多乖
失位之王复生而复返，觅其离散失马于九垓

拾梦者蜿蜒而行，拾到那断簪之钗
那女子在密云阴晦间采蘩，践大司雨之迹而怀胎
九牧之君于闺门外久待，而她昼织而夜拆
纺纱于无终的岁月，负载着茕独之痛与众兆之哈
有骊载王子而来迷失于夜色，鲜花之城日渐颓衰
白茅在九罭相叠般的歧路上蔓延，郁郁好似隐哀

忧思如蜕去云影之蛇，把虚掩的灵魂推开
酿酒的女人沿迷狂之预感行走，葡萄或已成熟待摘
应许的飨宴之时到了，荒年之薄酒已筛而又筛

神灵自何方而至？司祭者已沐悲痛戒欢乐而斋
他遗失众马与王位归来，穿过重重的冷漠与嫌猜
以云纹密布的双手，将循环的哀歌摩揩
终而复始地饮雨吧，此处有歌颂十九拍
而那些酒杯、酒觞与九歌之悲伤，今安在哉？

寻忧欢

求索者上下而行，去衣而渡河、弃马而陟砠
临歧踟蹰，见荒芜之路平坦、多实之途崎岖
哀歌于其右转时响起，若司命神一声绵延不去的唏嘘
他步于阴云吞没归程的路上，初徐行、复疾趋

到何处觅欢乐啊？问之于女夷、女英、女婴
路边的天神本丰沛而充裕，遇寻欢者则拮据
媚悦之影倏忽即逝，或欲捕之而执拘
她将化为飞鸟游鱼狡兔而过，在此张弓、设罾、结罝
然而永不知其未来或已至，那网中若实似虚
或应求之于白云彼侧，而路盘纡、马趑趄

有迂回往返之足迹，若盘桓之蛇浩然舒展的身躯
徘徊之歌者怀璧，而无人可报之以琼玖、琼瑶、琼琚
忧烦乃与生而来之沉疴，非挽歌不可以祛
郁郁复生复死至无尽，其上薤露则晞于斯须
或欲做不老不死之长歌，取道于轩辕、无继、华胥
一夕间三度失马与失路，吉凶难辨、忧喜难区

逐日

犹如司命神之阴影，夜色蔓延自白云之隈
释梦者听到大洪水，遮蔽于无限岁月后之喧豗
他何时归来啊？苍老至仅余魂灵的太卜以婆娑之火灼龟
其裂缝仿如乌云之间隙，预示遥远过往的雨雪霏霏
那身影将显明于渐晴的天色，手持载云痕之圭
邂逅她，宛若在河之洲、水之沚、泽之陂

荒凉无人的时代，只有一个女子沿哀歌般的内河采薇
而他在每一次日落时忘归，其影化为夜幕与阴云相偎
王后在饥馑的永夜里屡梦吞日，却只见庭燎之辉
逐日者为她迷狂而奔，执黄蛇而追、饮黄河而追
如惔如焚的灵魂环绕太阳，若巨兽之影彷徨于火堆
见欢乐三度被蒸干为忧愁，忧愁再三度化为死灰
他在无休往返中遇王之失马，有黄有骊、有驳有骓
络绎而逝、迂回复来，若一串绚然散落之琼瑰
班如之马载来之人久久地不孕，应验婚礼时的无血之刲
忧郁者徘徊于她楼下三度遇雨，而终然未入其闺

这是周而复始的无首之路，可以在中途将未来类推

惟鲜花之根生出蒙茸白茅，神灵化为苍鸟盘旋群飞
司雨者未见天命之阊阖，雕刻云纹于歌者的柴扉
他沿之窥见晴昼之白，而守瞳中之黑

西郊

如忧伤弯曲之蛇弓，藏于饰有云纹之韬
哀歌者之灵魂中有不死之悲痛，其蜕化为九歌离骚
他用杯中云影饲蛇，若在晦暗之金屋里贮娇
化作无首之彷徨与其交媾，在一个无休反复的寒宵

忧烦者向夜色而行，沿途阴云繁生鲜花渐凋
荒凉中无落英之痕迹，皆化为盘旋而飞之鸥鹍
徘徊之宿命若断续的噩梦，显于阴影、见光则消
他在掌纹中看到歧路之所向，于中途遇水滔滔
何以渡之？或欲把榜枻歌者之手而撑芳荪缭绕之篙
无舟如之何？浅则褰衣而涉、深则系瓠于腰
或言抟土而做之女神曾于此，生喜乐与悲忧同胞
其一于青春时夭折，其一随此行之惴惴

有歌缠绕魂灵三匝，若不知其端的丝绦
随返、复、屯、遭之所向，自西、东、北、南而飘
盘桓者无休来去于此路，其初嘻嘻、其后切切
或笑或叹沿其足迹而起，渐成嘈杂难辨之喧嚣
他一连三日遇陌生之女人，赠之以木桃、芍药、握椒
而芬芳皆只有一瞬，它们将化作悲愁于明朝

少女们沿恋慕而采，寻待放之徘徊花苞

（那女人陷于永怀，已往复彷徨了几遭？）

却渐行渐远而失路，见蔓草郁郁、闻草虫喓喓

（采得欢乐纤纤不可握，而忧愁缚指不可抛）

她们于林中寻到死鹿，盖白菅以覆、缠白茅以包

（她在久旱的岁月植谖草，忽听到鸡鸣胶胶）

见他戴花冠而来，自密云不雨之西郊

徘徊花

2013

鸟国

一

那是命运的中途或路口
在青春的荒年之岁暮
我用枯樱草花瓣酿酒
有鸟化为女人来光顾

她饮下泛起哀歌之酒
在晦暗的天穹下延伫
以娟秀洁白的双手
赠我以白桔梗花束

而我在夕晖蜿蜒的道口
在鸟没入花丛之日暮
看爱情停栖在双手
而欢乐仍同我陌路

二

司命神站在道旁

目光比我的预感更深长
我凝视他以夜色般的双眼
他露出永遮蔽于晦暗的面庞

我挽着一位手持粉蔷薇的女子
她温顺地依于被爱情锁住的心房
道旁的风却若一阵歌声在回响
唱：她会、凋零、变黄

我俯身看她被欢悦燃亮的侧脸
和落在容颜发梢那忧郁的夕阳
我看到生命在她若爱我的瞳中倒映
却仍是、那么、荒凉

而司命神站在我挽她走过的道旁
亦在我唇上和臂弯间庄严地隐藏
我背负着夜色一般的灵魂
仍是、孤独、彷徨
那陌生的哭泣和欢笑
那莫名的生存和死亡
夜幕后传来竹笛声
若一阵叹息悠扬

三

司命神用阴郁的时光酿酒

以雨塑造无忧的灵魂
而我用潮湿摇晃的双手
欣然为不速之客开门
便看到在恋慕中怯怯颤抖
那未褪尽羽毛的女人

总有忧伤的歌声潇潇
打落纷纷幻影般的欢欣
而我的爱欲和遐想是悄悄
终无法在孤寂中藏身
却在那欢悦的一瞥中烟消啊
一如那化为云雾的青春

在迟开的紫丁香花丛
我嗅到了永恒的黄昏
那太迫近我双眼的面容
投下了光明与浓荫
以沉沉爱慕的双瞳
预示着长夜的时分

那永远不沉寂的哀歌
和仍挂着鸟翎的女人
那已没入生命的沉疴
和永不会飞散的阴沉
那不识得爱情的司命神
和只怀念孤单的空灵魂

四

我看见花丛中的王
正孤独地立于一棵徘徊花之旁
漠然的双眼中仍倒映着空蒙
一如他昨日在冰雪中彷徨

我遥望着曾被雪花侵扰的双目
那又找回鲜花之城的孤独的王
而这野玫瑰若火般蔓延的国度
却仍是、那么、荒凉

他仍在采集着腐烂的罂粟
用冷漠的灵魂吸食悦人之烟雾
那幻影一般的狂欢与悲苦
预感？或是回顾？

命运若行星般运行，无须占卜
我嗅到下一次凋零，在未来何处？
当王乘着夜色马车，穿过鬼魂之舞
初次听见了王后的歌，在第五幕

五

你可曾到过姑媱之山？

在远方的彼方，在云雾之间
你可曾在那儿采集过瑶草？
在潇潇雨后，在彩虹的那边
划过的光阴会将它引燃
放出那女子的精灵若飞烟
你可曾将它递给一位少年？
吸一点欣欢，吸一点欣欢
而他曾是多么忧郁啊
孤独地戴着月桂冠

你可曾到过姑媱之山？
从阴郁的小径，到有云之峰顶
你可曾摘下过瑶草的黄花？
在密密的叶间，在她的衣领
风摇动那被死亡幽禁的迷香
酿一缕幻影，酿一缕幻影
那烟雾恰适宜慰藉忧伤
可曾用它将那青年邀请？
而他曾是多么沉迷啊
一嗅到就再未能苏醒

你是否要去姑媱之山？
在远方的彼方，在云雾之间
请为我采来菟丝子果实吧
在满地枯萎韶华的彼端
我想用它祭奠一位少年

在曾飘起歌声那冰冷的逝川
他抱着夭折之爱在河水中长眠
再没有欣欢，再没有欣欢

六

我看见雨中的王
幽灵一般在迷濛中彷徨
仍优雅得不显一丝落拓
只是忧伤，比昔日的长发更长

司命神推倒了阴云之酒觞
将陈年的命运终赠予生存
那一片漫漫的阴郁之时光
汇聚为正淋漓歌唱的天神

曾用乌云筑起的不死之城
正在闪电间若黑水仙凋零
那一片密云不雨之穹苍
已化为一场滂沱的爱情

而我远远地看着雨中的王
仍是孤独地在湿地上彷徨
那一片苍茫积水的大地
仍是、那么、荒凉

七

巨鸟飞过新月
遗夜云之影，婵娟的歌声隐约
这潮湿飘雨的长夜
若司雨神哀伤的一瞥

那无数纷繁预兆的应许
和许多密云不雨的岁月
这一场降临于生命的暴雨
和那些骄傲与痛苦的幻灭

司雨，这是给枯萎青春的慰藉？
赠歌吗？给荒凉的灵魂谛听
而我不禁畏惧那雨夜
太像他哭泣的眼睛

司雨神，你目光吞噬新月
若巨鸟，将滂沱之爱情引领
而我孤独置身于这雨夜
太似他瞳中的幻影

八

她在月朔之夜飞来
惊艳若空旷岁月的稀客

那鸟儿曾忧愁地徘徊
终投入了林中的夜色

夜色中，她的羽毛若白樱花凋零
用恋慕编成乌黑的长发
而离开王座的他若一个孤单的大幽灵
以荒凉亦寒冷的生命来迎迓

欧石楠烙在他凝视恋人的双目
若阴沉的命运给生存留下的沉疴
当他走过红蔷薇盛开的小路
灵魂、唱着、哀歌

九

你可曾到过穷桑之浦？
在沧茫的彼侧，在西海之滨
有一个女子曾在那里曼舞
伴着海风吹动桑叶的声音
那弥漫着桂香与薰草香的舟橹
那美少年的笑语所幻化的迷津
那些迟迟才知觉的痛苦
那些从未曾触碰的欢欣

你可曾见过孤桑之树
见过曾在紫桑葚下抚琴的年青的神？

一个女子曾那般姣好地映入他温柔的双目
如今那眼神已被沧桑蒙上了灰尘
昔日那野火般的桑叶已黯然萧疏
荒凉中仅余白帝子那苍老的灵魂
凄然地望着那场上古之爱的遗孤
他那仅关于王位与飞鸟的生存

你是否要去穷桑之浦？
在时光的彼侧，在遗忘之滨
有一个女子曾在那里曼舞
伴着那永不能再追溯的光阴
那些已消逝于生命的痛苦
那些再不可触碰的欢饮

十

沉睡吧，孤独的恋人
躲入你冥想交织成的夜幕
让那些知觉之歌渐渐低沉
在这幻影憧憧的葡萄园停驻
将被幽禁的欣欢注入上瘾的精神
而她仍在云烟中，含着白罂粟

一只鸟在我火烫的指尖上自焚
羽毛燃烧为痛苦和爱慕
她在火中幻化成塞浦路斯的女神

仿佛阴沉命运的一场魔术
啊，她带着无可抗拒的爱与忧虑登门
穿过那长满薰衣草的小路

走来了吗，拨开那缭乱炫丽的歌吟
踏入空旷灵魂的寂静
她不属于汇聚为密云的鸟群
而是雨落之宿命
啊，她带着阴晦的预兆光临
穿过这荒凉的小径

十一

愿孤独再度降临
如夜色，又来朝觐黑夜的国君
他的灵魂延展为漆黑的穹旻
万灵，复沉睡于恢弘亦绝寂的嗓音

一个女人沉入苍灰之影，化为夜鸟
从夜神的黑色瞳孔中悄然地消失
而这晦蚀的天空比阴云和鸟群都古老
庄严地抚平了欢欣划出的瑕疵

而那些生着女人面孔的飞禽
仍围绕阴沉的命运徘徊，永不终了
仍从那晦暗的沉默中衔出歌吟

报之以玫瑰蔓延之烦扰

并非掠过夜空，而是黑眼瞳之一瞥
皆永眠在此吧，化为密云
那是晦蚀上又添阴云的永夜
夜色般，当孤独再度降临

十二

鸟身之诸女神，若幽灵群
盘旋于我黑夜般的怀中
永无终了，犹如不朽之阴云
笼罩在我苍白心脏的上空

命运中的晦暗化为阴郁的瞳孔
凝视着诸飞禽痛苦的呻吟
如朕兆，我嗅到荒凉之风的暗涌
预言着大司雨者终要降临

他在荒芜的雨云上采集灵魂
庄严地啄食着恋慕与忧伤
他在飞鸟的背上孤独地生存
蹚过了由哀歌汇成的时光

他密密的长发间结出了葡萄
在夜色中发酵，散发狂欢与悲痛之预感

他如同行走在漆黑时代的伟大歌谣
在遥远的洪水中戴着雨王的冠冕

食那葡萄吧，鸟身之诸女神
以那痛楚与惊喜为生存解渴
请在爱与祭祀中献出灵魂
终要来临了吗，大司雨者？

十三

夜鸟群飞过太阳，哀歌之日蚀
而当她们凋谢时，我将哭泣
我将在阴晦中痛哭，行大祭司之职
而放晴时，欢乐亦沉寂
当莽苍的天空上结满黑色的果实
我知道酒宴正酝酿于层云之幕
而此刻日夜是无形之大实体的谶词
若一巨影正徘徊于荒凉的大地

请欢笑吧，笼罩我生命的大灵魂
当我茕独地行走在你阵痛蜿蜒的脊柱
你的心脏若被浓云包裹的太阳般阴沉
而我在灰色鲜血的预兆下莫名地延伫
在你躯体的内河上漂浮着鬼魂般的女人
而我徒劳地迷失于狂热恋慕之烟雾
她温顺地为我打开隐藏着悲痛的房门

预感？或是回顾？

要落雨了吗，大司命神？
那我愿在爱与野罂粟花香中躲避
朦胧中我望着那为我点燃大麻草的女人
不能分辨她是属于现实或是回忆
她手腕上有一道殷红的伤痕
容颜则比每一个旧识都更美丽
此时，阴郁的天象如同笼罩生命的大灵魂
正低沉地徘徊于荒凉的大地

十四

欢乐吗？在三色堇中跳舞的灵魂
伴着风儿阴郁的旋律
爱她吧，生着夜色般黑眼睛的男人
当在命运的路口处偶遇

黄玫瑰在我手指和发梢上绽开
蔓延于荒原，若无休的宿命
青春之神的鬼魂仍采集着悲哀
却迷失于这孤独的花径

徘徊吧，若乌云般雄伟的大灵魂
带着悲痛留给生命的晦暗污垢
爱她吧，如同行走的黑夜一般的神

当在寂静的荒原上邂逅

十五

可以酿酒吗，黑色曼陀罗之花瓣？
或者焚烧吧，饮那火焰亦可以沉湎
烟雾在多梦的时光里弥漫
跳舞吧，狂欢中带一点伤感
生着美丽胸脯的鸟儿们，羽毛凌乱
伴着夜色，去而复返，去而复返
如阴雨，潇潇地落于这荒凉的酒宴
魔幻般，幻化为一张张美女的脸

媚笑吧，用快感将这空灵魂斟满
以密雨般的亲吻唤起大地中沉眠的爱恋
我独卧在风雨下，悲伤而又慵懒
嗅到生命正在无垠的积水中腐烂
我看着天上正滂沱凋零的鸟王之冠冕
若死神踱过群鸟，威严而缓慢
痛哭的阴云后现出了大司雨者的巨眼
正凝视我，眼神那样晦暗

十六

怎样邂逅他啊若天神之一念差
当时我着鹅黄啊正在路边采山茶
这花径太醉人啊不觉头顶已过暮鸦

我茫然一抬首，见他娈婉如落霞

他正对我笑啊衔一朵徘徊花
双唇已流血啊他仿似未觉察
我一望他黑眼睛啊忽忘却怎归家
而夜幕已悄落啊恰遮掩我羞颊

为何跟随我啊为何对我唱蒹葭
而我不懂听啊亦不晓怎应答
你莫盯我看啊亦莫投我以木瓜
我正爱别人啊为何心却有余暇?

你别再对我笑啊别衔一朵徘徊花
已刺入我灵魂啊而我不知怎挣扎
我陷入那黑眼睛啊似不愿再归家
而夜幕太难解啊余我心绪如乱麻

我不要你明月珠啊愿忠贞总无瑕
而它已散为烟啊只因一嗅你眼中华
我本应径然去啊却不知已绕几匝
自我那一抬首，见你壮美若晚霞
那时我在花径啊不知密云正积压
不知怎迷路啊不知怎邂逅他

十七

我遇到一位男子，在开满落霞的林隈

他带笑向我望来，却显得那样伤悲
在他衣襟之上，别一朵凋谢的夕晖
而他凝视着我，眼瞳乌黑

他如同憧憧的树影，紧紧把我跟随
我惶恐却又迷失，夜鸟一般迂回
实则我在他眼中，被那暧昧的一瞥包围
而我不知他名姓啊，我不知他是谁

我邂逅一位男子，在我岁月的路边
沉默立于那里，并未走来或是招唤
我一侧目，忽见他仿若爱我的双眼
正凝视我，眼神那样晦暗

我看见映在他瞳孔中我苍白的脸
以及被那夜色环绕的恋慕之火焰
感到灵魂若一只飞鸟没入他乌云之冠冕
却并不知逃避，幸福又慌乱

我感到过往的生命已经悄然遥远
而命运的轮廓缓缓在预感中浮现
云阴沉地迫近，渗出一滴沉重的雨点
我拉拉衣襟，畏惧又似期盼……

十八

那只夜鸟在荒凉的雨中

比我灵魂深处的欢愉更朦胧
她幽灵般盘旋，身影憧憧
出没于由密雨织成的天穹

她生着宛若美女的苍白面孔
如明月，虚弱地徘徊在落雨之夜空
她仿佛天神的哭声中飘起的歌咏
融入这夜色，有始无终

那个女人褪下淋湿的羽毛，只影茕茕
她听见司命神正在暴雨中走来，步履沉重
而这长夜是我漆黑的眼瞳
正凝视她，目光悲痛

预感在泥泞积水的夜路上翻涌
而命运嗅着那恋慕，找到她的行踪
她是一整个悲泣时代的爱宠
落在荒年中，端着爱之觥觫

她虔诚的脚步划出河道，将晦暗疏通
而洪水汇入那足迹，庄严地流动
当云散去时，我仍在苍茫水中
头顶飞过雎鸠，我献出歌颂

十九

我在荒年中周游，天色阴沉

没有酒，而密云中酝酿着芳馨
忧愁，陷住了我衰朽的车轮
停驻，忽听见那少年幽灵般的声音

我循声走入那早已废弃的屋门
没有人，只有一只盛着往事的酒樽
浅饮，便又梦到那一个寒冷的清晨
以及曾欣然献祭的诗歌、爱情和青春

自我挥霍尽那欢笑、自尊与灵魂
便从夏宫出走，踏入野云之浓荫
将曾经的歌咏与爱慕都烧焚
仅余骄傲，若一位落难的国君

当我纵饮初酿的孤独，在荒凉中跋涉
遇到一位男子，乘着比我双眼更阴暗的马车
他向我许诺在未来的某一个时刻
会将我的生存、魂灵与痛苦，一同收割

他在我的眼瞳中种下最初的夜色
那是能将爱情化为灾难的沉疴
只今我站在不祥命运与紫罗兰花丛之侧
轮回般，又哼起晨风之歌

二十

陌生的女中音漂浮于野花烂漫之荒郊

这首歌却比我的命运更古老
走来吧，应我的孤独与徘徊之邀
擦身而过，若一支转瞬即逝的舞蹈
惟有隐约的馨香仍将灵魂围绕
随着那歌声，绚丽亦缥缈

一个个绝美的女子踏过零露溥溥的野草
在我黑色的双眼之中，犹如夜鸟
美丽的影子憧憧，与晦暗的天色相交
关于所来与将去之处，我无从知晓
她们如泡影般在空旷的岁月里烟消
只有邂逅之歌仍回绕，永不终了

那曾踏在冥思上的脚步声渐渐安静
犹如一朵朵昙花在夜色中凋零
遗留我这永远对飞鸟敞开的荒凉生命
和夜雾般无所依托的凄凉爱情
忘却了那些我从未曾获悉的姓名
只有蔓草之歌声，永无安宁……

二十一

你可曾到过那荒凉的山头
你可曾在那里同司命神邂逅？
如巨大的不速之客在生命中停留
缥缈的预感一般，徘徊于左右

你可曾听过那宛若风声的忧愁
一个歌手抱着独弦的灵魂，在空山中独奏
他曾披着烟火般的韶华在这里漫游
沿着预言，找到他蒙头的王后

你可曾见过六月那野花般的落霞
你可曾在那绚烂下采摘过禁色之花？
当青春的太阳已在伤逝之歌中西斜
众鸟都在夜神渐雄伟的身影中归家
厄洛斯仿佛盘起了长发姗姗地到达
比年少晓梦中的女神更加妍婷
我走进幽禁的玫瑰花丛，面对爱之刑罚
只找到不死的痛苦，和幻影般消逝的她

你可曾在大司雨者的眼瞳里酣眠？
伴着那关于海鸟、葡萄与岩上美女的梦幻
而那些征兆都指向大洪水泛滥之凶年
我则纵情于那场通往饥荒的盛宴
一道黑色闪电在我多云的双眼中蜿蜒
她仍是暴风雨之精灵，出没于阴沉的海面
而那轮回般浮现、消逝又苏生的容颜
永不能再见，永不能再见

二十二

当帷幕拉起时，她又拿着黄玫瑰登场

有着比上一乐章中更年青的扮相
仍然如阴云下美丽的鸟儿般来访
沿着背景中大提琴神秘的歌唱

她脱下了上一幕中的悲痛，只着淡淡的忧伤
而我多情又疲惫，情绪若天色般昏黄
她驯顺地依偎在此，凝视我以温柔眼光
而司命神正沉默地立于我挽她走过的道旁

路边的烟草花散发出宛若预言的暗香
而不可洞察啊，只是嗅到命运在弘伟的时间中隐藏
他的巨大瞳神在黑暗中窥视，以莫名深沉之目光
而我挽着她，在那空旷的视线里彷徨

她是命运的第三个不速之客
欢欣与阴郁的光影在忧愁与恋慕中混合
而我深情俯瞰她身影，以瞳中的夜色
似听到了大司命的歌，难解又曲折……

她手持蓝紫色鸢尾花出场，当帷幕拉开
新生的爱情从舞台的另一边，无可抗拒地走来
一个男子如黑夜般降临，神色悲哀
她徒劳地逃避，却只在那瞳孔里徘徊

他染红她手中的玫瑰，以被刺伤的嘴唇
用夜幕般幽暗的双眼，忧伤地杀死黄昏

伸出宿命般的右手，挽起她不安的灵魂
孤独地并肩而去，夜色渐深

这是第五幕，只有蜿蜒离去的道路
遗留下伶仃的巨大幽灵，在被遗弃的时光中停驻
或许仍有些歌舞，在他循环的梦境里复苏
她又拿着黄玫瑰，从拉起的帷幕后走出……

二十三

情歌如谜一般响起，飞鸟缭乱
若烟火迸射在我痛苦的眼睛，那眼神幽暗
艳影灼烧眸子，以暧昧预感
灵魂不死，只在爱欲与欢乐中腐烂

梦神仍在幽禁的花园中焚烧罂粟花瓣
她们的灵魂不死，在我的幻觉中弥漫
我徘徊于花荫之间，忧伤而又贪婪
走近了司命神用溃烂鸟尸摆下的夜宴

黑死病染在我偷望她们的双眼
而野玫瑰犹如大火灾，越过小径蔓延
欲望如潮水般，去而复返，去而复返
而我抱着循环之梦境，在积雪的大地上独眠

而飞鸟无声地穿过河水，犹如魔幻

越过川上的浮冰，掠过我瞳孔中的凶年
飞过我的欲望、我的幻想、我的意念
飞过灵魂的火上，那轨迹蜿蜒……

二十四

梦中梦，瞳孔之中的瞳孔
而我是影子的影子，彷徨在彷徨之中
听见预言的低咏，吟唱命运的暗涌
歌颂中之歌颂，无终无始无终……

二十五

银影的北风神，卷起沧茫之白雪
而我乘桴在雪山倾垮之海上，赴大司命之约
他若恢弘苍白的影子，静候在茫茫如幻的荒野
手持一束极光之花，冷漠地迎接
那些如大雪般飘降半途的预感，神秘难解
而我只有在寒冷中前行，无休无歇

白雪皇后迷濛的身影，如风雪般降临
将哀伤吻入我灵魂，留下六芒花之烙印
我迷失于荒凉雪国，听到了她们空灵的歌吟
沿我的彷徨而循环，无尽无穷无尽……

夜色升起，若从地平线传来的不祥音乐

而我身影消逝于渐沉的曲调，去赴大司命之约
他等待在积满凋零花瓣与堕落飞鸟的无尽深夜
抱着一架无弦的巨大竖琴，沉默地迎接
我盲行在漆黑的路途，嗅着腐烂之花与诸鸟之血
夜神笼罩在这生命，以仿似悲哀的一瞥

夜幕般的巨鸟如命运般出现，君临天空
身影投入我茫然仰望的双眼，赠我黑色的眼瞳
阴云镶入我眼中的瞳孔，命中的命中
轮回的预感与悲痛，无穷无尽无穷……

二十六

密云如汹涌的大海，倒置于天穹
而我若一空灵影子，独立在荒原之中
吟唱大洪水，预感拥簇在仰望的双瞳
却落拓，只有一首歌在祭祀司雨神之咒觥

河川之神的巨大幽灵出没于干旱时代，轨迹悲哀
轮回一般，沿着昔日的生命曲折徘徊
阴云如沉默的神谕，预言淹没大地的水灾
那时他将苏生，随雨之诸神而归来

他如不死的阴影般游动，吞噬阴沉的光阴
采集沿途的悲痛，供养天上的云
那已经多么沉重啊，一声叹息便万钧

何况哀歌已失控，窒息笼罩生命的大飞禽

而云并不在荒凉的天空，在我多忧的眼神
正如灵魂不在这身体，而在那些伟大歌吟
当天色如我悲伤的眼瞳，晦暗便不再加深
乌云的躁动归于沉寂，大司雨者将降临

二十七

这些是我的歌吗，还是我邂逅的河流？
蜿蜒蜿蜒而去啊，比我的浪游更自由
捎我的灵魂去吧，若欢乐从未曾停留
只遗下空空的双手，在路边采集忧愁

这些是我的吟唱啊，还是那诗神的酒？
仿佛是一场偶遇啊，在开满风信子的路口
赊账以我的灵魂吧，而饮过我将远走
只剩下空空的生命，和捧满忧愁的双手

她是定居在此的女人，还是飞鸟穿过眼眸？
陌生地将灵魂环绕，会消逝于黑夜的那头？
是否已太多的谶语，流过我不祥的歌喉？
她是我命中的王后，还是我邂逅的忧愁？

二十八

我咬伤苍白的无名指，请再度打开长夜之门

从现在至初始，我是这无垠黑暗中惟一的实存
孤独——我的妻子、我的欲望、我的伤痕
我的未生与已死、以及整个阴晦生命的主神
你是多么黝黑、沉寂又不可抗拒的女人
带着死亡般的诱惑，拥抱我赤裸的灵魂

夜雾一样的大蛇在无光的天地间游动
名为孤独，我的迷途、我的爱宠和我的悲痛
背负着夜色之诸神与大司雨者的血统
主宰我的前行、我的彷徨与我的歌颂
莽苍身影蜿蜒在统摄世界的一双黑瞳孔
傍着阴云、预感、与永恒的空洞

而这里是鸟国，有无尽轮回的青春
凌乱时光、迷人歌舞和芬芳柔软的嘴唇
恋慕中，诸鸟之王后端起插满罂粟花的金樽
欢悦与忧郁，若命运的投影交织在她瞳仁
小鸟般莫名的畏惧，那长夜般漆黑的眼神
投身或逃去，孤独之大蛇盘踞的灵魂?

二十九

如同颤动的琴弦，割下他俊美的头颅
请在妾双膝上长眠，永远做裙下的臣仆
红蝴蝶如烟花般在你死去的一刻飞舞
若火的尸体烙印在我脸孔、手臂和双足

你高贵的躯体堕落，化为尘世的泥土
而灵魂因死亡静止，永在爱我的这一瞬踟蹰
君王啊，妾将在永夜的幽谷中与你共处
将那些恼人的光芒和飞鸟侵扰都驱逐
手指插入你长发，抱着你的断颈终古
对着你不老的面目，任我的容颜荒芜

我挖出他的心脏，放进纯金的酒觞
用曾被亲吻的双唇品尝，品尝那咸涩的悲伤
饮下你夜风般的歌唱，饮下你夜色似的目光
饮尽你的痛苦和延宕，梦见你密云阴晦的穹苍
飞鸟如白樱花飘降，你在积雪大地的中央
你已在我怀中安葬，你又在白云自出的远方
我将你的骸骨碾碎，浸在犀角之酒杯
用被俘获的魂灵品味，品味你不死的伤悲

三十

鸟妃，我愿死在你身侧，而你在我身侧依偎
阴云下带翼的旅客啊不知你何时要远飞
而我是永恒的雪国啊见别离未见过回归
不曾抗拒过来者啊亦未曾将逝者挽追
只有这苍凉的天色啊和迎客饯别的酒杯
而你衔来太多欢乐啊似预示着无尽的伤悲
此国将倾塌在你身侧吗，而你在废墟间依偎

369

你飞过我的瞳孔，将神谕种在我瞳中
似命运般弘大亦朦胧，浮现在灰白的天空
我听见一首歌咏，贯穿于生命的始终
又看见你的面容，在垂首欲饮的兕觥
我迷失在你的瞳孔，而你亦在我瞳中
……

三十一

我用滴血的手指点燃桔梗花，灼烧我的瞳仁
忧愁之焰冕飞舞，若众鸟缤纷
大火中，我看到自己孤独的大灵魂
还有你遥立在彼侧，夜色深深

夜鸟群飞过荒凉燃烧的黑瞳孔，犹如夜雾或飞尘
而你在命运之火的光影中，代表悲怆或欢欣？
你是再也不能生出翅膀离去的女人
是否亦在这幻变中永远失去了嗓音？

而荒年苍老了，雪皇后将在濛濛的白落英中降临
将冰凌嵌入我双眼，将严冬归还于此心
我将不再能知觉你的等待、离去或是追寻
忘却了那些关于樱草与红色野麻花的光阴

而梦中梦，我在第几重的瞳仁？
错乱的回忆和预感，影像凌乱而缤纷

凝视你，我看见一个胸口插着金箭的大灵魂
徘徊在你眼瞳之中，夜色深深

三十二

司命神沉默地站在她身后，目光深长
她看不见，只看到映在我瞳孔里的爱慕与不祥
你是谁啊，为何你的世界这样荒凉？
那样孤单的身影，为何总在我心头彷徨？

我是轮回的青春中，鲜花之城的主人
咀嚼徘徊花，吸食瑶草与罂粟的烟尘
不死的黑色曼陀罗开在我黑夜般的瞳仁
而白雪皇后将雪花之吻种在我灵魂

神灵雨的哀歌啊，我的祭祀与爱情
歌唱着在干涸河道行走，跟随河川之神的亡灵
大司雨者在密云间延宕，忘却了自己的姓名
我仿佛他瞳中的幻影，在晦暗下偶偶独行

我是鸟国的王，生于穷桑之浦，君临东海之壑
曾以韶华与恋歌酿酒，迎送多少善舞的宾客
她们若云影般飞来，衔走我的欢乐
洪水曾淹没大地，当自沉我填海之琴瑟

鲜花城主啊雨之祭司，鸟国伟大的王

为何抛下那些冠冕啊，为何绕着我心头彷徨？
邂逅她，似欢欣中流淌着忧郁，幸福里暗涌着不祥
我看见司命神在她身后的阴影里，庄严地隐藏
飞鸟在无尽倒映的对视眼瞳里凋零，夜色荒凉
我向眼前的她走去，偏那样漫长

三十三

七月初一，立秋，有飞鸟化为女人
在三天中徘徊一周，沿着那荒凉的灵魂
她写下谜样的文字，成为此地的主神
解读后将为她祭祀，以雨后的第一茬鲜莼

在祭祀神灵的次日，有至美的女子降世
金色候鸟的第二十六支骊歌，白昼溢出冬至
婵娟用最后一杯醇酒，浇灌上弦上的白芷
生养与耕种之土地，相隔整半个甲子

鸟群从天空飞走，将神谕投影在双目
一个褪去羽毛的身影，正拨开未来的迷雾
那是命运的中途或路口，在青春的荒年之岁暮

诸鸟之诗（选）

六

有时一梦恰斟满一夜之觥觯
一场一幕上演于一双沉睡的眼瞳
我从一幽灵之徘徊间又觅到你萍踪
或是一预兆之投影刚巧暗示你面容
白日若云影间一只寒鸦，茕茕复匆匆
而睡神总手持一束罂粟花，绚烂亦朦胧

归去来兮乘着梦神的骊驹
暂且饮马在已流逝的河渠
忘却怎走过那忧喜之崎岖
若我在南国仍食着不迁的柑橘
而破晓已无踪，我忽独坐于丘墟
惟梦溢出夜觥，略有些盈余

七

你带笑光顾，于人生的半途
转身与会面宛若一支舞

身影交错间我略显孤独

悄然一回首赠一道凝瞩

你频然出现在流年之路边

或是我蓄意想邂逅你容颜

步履徘徊间我略显孤单

将一笑置于你暗待的双眼

当我漫步于傍晚之荒芜

见一树白梨花，若初降之密雪

婷婷立于道旁，我忽驻足

便哼这首歌儿吧，暂且

大飞禽·晨风

当瞳孔愈发阴沉时，我觉察到衰老

云影在空洞的双眼中堆叠，无论我环视或是远眺

有一条悲伤自遥远的往昔游动，永无终了

那时太阳还未被重重乌云遮挡，而我还年少

在那些晨曦若我的歌声般青涩的破晓

当司命神低沉的嗓音尚未加入生存的长调

我还有闲暇为鸟羽花瓣的掠影而烦恼

她已带着浓云般的巨翼迫近晴朗的苍昊

欢歌神输掉了关于我命运的争吵

赠别而去，而我不知那些诗歌是追悼
司雨神的呼吸若初起的微风般缥缈
以晦暗之眼觊觎这华年之英茂

她若幻变的天色般来临，应命运之邀
以炫美壮丽的双目，代替了太阳神的照耀
我已迷失于她容颜，迷失于盼睐与颦笑之多娇
未留意那莽苍的鸟身，阴晦的光阴已来到

她是雄踞于青春之源头的巨鸟
啖食韶华，塑造荒年之预兆
将一道哀歌的罅隙刻在我灵魂的额角
以冷漠的一瞥摧伤我百年之骄傲

而那时我仍快乐，似要挥霍过往阳光遗留的欢笑
那时我仍爱她，纵然嗅到正酝酿的悲痛之风暴
却是仅余那悲痛啊，当把我自己与她的所有都忘掉
欢欣、希望、灵魂，相识、姓名、容貌

只记得你曾如酷寒的北风般席卷天穹，摧杀纸鹤
那是一个永不死去的严冬，纵然记忆都干涸
那些爱慕的尸体在霜天下堆积，将时光阻遏
尘封起不老的孤独与忧伤，与岁月相隔

你如同大雪神君临在苍茫的旷野，驱逐欢乐
以冰冻的手指种下雪花，在生命之内河

肇始无数飞鸟的轨迹穿过长云，制成多弦之锦瑟
从我的灵魂中扯出无尽哀歌，化为悲痛之大蛇

是对你的凝望唤醒了我黑眼瞳中的夜色
令它若黑曼陀罗般绽放，如沉寂的挽歌
而那些再途经这一瞥之永夜的过客
都将烙印哀伤歌曲和不祥爱恋之沉疴

她却并非我曾钟情的女人，而是领航之大飞禽
引导无数飞鸟，盘旋为我终生的密云
或许司雨之大祭司，理应在阴郁中生存
当众鸟滂沱而歌时，诸神将降临

而仍怀念莫名忧郁的预感中，那全无阴翳的歌声
我躺在开满韶华的花丛，仰望飞过的晨风
她朝霞般的面容与赠予瞳孔之爱情
以及双翼如云影，遮住天空的光明
欢乐、忽然、凋零

大飞禽·无名

我又归来对你歌唱，仍如那禁色之花开放的黄昏
只是歌声与情貌已遗忘，如今我是神灵雨的主人
我已因雨之诸神的歌舞，获得了不朽的青春
而你在昏暗的幽谷，傍着欧石楠生存

沿我哀伤周游的轨迹，若涟漪般绽开了芳荪
蔓延在积水的大地，消逝于挽歌之波纹
我已抛弃了魂灵与记忆，在众鸟之歌剧中忘身
却始终未能逃避，你那若阴郁天色之眼神

我仍在苍茫海上，持一只倒映乌云的金樽
纵饮仍不能尽饮，化为生命中不死的阴沉
风神如末日之预兆，在颤栗的海面上狂奔
云如纠缠的蛇神，吞噬极光与星辰

你仍若幽灵般出没，只是我眼瞳中夜色更深
一如你酷暑时掠过，将夏花尽焚为烟尘
那天灾般延烧的恋歌，仍遗留悲痛之余温
那浓烟化为密云，宛若你忧伤的灵魂

而永是密云不雨啊，预言着垂天之沛然风雨
若一场大洪水之梦啊，淹没我自放百年之河渠
仿似沉默不语啊，暗指司雨神之滂沱歌曲
而在爱情已消逝的岁月，这阴晦不渝

你是司雨之大飞禽，有暗灰身躯与阴郁的瞳孔
庄严地降临，比天空所能负担的阴云更沉重
啖食欢欣，以沉默预示不祥命运之暗涌
衔走结出灾难之爱恋，回赠悲痛

而你的彷徨与我的苦恋皆随飞光倥偬

只有不老的哀歌环绕荒凉大地，悲壮地流动
当我的忧愁已若你久久失神的双眼般隽永
司雨之神仍未失声，仍有这首歌颂

在我魂灵的右腕，仍戴着红曼陀罗手镯
鲜血曾在一个夜晚若夭殇的花瓣般零落
爱情死于死神的黑眼珠与她掌中的雪国
而我是那瞳中的影像，苍白而落拓

当我在凄凉欲雨的夜色中，将罂粟花蜜独酌
一些野花蜿蜒地爬上了我孤独的王座
蛇一般从双唇游入灵魂，在欲望前停泊
此时，有绚烂的鸟群晚霞般从天穹飞过

而我正在花荫的转角处以枯樱草花瓣酿酒
轮回般，又与戴着黄玫瑰指环的女子邂逅
仿佛司命神仍阴沉地站在那个宿命的路口
我又拿起那把不祥的提琴，沉迷地演奏

想起了遥远的夕阳下被爱神控制的双手
当拉响六月之歌时，这里还是白昼
如今阴云筑成的永夜之城已在双眼中不朽
我又在荒凉的山头看到了年青的王后
命运、在她、身後

雨王

那夏花

在我徘徊而歌的一霎，生命里凋谢了韶华
若蝴蝶般婆娑而下，化作这荒年的晚霞
当我在晦暗多歧的路岔，看杯觞中那样贫乏
而风犁出密云的裂罅，那场雨姗姗地到达
邂逅她我并未曾疑讶，正如青春未曾有应答
而司命神在夜色里迎迓，我则在她双眼中觉察

河川上的旋律若捎来神谕的十四只暮鸦
那诗人在她的忧愁和恋慕中彷徨了三匝
孤独若一片荒凉的大地环绕着他
他在逝川饮马，却再也不能够归家
仿似喑哑，陈年的歌却在灵魂里挥发
黑眼睛的王看到她，若夜晚中开出那夏花

婆娑歌

在花开放的那一刻，他听到了司命神的歌
传来自吞没时光的夜色，和埋葬着韶华的山阿

若一位忧伤的不速之客，踏过了遗忘的曲折
带着谜样的痛苦和欢乐，来造访灵魂的内河
我看不见黑暗中的歌者，却触摸到命运若大蛇
它脊背多歧而坎坷，恰与那旋律吻合

预感若蔓延的野火，侵入这冰雪之国
大司雨者的密云之王座，已化作了史诗之滂沱
失去了孤独百年之寓所，在泫然的洪水中停泊
看风神若十五首之大鸟飞过，那神谕只堪独酌
当雨王的哀歌静默，只留下遗迹般的余波
阴云若木叶般陨落，而她在光明下婆娑

九后

忘却已盘旋了多久，阴晦中那不歌唱的睢鸠
而我用孤独的灵魂贳酒，换来了陈年之忘忧
在司命神悄然伫立的道口，我遇到了女神灵修
若一位久别的故友，升起于枯玫瑰堆成的小丘
我伸出密云拥簇的左手，有一条河在掌纹间新抽
我在她若爱我的双眼中行走，无止亦无休

在开满欧石楠的山头，我听到过往与未来的合奏
女人们神谕似的歌喉，若幽灵般徘徊于左右
那些似曾相识的眼眸，和与她们的初次邂逅
这久久被哀歌困扰的川流，那阴云下的夜晚与白昼
一些身影在荒凉的舞台上漫游，穿梭于台前和幕後

若光影的欢乐与忧愁，轮回般的九位王后

舞

有时一支舞会在孤单中落幕，而我则知晓于最初
结局在飞旋的乐曲中延伫，纵然迷离恍惚
我看见密云尽化作洪水倾注，有一位天神在痛哭
而当我再回到曾邂逅司命神之处，阴晦便又复苏

她总在我彷徨的路口光顾，造访灵魂之荒芜
以纤足踏过蔓草上的零露，穿过我的孤独
而我沉默地站在她经过的小路，身着王之盛服
投下巨大的影子如夜雾，却并不迎接或追逐

她若蜿蜒的哀歌游过我双目，消逝于太古
我茫然混淆了漂流与回溯，追忆或占卜
她又迈着若欢乐亦忧愁的舞步，走过循环的河谷
我仍赠以转瞬即凋零的恋慕，换匆匆一支舞

伊

伊沉睡在鸟之故里，而我则远羁
她的梦影随着我迁徙，在每一个莫名壮丽的朝夕
这漫游是给司雨神的祭礼，阴云在灵魂里郁积
有歌声在晦暗之幽深处响起，庄严地预言着归期
而我无尽彷徨于大蛇神的背脊，以死鸟与罂粟花充饥

那不死的悲痛与苏生的欣喜，薤露晞未晞未晞……

而密云下的飞鸟络绎，这命运漫长亦多歧
女人们在善歌的魂灵中禁闭，预感在阴郁的双目里游移
司命神如夜幕君临于荒凉大地，将歌声赠予百年的贫瘠
他吟唱着种下欢笑与哭泣，那禾稼般的新知与生离
每当春秋在他眼瞳中更替，我便播种忧喜并将诗歌采集
而伊在那郁郁的长草间隐匿，察觉她我忽已入迷

雨

夏宫中的悲歌生得葱郁，我迷失于殷忧之崎岖
听见风神那十五弦琴的旋律，若盘旋千年的唏嘘
恢弘之音衬托着天地之幽阒，阴云若雄伟时代的骊驹
十二只巨鸟带来庄严的神谕，轨迹弯曲

飞鸟的影子与荒凉大地相遇，变为大鱼
在洪水之梦中将死亡抗拒，以鱼尾划出河渠
它们若长云般在晦暗中散聚，连缀开端与结局
而我歌唱着沿预感而去，脚步欢愉

沿途生着浓雾般的忧虑，密云织满天宇
我步入阴晦穹顶下司命神的歌剧，邂逅了那位神女
她那丰腴的躯体在双眼中沐浴，为我生育出歌曲
我用雄壮的灵魂将她占据，忽已化为雨

夜乐

忧伤在他的瞳孔中凋谢，犹如巨大的梦觉
命运像坠落的飞鸟般幻灭，若它在盘旋的神谕中郁结
预感若飓风从空旷的生命穿越，留下荒凉与孤子
在转角处又听见司命神的音乐，宛若歌颂与道别

阴沉的天穹化作无数空灵的木叶，似在将白帝迎接
在雪皇后接连造访的第三个冬月，那位神初次地失约
他取出被嵌入眼瞳与灵魂的冰雪，回赠长夜般的一瞥
走出预兆如苍鸟群飞的荒野，仍轮回不能安歇

徘徊

那个人傍着暮霭，黑夜在他幽深的双眼中绽开
我抛下诞生时摘下的兰茝，挥别了欢乐与悲哀

这道路多么晦暗，寒冷的鸟尸隐现于丛生之草莱
我透过蛇一样纠缠的萧艾，看见自己欲望和爱情的遗骸
天色荒凉诡怪，司命神戴着悲歌之面具无尽地独白
那腐烂又抽枝的忧郁与欢快，那死去再苏生的愉悦和伤怀
被预感统御的回眸与转睐，若循环梦境的离去和归来
命运永在那一个路口等待，灵魂却只在他瞳孔里徘徊

归飞

夜幕雄伟，若大神之影在生命后跟随

在荒川上驱车逐暑，我的骊驹疲敝白马虺隤
而她正梦见大洪水，在一夜之间从河谷涨落了九回
我看见那弘大若黄河般的蛇尾，她是谁？

雨落在大陆莽苍的脊背，沿鳞隙倾泻着欢乐与伤悲
透过滂沱之帷幕的幽昧，我看见了雨王那丰产饶沃的王妃
王耕耘的歌雄壮而丰沛，在密云间犁出一道光辉
有一吟唱的灵魂穿过阴晦，正沿着命运归飞

箫韶

哀歌流淌在环流河道，九位神正吹着雨王的箫
那个身影浮现于淋漓的苍昊，若哭泣的天空般忧心忡忡
荒凉的雨线织成一支曲调，唱着：他待你在明朝、明朝
那双眼中蕴含无数悲欢的预兆，却恍若一首离骚

命运统御着众鸟，在瞳孔里种下未来的歌谣
却晦涩亦缥缈，只有我与这无歌的时代一样寂寥
夜色化为阴云游入拂晓，沿我的漫游千里迢迢
这轮回无休的青春与衰老，这蜿蜒不死的九歌和九韶

断弦婵娟

司命神站在白水之畔，手握着悲痛与欣欢
飞鸟的迁徙被他荒晦的影子截断，魂灵化为大冰川
天色苍凉昏暗，年老的雨王戴着不死密云之花冠

沿着她宛若冰霜的哀叹，孤独地走上大雪山
他用黑酒觞的哀歌将河斟满，天空忽被诸神的眼瞳点燃
他在熊熊的视线中将灵魂裸袒，重获青春若大鸟涅槃
首尾相衔的九个白昼与夜晚，组成命运的圆环
生命沿着它婉转而去、去而复返，若长歌相传

重生的飞鸟若神谕残片，在古老的河谷上盘旋
一条大蛇在积水大陆经历蜕变，沿洪水的遗迹轻快蜿蜒
大司命又从空旷的天穹显现，模糊的身影弘大亦深玄
他要带王去赴下一个夜宴，拉着他走过孤冷的荒原
这史诗是回顾或预演，神灵们又从黎明向夜幕乔迁
年青的雨王戴上密云之冠冕，带领诸神穿过轮回的时间
道路荒凉亦悠远，他看到了那些永世寻找水源的祖先
这漫游却是太简陋的祭典，伴着无休吟唱的断弦婵娟

云痕金樽

王在晚霞中倚一株木槿，和他君临的时代一样赤贫
当他在晦暗天色中将哀歌纵饮，头顶飞过司命之大飞禽
它预言着绵延百年的凶馑，直到雨王后所待之人再度来临
她的歌声隐现于夜风凄凛，若一支死而苏生的歌吟：
他又来了吗，沿着命运？那统御着青骊千乘的伟大国君
如滚滚的夜幕般迫近，我听到了那预示着大洪水的足音
他比千年前还要雄壮英俊，壮美天象若他的悲悯与欢欣
来此吧，再唤醒大地的潮汛，来此吧，复生的灵均

天命的运转从不停顿，黄河中络绎走出巨大的灵魂

王沿大司命无可抗拒的吟唱发轫，留下无数世纪的阴沉
他九次经过文明与浑沌，九次在死神的瞳仁里重获生存
终要降临吗，在无限轮回的一瞬？滂沱之神，痛哭之神
大河如蛇神般在暴雨中翻滚，梦回雨王的新婚
洪荒的大地被狂欢与阵痛开垦，向天神奉献了童贞
每当阴晦天穹上飞过第九亿只飞隼，那位神便再获青春
而此前雨王后要在灾荒中坚忍，捧一只祭祀的云痕金樽

彷徨乡

大司雨者在密云神殿中出场，手持无弦白琴和云纹金觞
古老的悲欢在他的魂灵里生长，一梦从这世纪绵延至洪荒
他梦见一条大蛇被雨王后生养，悲凉地游动于干旱的时光
若那位神的长歌般雄壮粗犷，若它的母亲般孤独亦忧伤
夜幕在天空的尽头开敞，它若忧愁的大河蜿蜒向远方
黄河背上的诸神你们要何往？彷徨彷徨啊，去彷徨乡

飞鸟盘旋于流逝不死的河上，沿途晦暗而荒凉
一个诗人在关于诸神的梦境里游荡，骊驹虺隤白马玄黄
他在干旱和雨季间彷徨了九趟，沿着神谕般的忧喜和迷狂
茕茕割伤无歌时代的空旷，嗅到弘大的命运在天色中隐藏
阴云之影若大神在岁月里守望，大司命站在洪水的遗迹之旁
我听见了无休轮回的歌唱，终于要复生了吗，雨王？

风灵

雨王后的忧愁多么茂盛，我在哀歌交错的大地与她重逢

那是一个无尽反复的洪水之梦，她站在风雨中身影迷濛

那位神穿过积水与泥泞，用雄壮步履刺痛她守望的眼睛
化为大暴雨拥抱她干涸的生命，在云散去时赠她以群星

我听见了永流淌于文明的悲哽，头顶飞过十五首的天神大风
为何你庞大的魂灵若死去般冰冷？请你在这一场祭祀中复生

戴密云花冠的王在阴晦中苏醒，背负着轮回中的第九个姓名
他有比千年前更雄壮的身影，若大雨之命运般向这时代前行

雄瞳

天空晦暗若司雨神漆黑的瞳孔，他目光沉痛笼罩苍穹
低沉的命运在无边大地上暗涌，将洪水的预兆吟唱了九重
无数巨灵的影子在密云间接踵，躁动的诸河若蛰伏千年的龙
它们嗅到负史诗走来之人的悲伤与血统，梦见了他的黑眼瞳

有时一梦比所余之生命尚沉重，人生则在天神的一梦之中
或者一场祭典便是全部的欢喜和悲痛，纵然简陋与匆匆
天命若不死的大蛇般在岁月里游动，环绕着无始无终
灵魂却消逝为薄酒般的歌颂，落在祭祀雨王的咒觥

猫与其它神灵

九头鸟

我在落照如野花的荒凉路边，看见一只九头鸟
它颈上绽放出九张美女的脸，每一张都放荡亦窈窕
每一个笑靥都含着阴森的预兆，从青春绵延至衰老
以爱慕与痛苦折磨我幽暗的双眼，用披着晚霞的舞蹈
那舞姿仿佛明媚的火焰，照亮了我的迷狂与烦恼
在我荒芜的灵魂中若疯长的藤蔓，将孤独百年之夜侵扰
我看见一位娈艳的神，在腐烂的太阳上点燃了瑶草
用红润的嘴唇吸食幻变的云，容颜在一瞬间枯槁
而他仍杀死飞鸟穿在琴弦，在每一个被欲火灼烧的破晓
爱情若天灾般沿命运蔓延，颤动着永无终了
而我永在梦见洪水的干旱之夜，将那个女人寻找
她却永是那唇上的一缕烟啊，袅袅

这里没有女人的歌唱，只有苍冷迷蒙的穹苍
我在荒年的路边见到那九头鸟，出没于贫瘠多灾的时光
我献祭以灵魂的甜蜜、痛苦和辛酸，死而苏生的忧伤
它则贪婪地啖食无数祭品，肇始饥荒
而无物可以酿酒，这里是鲜花任意凋零的地方

它若大风般压抑地碾过无果的韶华，吟唱着夭殇
大司命神的身影出现在荒原，眼神中的黑夜未央
而我若瞳中幻影般无尽彷徨，饮轮回的九只杯觞

一个歌者沿着夜的脊椎行走，脚步曲折
若掐断花苞般折下鸟首，浸入哀歌之河
畏惧与死亡为河水注入生命，诗歌化为洪流般的大蛇
在它痛苦地昂起头颅的一刻，这国度骤然干涸
众鸟的死魂灵从河川遗迹上升起，汇聚为多歧的乌云
九头鸟的雄伟阴影被投射于大地，伴着夜神复生的歌吟
九道悲痛的目光若九场雨在命运的九个路口降临
我久久地将天上的酒啜饮，弹着九首琴

大蛇

歌者沿着黄河行走，一朵枯夏花刻在他多忧的前额
他哼起一支烟草般的歌曲，曲调颓废又曲折
当夜色沉在他幽深的双眼，血液中的悲痛渐渐干涸
而司命神若一巨影立于他背后，肃穆亦巍峨
那哀歌因之死而复生、死而复生，犹如蜕皮的大蛇
吞食沿途如雨凋零的阴郁，若一条无限壮大的河
女人们若栖息于河上的大鸟，在苍茫水气中结队婆娑
向水下沉没了身份与姓名，把矜持与羞怯向夜幕撇脱
河神孤独地接受献祭以爱抚，流过那肌肤如切如磋
在流逝的指尖上生出转瞬的爱情，宛若烟波

而除非是祭祀与歌唱，我不知该怎样地生存
只有背负着诸神的流亡无尽彷徨，犹如蜿蜒不死的大蛇神
这莫名悲哀的歌曲和仪式，这无法宣泄的悲壮与阴沉
由密云笼罩的喜丧与生死，被哀痛侵扰的黑色之瞳仁
我在女娲寒冷的身体上游荡，感受到那已离去的巨大精魂
它仍在这空旷的时代里在场，而我是命运附身之人
在我深暗难穷的眼里，沉睡着五十个世纪不死的歌声
而我是千年之夜的大祭司，要复活上古那十五首的大风
它的鬼魂经历了炎灾与洪水、荒年和战争
在我无休滂沱的吟唱中，将化为大蛇苏生

从雪国中复苏的伟大存在啊，你是古老黄河的神明
请你从大司雨滂沛的歌声里，找回你洪荒时的魂灵
你在众神的雄伟陵墓里重生，沿那女巨人丰阔的脊背爬行
用洪流滋润她久旱的身体，再度赠予这土地天神的爱情
在她千载后的呻吟和颤栗中，山峰般隆起了史诗的雏形
那个歌者从最荒凉的世纪走来，不要说他的姓名
九个歌唱着的大鬼魂蹚过冥河，气度高贵而雍容
依次在轮回里恢复了青春，找回了壮丽嗓音与熊熊眼瞳
他们用伟大预言给第十人祝福，那命运却隐晦亦朦胧
一条大蛇正痛苦地蜕变，迎着风雨晦暗的天穹

马

我在川上饮马，见她在对岸拾青梅
我不忍看她，将忧郁的双眼低垂

我已过久地延伫，在芦苇间遗失了马棰
周身已空无一物，只有盛满忧伤的金罍
泪水噙在我双目，不知在溯游或溯洄
我的马亦已失路，徘徊沿蜿蜒的河湄

我乘马在荒烟中漫游，于洛水边邂逅了宓妃
云积在她阴郁的眼眸，在凝望里埋下伤悲
她以纤纤的玉手，将忧愁斟满我金杯
饮下她孤独酿制之酒，便再也不能够回归
我在崎岖晦暗中行走，载渴载饥再采薇
对岸是依依之杨柳，我身畔雨雪霏霏

白云彼端的神灵啊，我将何为？
纵马追逐日影，我的骊驹疲敝白马虺陨
（不死便复来的王啊，你在何处彷徨？
失路于道旁，你的骅骝卧病绿骓玄黄）
我在枯杨树上系马，走进夜色笼罩的罗帏
这一夜风雨如晦，我不知她是谁

猫

它有九条命，九个首尾相衔的魂灵
九个终身的信仰和九次至死不渝的爱情
九度从扰人的悲欢里逃脱，获得沉沉的安宁
又九度告别了那无尽长夜来到恍如隔世的黎明
生命若一首循环的单曲般在它躯体里流转不停

它却只是一只猫啊，没有足印，没有记忆，没有姓名

它信仰过乌云神宙斯、孔夫子和梵天大神
也曾被雅典学派和耶稣基督陶冶过灵魂
有一次它生为一个无神论者，在荒凉的世界上乐观地生存
还有一次它去庙中捕鼠，迷路之后就皈依了佛门
它在那些荒草间和柳园里的梦中，见到过一些古老神祇
女娲和伏羲在阴云下交媾，大司命用悲喜摆下酒席
持鲜花琴的鸟国之王少昊，正将飞禽之歌采集
有两个女子在哭泣，若阴云笼罩着九嶷
穆天子在白云深处饮马，昆仑山悠远而多歧
灵均神率诸仙远游，车马若长河般逶迤
它梦见少年的神司雨，正在鸿蒙中吹着芦笛
而它只是一只猫啊，睡在光影斑驳的花畦

关于它的九场爱情，九度的惊喜与迷狂
九次放任沉醉的灵魂在躯体外孤独地流亡
如一空蒙的影像，它九次在美艳的牝猫之瞳中彷徨
三次短暂，三次漫长，还有三次在司命神的阴影后隐藏
鸟儿从天上飞过，轨迹奇异地排成女祭司的脸庞
预言它四次收获转瞬的欢悦，五次将绝望与羞愧品尝
它已三次在汹涌的痛苦中收场，三次重新回到荒凉
还有三次，还有三次在司命神的阴影后隐藏……
有一次它爱上一只母猫，在狭长的林荫路上
它悄悄地跟随，借着下弦月那苍黄的光亮
身后杂乱的叶影仿似它灵魂上凋零的希望

它优雅地前往，沿着悲伤预言的方向
在她逃开时追逐，在她等待时延宕
直到她背影渐远，若一支回绕于生命的哀唱
又一次它爱上一只母猫，在开满迷迭香的路上
命运露出暧昧的笑脸，赠予双眼欢畅
她仿似欢乐又殷勤，却不知将何物酝酿
它听见她的呻吟，若一支回绕于生命的哀唱……
它有九次爱情，以及九度的欢乐和忧伤
每次忧欢中有九只母猫影像，每个影像它投以九道爱慕眼光
仿佛有无数猫瞳隐藏在穹苍，密云不雨极夜未央
每一分晦暗中有九次爱情，包含着九度的欢乐和忧伤……

关于它的九次死亡，九度走入幽冥中的夜色
八次带着对光明的不舍，七次伴着渴望安眠的喜乐
三次黑暗突然吞噬灵魂，只在猫瞳里留下凝固的惊愕
还有一次分外丑恶，它不禁诱惑去死神家做客

有一次它死于一场车祸，灾难降临犹如黑色雷电
生活正宛若一支明媚的歌曲，命运的巨手忽将琴弦掐断
世界倾塌，若一场忽然被闹钟刺杀的梦幻
昼夜在一瞬之间，没有阴云和黄昏，只有骤然袭来的晦暗
鲜血流出若贫乏的河，漂满了有毒的殷红花瓣
躯体被碾碎在不详的路上，若一堆天神丢弃的肮脏破烂
时光犹如干涸，腐臭味在寂静中弥漫
翠绿的蝇子飞来，嗡嗡倾诉着对死亡的迷恋
狂欢吧，蛆虫们，蠕动而舞吧，享用这盛宴

阳光照在那尸体上，色彩多么鲜艳

另一次它死在一个三倍漫长的北国严冬
那一年，一切的生气和光明都从大地上消失无踪
苍茫一片的天地好像司命神被北风刺瞎的瞳孔
那些关于栖身和觅食的美梦都在冻僵的灵魂里堵拥
一场场暴虐的风雪若可畏的巨影般在时光里接踵
寒风若一条吟唱着死亡的神谕，在身畔循环无终
饥寒与绝望中它听见一支宛若回光的歌咏
白雪皇后的迷人身影出现于空蒙的风雪之中
它随之而去，忘却了那些留恋、犹疑与惶恐
此时，有一颗黯淡的流星正划落于苍冷的夜空

命运总不免烂俗的曲调，还有一次它死于偷腥
在腐臭鱼身散发的气味之中，它慌忙奔逃胆战心惊
在仓惶翻墙时摔断了脊柱，合上了恐惧淹没欲望的眼睛
关于这件事的前因和后续，被死亡吞没不可聆听
还有一次它孤苦地在花街柳巷间死于一场疾病
那病来自陌生牝猫的身体与尖叫交织的梦境
当它在靡靡的阴雨中疲倦地走开，踏过空虚与泥泞
雨声在意识中渐渐遥远，欲望的潮水亦安静

它还有过九次的政治理想和九次徒劳的追求
是否曾把生命和灵魂都献给过民主和自由？
那是场不合时宜的山羊剧，来模拟早已死去的洪流
它站在矮墙上，听不见自己如此造作的歌喉

鼻子还算灵敏，嗅到天命一个世纪前还在这个路口
一大群野猫在那里静坐、嗥叫、灾民一般地游走
它们总有闲暇，来咬咬主人正在喂食的两手
它便侧侧头，理想忽然间若白云苍狗

它有九条命，恰好和诸天的数目一致
它的转生与轮回亦恍若天体运行，无休无止
生命曾九次地归来，又九次徒然地流逝
若一首歌九度地终结，又九度从寂静中开始
它还有九度的朝觐和九度的祭祀
在那些它睡在阳光或乌云下，梦到诸神的吉日
它九回在梦境中完成了庄严奠酒的仪式
而东皇太一带领九位神，在它的魂灵里宴饮了九次

九条命运若蜿蜒的道路般在它的岁月里相交
它仍是那样孤傲悠闲地行走啊，它只是一只猫

蛇身神灵

生命仿佛从那个神的出场开始
当它游出懵懂之帷幕，带着忧郁编织的歌词
它如同一首巨大的哀歌徘徊于此
穿过烂漫的韶华，以爱与欢悦为食
它与我孤独的灵魂交媾，蜿蜒不死
在一个循环的长夜，将诗歌疯狂地生殖
而当我触及它，那阵歌声便终止

我在虚无中饮下枯花瓣陈酿，若朝花夕拾

记忆仿佛从那位神的双眼中滥觞
当它衔着烦忧游过，以躯体环绕出荒凉
它如同一段永恒轮回的严冬时光
淹没我寂静的生存，悲哀而漫长
那是一条永横亘在我面前的夜幕与灾荒
肇始我的受难流离，愁苦与彷徨
我无休止地出入于一片密云不雨的穹苍
若一场反复的梦，关于复辟和流亡

我的漫游开始于第一朵花凋零的孟春
若凶年之兆赠予繁茂大地的第一道伤痕
我沿着神谕前行，荒芜在身后紧跟
走过了第一周的晴朗，步入了无限的阴沉
沿途孤寂，道路晦暗又幽深
在那里我遇到重重的飞鸟和一个女人
它们出没于昼夜，而她永站在那一个黄昏
我无休地从她身边走过，划下人生的年轮

我在彷徨中向她迫近，如渐渐收拢的水纹
若一个渐获实体的幻影，走入她积水的房门
在我触碰她的一刻，那位神游弋在瞳仁
如一首巨大的哀歌，缠绕着孤独的灵魂
它庄严地游出空谷，带着荒凉与悲哀的歌词
爬过我疲惫的身体，蜿蜒而不死

它游荡在阴云之下，将忧伤的河流生殖
像无穷复生的命运，那首歌又开始……

马身神灵

忧伤多么长啊，我以灵魂的内河献祭
见到那位神，无声地彷徨在这宴席
它骊隙复又玄黄，若一影子在微光中站立
有冰雪与炎土，沾在曾奔驰八极的四蹄
它饮下哀歌，和歌中留存的沉寂
消逝于白云的彼方，若一逾辉超影之谜
它奔过空荡的荒原，穿过密云的罅隙
昼时身为白义，当黑夜化为盗骊

他在那里饮马，还是祭祀一位神明？
好像有仪式正循环，而远处一片迷蒙
或者那是河啊，或者是哀伤蜿蜒的魂灵
那个存在于彼处复生，重在天穹下奔腾
我仿佛听见神谕，又仿佛萧萧的马鸣
有弘大又重叠的蹄印，指引着求索的路程
它如昼夜般移过，变换着毛色与身形
我在黄昏道别骅骝，在破晓同赤骥重逢

它无休地驰骋啊，踏过繁茂与荒凉
穿过旱季与雨季，干涸或滂沛的穹苍
它匆匆无息的身影，若掠过大地的飞光

永在我背后出现，每当它消失于远方
而它那疲惫的身躯，总在我睡梦中徜徉
孤独在内河之畔，饮下我陈年的忧伤
如命运一般反复，如生存一样迷茫
那位神走入筵席，迷失于彷徨之乡

鸟身神灵

鱼白色醇酒，盛满祭祀那位神的银樽
阴云满舾，若注视着惨淡天空的瞳仁
它从云尽处飞来，出没于命运的轻薄与幽深
若一悲痛的影子，是整个阴暗天色的灵魂
它九次沿荒凉掠过，带着死而重生的青春
若一支周而复始的歌曲，在无尽岁月升沉
从鸿蒙晨曦中，见证雨王与大蛇的新婚
到文明之黄昏，天穹上只有一位孤独的神

若世纪中凝聚的神性，它在邈远处飞行
而地上的一杯祭酒，像一只回忆诸神的眼睛
它落于这酒宴，若一片云影从阴晦中凋零
大地广漠而贫瘠，它的身影沉痛亦伶仃
而宛若一场梦境，我与细小如斯的它重逢
像一条雄壮的河，仅余若有似无的水声
我看见千年前的巨翼，渐隐没于迷濛
离去兮上古之神灵，若一阵消逝的风

雄虺

我站在人生的路口，天色暧昧亦阴晦
命运如盘踞在此的雄虺，庞大多歧而可畏
道路迷蒙曲折地延伸，沿着它寒冷荒凉的脊背
我在它多首的躯干上踌躇，不知何方有我的王位
我已失去了疆土与苍生，流亡在此荒岁
想回到世袭的白云之城，却深陷于哀伤和困惫
我在崎岖间辗转彷徨，在泥泞上回旋进退
于林莽间遗失了车马，在野花中将年华荒废
天象苍茫，有诸神化作大鸟在阴云下列队
在我王冠上盘旋了九周，衔着黄河边生出的麦穗
而我忘却了昔日的语言，那神谕终不能领会
只记得我要归去啊，前路偏多岔而幽昧
我若沉溺于太凶险的梦魇，失去了身世与名讳
与凡尘的众生共处，与荒芜的天穹相对
怀思在魂魄中暗涌，沿途的悲歌滂沛
而风雨喧嚷在耳边，淋不透浓稠的梦寐
我的群妃化为飞鸟，婵媛衔起我衣袂
告知前方并没有故国，只有夜神那不散的宴会
而我仍无休无眠啊，跋涉于迷离梦境之内
这梦来自一位天神，抱着九首大蛇的安睡

巨蛇在一梦缠绕九环，以阴惨之日般巨眼偷窥
而我彷徨在它的投影，不知正远离或回归
这一路上的柔桑郁郁，弥漫着徘徊花之芳菲

我将罹难与国殇酿为醇酒，置于奠酒的金杯
它的影子将刻有云纹之觞衔走，回赠诗歌与哀悲
我走向被荒草淹没的故国，当雨雪霏霏

这条我迷醉而歌的道路，如哀歌神的弘大车轨
我环顾穹苍后土之阴郁，似预言着大洪水
但笼罩此梦的并非密云，而是苍莽如晦之雄虺
诸王沿九首悲歌行走，都来到了命运的蛇尾

请你在此苏醒吧，酿制出这巨大睡魔的神明
你这一梦浩荡而九首啊，君临于沧桑和寰瀛
它如轮回无尽的悲愁，在无息的岁月中爬行
穿过那繁华与荒烟，穿过我死而复生的魂灵
而我第九度经歧路来此啊，带着第九副嗓音身形
请你醒来享用祭祀啊，归还我的王位和姓名

而没有祈愿的回音，只有蜿蜒循环的路程
又一支空灵缥缈的歌声，消逝于浩瀚无底之永恒
那大蛇的九首伸入远雾，巨尾拖曳在鸿蒙
我在蒿里赠歌别去，又在薤上露生时重逢

雎鸠

冥冥中掩藏的夜色，如环绕大梦的巨帷
我沿密云苍凉之边缘，将一首哀歌吟唱了九回
有一个宛若回声的身影，将孤独的灵魂跟随

蹚过悲歌泛滥之河道，穿过百年烦忧之葳蕤

她出没于漫长的岁月，食沿路的青梅与黄梅
沿我悲欢交叠的足迹，飞过时命的低洼与崔嵬
路尽又在迷途处回绕，我的马重生复又尵隤
她若生命之河上的雎鸠，盘旋着溯游再溯洄

我与她三次在干旱中失散，又邂逅于回生的河湄
每当将狂喜共悲伤饮尽，她又把烦扰斟满金罍
这一程如痴如醉，命运亦噤声若衔枚
而天色若蚀若晦，我望不清她是谁

死亡

一

它还没有死吗，当那些欢乐与痛苦都已凋零
犹如腐烂的花瓣，或者被毒花柳侵蚀的爱情
欲念之河干涸，那久久折磨身体的潮水渐停
只有一支夜歌，若她始终徘徊在灵魂的哀鸣

我迷失于一个梦境，看见了在殷红玫瑰间王的死刑
王妃们杀死了他，用哀怨的嘴唇在肌肤上吻下罪名
他身上盖满飞鸟的冷尸，盘旋着豆蔻花苞般的青蝇
我穿过潮湿的腐臭，走近了那死魂灵

他仍高贵地倚在徘徊花上，以苍白的笑脸欢迎
而却虚幻又陌生啊，远在幽冥，远在幽冥
我沉迷于他瞳孔里的雪国，在悲恸的天象中穿行
仿佛又听见他的吟唱，若一串在北风中哭泣的风铃

仍是阴云与暴虐的风雪，弑杀天空的光明
仍是他寂寞的歌声，永不安宁，永不安宁
雪皇后捧着苍茫的野花，带来孤独幻化的爱情

王在蒙蒙的冰雪中苏生，等待着下一个春天的死刑
在命运晦暗的路口，彷徨着他腐烂的魂灵
他还没有死吗，当欢乐与痛苦已凋零……

二

那个死魂灵在晦暗中彷徨，好像生前的王
仍是举止高贵姿态悲伤，只是被永夜遮住了俊美的面庞
他像一腐烂的影子穿过徘徊花香，若冷漠抑或迷茫
并不饥饿，却用虚幻的冷唇将枯花瓣一一品尝
有一种欢乐在他瞳孔中的夜色、暗影之眼瞳里隐藏
他想起自己的王冠、诸后，还有在湿润玫瑰间的死亡

一个意念夜风般在他脊椎里吟唱，嗓音不祥
忧郁曲折沿着轮回的方向，此夜却无尽漫长
爱猫的眼瞳被挖下陪葬，在他胸前闪着妖艳的光芒
死神带来他奢华的车马，却服马𩣡骍两骖玄黄
一条大蛇夜雾般游荡，若蛰伏的命运跟在他身旁
他又一次经过青年时的歌唱，"仍是、那么、荒凉"

晦暗中走过三只动物，仿佛沿一首轮回的歌曲彷徨
它们依次经过司命神阴沉的双目，将酒觞里的生命品尝
像三场疲劳的梦般，从旱季走到雨季，再从繁茂行至荒凉
若冷漠抑或迷茫地穿过悲欢，好像转世的王

恋慕

一

我邂逅一位女子，在歌声隐约的薄暮
当归鸟飞过天空，大地上升起夜雾
她踏过被夕辉点燃的野花，走向我晦暗多曲的小路
我正若一狭长的阴影，倚靠着一棵黑杨树

我的爱马已㞞㿊啊，我亦疲劳在此停驻
立于晚霞壮丽的路口，看见白昼若帝国般颠覆
她在夕阳熊熊下走来，踏着倾国倾城的舞步
而司命神在我背后，正酿制着爱情之醺酥

她若迷失于命运的女人，要来荒凉的生命里借宿
走入这暧昧多歧的灵魂，在我身体的内河上汤沐
我想要送她归去啊，却身陷于忧伤和眷慕
她心儿犹疑又畏惧，却若殷忧在此久住

夜影如络绎的不速之客，一重重在瞳孔中光顾
我看见自己背后的司命神，正映在她幽深的双目
她从被焚烧的荒原上走来，踏上这晦暗多曲的小路

我邂逅了一位女子，在这支歌响起的薄暮……

二

树影憧憧掠过我双眼，有他的歌声隐约
我迷失于一个悠长的黑夜，或许因他的一瞥
夜风紧跟在我身畔，若灵魂中一声长长凄凉的咨嗟
我看到悲伤正沿这条路蜿蜒，若夜色般无休无歇

我忘记了怎来到这里啊，正如我永远忘却了归家
只记得原野曾瑰丽若晚霞啊，我踏着被夕阳点燃的野花
那时有阴影掠过绚烂的大地，天上飞过了十三只暮鸦
我抬首便看到那男子，若天神般雄姿英发

他站在晦暗多曲的路旁，斜倚着矮杨树的枝桠
我迷茫地向他走去，仿佛被命运的双手牵拉
他拾起枯萎的樱草，在我手指上环绕了三匝
我一望他悲哀的双眼，白昼便梦境般倾塌

我的过往与家园已飘然消逝，只余宛若夜风的咨嗟
而我沿着爱慕忧伤地向他走去，若朝圣般无休无歇
预感憧憧地掠过我双眼，未来晦暗亦隐约
而这一个我永不能走出的长夜，或许只是他一瞥……

飨宴

暮云如被夕阳焚烧之花圈，白驹死于荒野
我饮下爱马的鲜血，若红葡萄酒涌自白雪
如爱情灼烧着孤独的灵魂，带来酷似死亡之欢悦
白昼若一场迷蒙的梦般，在我的迷狂醉眼中幻灭
远方升起一个永不能得到之女人的阴影，恢弘如夜
而我为她献祭我的醉生梦死，以及歌声的冷漠和热烈
神灵纷纭地来到酒宴，纵饮于永远停滞的岁月
命运死于这阴晦的荒野，我饮下爱马的鲜血

如轮回的乐曲骤然终止，大蛇死于荒原
神灵们中止了无息的远征，永停留在这一个凶年
饥荒杀死了诸神的马匹，欢乐在疲倦的瞳孔里长眠
这里没有牺牲与歌舞，只有悲哀在绝寂中绵延
而晦暗是一个歌者弘伟的梦，在大河的尸体上无休盘旋
他正用永不削减的阴云酿酒，在荒寂中置备着一场盛筵

我们正在命运的脊背上远征，看见一匹白驹奔入夜幕
暮云如共太阳火葬的古筝，化作了九首大蛇般的浓雾
这时有一个女人的阴影在大地初升，遮蔽了多歧的前路
从黑暗里传来悲凉的歌声，我们将去那里露宿

而那是一个歌者荒凉的梦，关于旷野上死去的动物
他在那里用悲痛与兽血将我们宴请，虔诚而静穆
我们在宴饮后走出晦暗，看见一匹白驹奔入夜幕
又走入了他的祭祀之梦，这飨宴无休地重复

如联绵的群山般环坐吧，周而复始之酒宴上的诸神
享用这永无穷竭的祭祀啊，在一场筵席上永生与沉沦
南面首列的神灵龙身而人面，其后的一行龙首而鸟身
我以白菅为席啊再呈上稻米，用白犬之血在杯中满斟
西边众神有十位马身而人面，胸如双凫眼神幽深
我以白茅为席再献上少牢，以杂色雄鸡为盘中之飨
那个黑女神在西方第九座席，我为她燃起百草缤纷
将百牺置于她黝黑的怀中，再以未尽之烛烫美酒百樽
北面的列神多蛇身而人面，我虔诚供奉未炙之鸡豚
后侧诸位各有马身或蛇尾，我献以美玉刻有密云之纹
东边的诸神或人面而鹿角，我把金樽盛血在席上铺陈
而羊角之神偏爱黍米与牡羊，有风雨在他们阴晦的瞳仁
众神明在四周循环而坐，又另有十二列神错落于中央
犹如浩瀚的群星庄严运行，密布于圆拱般黑暗的穹苍
他们生着人首与鸟兽之身，沉迷于牺牲之血与祭酒之觞
而这却是一个旷野上的梦，幻化自一个歌者的茫然与悲伤
猪身人面的诸神啊，我献祭以五种之糈和纯色之羊
而那位阴暗的神，我飨以黑色太牢与万舞之迷狂
我又忆起在你们尚雄健的洪荒，我不是梦呓者而是王
同诸神一起陶醉于苍生的祭礼，将醇酒与祭品饱尝
只今你们寄居在飨宴之梦里，在虚幻的觞筹间彷徨
我又是一个多么孤独的造梦者啊，沉睡于世纪荒凉

中途（残篇）

第一歌

犹如蛰伏之大蛇，命运在寒冷岁月中安眠
而青春若他的一场大梦，关于饥荒与凶年
他衔着悲痛之回忆，在苍濛的天穹下蜿蜒
游过我欢喜之遗迹，游过我徘徊的荒原

犹如冥冥中的大鸟，命运在晦暗光阴上盘旋
而生命若他的一场轮回，关于河流与天上的水源
他携着洪水之预感，同上古的乌云联绵
飞过了千年的干旱，飞过了雨王的盛筵

在被命运束缚的夜里，我无休地梦见了王
他变成蛇、鸟和人类，在异乡永恒地流亡
每一次死亡和重生，都比自洪荒到文明更漫长
沿着自己曾留下的轨迹，永无休止地彷徨
若一条无限干涸的环流，忧伤地经过曾雄伟的河床
这一世他吟唱着诗歌，孤独地走过荒凉

第三歌

当人生的三分之一处，我在一片雄伟的阴云下失路
这时天色晦暗，我过久彷徨于此忘却了朝暮
我茕茕地行走，而命运总在我阴沉的预感中停驻
我远眺时便看见过往，而未来可以回顾
一阵首尾相衔的歌声在灵魂里响起，我在浓雾中止步
如那个迷途的佛罗伦萨人一般，看见了三只动物

先是一条大蛇，在密云不雨的天穹下凄凉地游动
如同无所依托的命运般，比人生能负担者更沉重
穿过黑暗的岁月，如一条从鸿蒙向现世蜿蜒的悲痛
随蜕皮而缩小，若一首在文明中渐渐干涸的歌颂
它那不得祭祀的枯萎身躯穿过我瞳仁，衔一只凋敝的兜鍪
像一个曲折不死的悠久灵魂，消逝于夜幕之中

在大蛇留下的洪荒轨迹上，驰过了又一个生灵
那是一匹马，若一个苍白的影子在阴晦中飞行
它跑过河流的遗迹与宿命的阴影，奔入夜幕无休无停
我仿佛听见神谕，却被遮蔽于那消逝在风中的嘶鸣

当风声平息时，命运的庄严运转并未安宁
在乌云密布的阴暗路口，走过一只猫，步履轻盈
它踏伤寂静的声音，好像徘徊花瓣在凋零
修长身影隐现于灌木丛中，若一场彷徨于灵魂深处的爱情
它高贵又孤独，好像被天神遗失于荒凉时代的爱宠

悄然走过光阴，若女祭司一支神秘亦优雅的歌咏
它穿过凄冷夜风的吟唱，穿过我茫然亦多忧的瞳孔
当它隐没于夜色之中，阴云在我的双眼合拢

我沉沉睡去，又在被洪水淹没的原地苏醒
风雨如晦，我看见了一个男子幽暗的身影
他仿佛在过久的流亡中忘却了人类的语言，沉思于天色冥冥
溟濛的雨雾在他身畔升起，若一场生命的雏形
"你是那位王吗？我刚才在阴天中看见了你羁旅的魂灵"
"啊，我将经历轮回而复生，当你在诗中道出我的姓名"

第十歌

青春恍若司命神之长眠，从命运上生出第一朵韶华开始
在一场梦的绽放与凋零之间，我遇到了三个女子
那时我站在阴云蚕食天光的路边，看她们依次途经于此
若三支相继消逝的预言，而循环的梦却永不终止

第一个是人首蛇身的女人，蜿蜒地游过我的幻想和懵懂
她用婀娜丰腴之躯划出河道，疏通着命运深处欲望的暗涌
她离去时会留下莫名空虚的轨迹，将悲哀种在失神的瞳孔
而夜色再降临时她会归来，如寄居在阴晦中不死的歌咏

第二个女子人面鸟身，有着随岁月无休幻变的面容
每一张脸都映入我深爱的双眼，又一一消逝于冷漠的眼瞳
她幽暗的影子化作无数飞鸟，若乌云般盘旋遮蔽了天穹

我渐渐看不清那晦暗中的脸孔，在伤逝的目光中景色朦胧
我记得最后看清她容颜的一刻，她生着阴天般的哀伤眼神
当我倾倒令胸中的酒觞斜仄，悲痛便汩汩地流入了灵魂
那鸟身的女子仍在荒年中变幻，我却被重重影像侵蚀了瞳仁
司命神的梦呓在那时候响起，若蔓延向现世的神谕般低沉

我孤独站在夜幕将合拢的路口，将第三个女人等候
这时诸阴云正在为夜宴酿酒，苍凉之风环绕着濒死的白昼
她远离重重的预感行走，若命运交响中不期升起的独奏
我在荒凉之梦的尽头回首，看到了人首人身的王后
这时有蛇尾的女子在灵魂里蜿蜒，梦又从绽放处开始
我站在阴云蚕食天光的路边，遇到了三个女子……

第二十七歌

我在莫名的命运中穿行，来到一片雷电笼罩的荒原
此处天色阴郁而又光明，有一条大河的尸体在脚下蜿蜒
沿着那弘大悲凉的河道，有三个生物依次走到我面前
用神秘的嗓音对我吟唱，像祝愿又像是预言

第一个生物有着人类的形体，欢乐亦忧郁地走出幽暗
若没有重量的幻影在大地上漂浮，姿态庄严眼神哀怨
他生着男子那伟岸的身躯，容颜却宛如少女般美艳
身上装饰着芳草与野花，浓香涌出他若乌云之发辫
纠缠的花草间是赤裸的肌肤，水纹布满象牙色的躯干
生殖器忧伤地在双腿间低垂，沉默地咏叹着千年的疲倦

他像一个投水的灵魂泅渡至此，声音若冥冥中遗漏的悲叹
他说：欢迎啊神灵雨的主人，我又在风雨的前夕与你相见

他自沉在我幽深的瞳仁，当第二个生物浮现于万象迷濛
那是人身蛇尾的巨大女神，游过了从洪荒至梦境的路程
她曲折地穿行于光明和黑暗，在数个干旱世纪中艰难地远征
当她莽苍的躯体停在我身畔，晦蚀的天地间正回荡着雷声
她用威严的语调对我呼啸而歌，若一阵从鸿蒙吹来的悲风
她说：欢迎啊不死的大歌者，你又经历轮回在时代中复生

她如沉落之梦般游向下一个黑夜，荡然无痕
这时我感受到莫可名状的第三个生物，若乌云掠过灵魂
宛若悲痛，它是空旷荒野上没有形体的巨大实存
像一个永生不死的阴影，伴随着无休止的重生和沉沦
我听见他的声音，如同第一滴雨在大海上打出的波纹
他说：欢迎啊雨王，你将为灾荒的年月打开滂沱之门
这时雷霆正撞击着颤抖的大地，天空绚丽而又阴沉
我正在雄伟的命运中穿行，迎面走来了三位神

第三十三歌

命运是三条首尾互衔的大蛇，相继苏醒与蛰伏
而我刚经过河流上游的曲折，要步入人生的中途
这时太阳在我生命上的运转，恰好是三自乘三次的数目
魂灵这一度寄形于此的循环，约略经过三分之一之处
有神灵的影子和纷纷木叶般的飞鸟，交织在我走过的道路

当他们被遗忘的夜幕吞没，可被我不死的歌声追溯
这时我站在荒凉阴晦的路口，看见神与女人走入前方的迷雾
如络绎的巨影从瞳孔经过，在追随前我稍稍地延伫

鲜花之城中的最后一茬韶华，若被夜神收割的晚霞般凋零
浓雾在远方聚拢又蔓延，像一位唤我前去的阴郁神明
前路若他的歌声深邃多歧，夜色如被黄河之神祝福过的眼睛
我离开第一段命运苍老的背脊，在踏上蛇尾时看见了群星

风

上桑宫

掠过我肩上的风，若伶仃女人之歌咏
而我在疾行，比冬至的白昼更匆匆
像白驹穿过光阴，夜幕在身后合拢
又像疾风划过阴云，未留河渠在天空
我穿过天神的光明，和命运阴沉的暗涌
离开鲜花蔓延的盛夏，与风雪苍茫的严冬
有故人在眼前拥簇，有后者几与我接踵
而我仍是孤独啊，消逝于夜色之中
那离别未必是灾祸，如相遇并非是恩宠
而那神仍在我前路，将晦暗的河道疏通
越过那蒿里的迷雾，越过那苁葱的青冢
孑然奔驰而去，不留骊歌与影踪
那满溢欢乐之金罍，那泛起悲痛之兕觥
或者我未及品味，唇已被阴翳所塞壅
而我却仍在行路啊，茫茫然无始无终
若她正期我乎桑中，若她正邀我乎上宫

我若无休无息，走过沿途的荒凉

在哪里采徘徊花啊？在徘徊不至的地方
这蜿蜒的环路之上，足迹已排了九行
而你在哪里等待？或许在沫之乡

我在荒寂中彷徨啊，无止亦无休
看见歌者沉睡于路旁，他的马尻隤亦首丘
太阳已沉没了三度，我在大梦中来回了一周
看见沿途繁生的恋慕，结出了洿洿的烦忧

伤永怀

在风回旋之处，有一丛花正盛开
我忆起她的名字，在环绕的风声里徘徊
道路折转而多歧，若蜿蜒不死的悲哀
在路边的荒草丛中，埋着我爱马的尸骸
而仿佛一场梦境，生自我疲卧的荒垓
她蹚过沉睡之内河，水没过纤纤的脚踝
她正在黄昏的路畔，将忧愁采了又采
天地间暮光绚烂，她身影娇小而苍白
晚风中起伏的卷耳，如涌出大地的苍霭
我乘着复生的白马，九次从夜幕中归来
沿途晦暗，若她的阴郁未改
我姑酌彼金罍，维以不永怀

那丛徘徊花开放，在风迂回的路旁
而我忆起她，便陷入无休轮回的时光

道路在此环绕，若首尾相衔般漫长

我的白马虺隤而死，我的骊驹夭殇

当我独卧于荒远，陷于梦中的第二重荒凉

她升起，在灵魂的干涸内湖中央

她在拾地上的哀愁，沿着凄凉延伸的河床

若一缥缈影子，遥对晚霞壮丽的穹苍

荒年中涌出苍耳，若盘旋的命运般迷茫

我乘马归来，又经过九逸埋骨的高冈

沿途风雨阴晦，若有哀歌在彷徨

我姑酌彼兕觥，维以不永伤

忧何求

风吹起离离黍稷，我便看见了灵修

若一孤独之神明，立于荒远的那头

而我在邈远的世代，蹚过了岁月悠悠

在荒山间遗失爱马，在流水中拾起忧愁

禾苗如阴云般茂盛，千年未有人刈收

淹没了交织的阡陌，余我在纷扰间夷犹

兴衰如雄伟的河川，在大地上环绕了三周

我沿着曲折的轨迹，茕茕回归与远游

踏过他寤寐之昼夜，渡过他悲喜之春秋

在他躯体引出旋律，若巨大哀歌的支流

我如醉如噎行走，吟唱着无止无休

小歌女谓我心忧，而大司命谓我何求

路穷处又再轮回，若烦忧不能饮尽
那禾稼未及收获，已化作天上的飞禽
奔来的第九匹良马，和密云下埋骨的八骏
请再载我而去，将徘徊的尽头访寻
知我者隐匿于灵魂，不知者恢弘如命运
我是失路的孤客，颈上系一缕歌吟

而我在哪里作歌？在风的彷徨之末
它落在魂灵的内河，吹起逝波
若一弘大的影子，在遥远的世纪投落
不知你悲痛欣欢，已凋零重生了几多
我靡靡而歌，从故国的遗址上走过
风正吹起黍稷，若女祭司婆娑

雪城

我在荒野上行路，听到了北国的凄凉歌声
大雪之神降临，若一笼罩世界的银白巨影
苍茫中，我迷失于大白蛇般纠缠的旋风
遇到一个鬼魂，用空灵的呼唤将我引领

当风雪散去，黯淡的天空上升起冬季的群星
大地若沉睡于冰冷的月光，肃穆而迷濛
有一座城市被白雪覆盖，华美如白玉京
他告知：此处曾是鲜花之城

他用悲凉的足迹在雪中划出伤痕，将我邀请
我走入城中，忘却了目的、过往与姓名
那好像是一个荒寂的梦，沿途忧伤亦寒冷
空蒙中，我看到了许多花儿的魂灵

他们仍在往昔繁华中歌舞，沿积雪之程
我看到欢乐曾在此拥簇，忧愁亦葱茏茂盛
我姗姗来此，未能与那盛夏相逢
只有这沉睡荒城，和它永不苏醒的梦

遗址如巨大的白璧，笼罩于极光
我茫然行走，在九条同心环路上彷徨
雪地上被踩出道路，若重被忆起的忧伤
我似曾从这里出走啊，路竟这样漫长
街巷在苍茫中蜿蜒，若曾哼过的歌唱
我想起这里曾多花，一如此刻的荒凉
我踏出的足迹，恰似一朵徘徊花的形状
似听到诸花的声音：你又归来啊，王

远天苍冷迷茫，雪原漂白夜色
我回看雪中的脚印，若一条盘迂之蛇
从濛濛寒云之上，飞落了一群斑鸥
我跟随着那向导，看见一条白色的护河
它庄严地环绕于此，隔断了外环的忧乐
如一首长眠的哀歌，沉默而又曲折

我从冰面上走过，步履茕茕
感觉到脚下河水，隔着遥远时光的流动
它曾在韶光里，流过鲜花遍地的繁荣
又永远冰封于此，若一支失去声音的歌颂

我拖着极北长长的影子，孤独地走入王宫
便又看见了她，那永令我迷恋的面容
她已成为白雪皇后，在这里酿造出严冬
我看见一朵不死的徘徊花，在她寒冷的眼瞳

北风环绕，如一首永不散去的歌咏
云又聚拢，盘旋于大雪欲来的天空
我想离开此梦，却被锁在那阴郁的瞳孔
鲜花已死，我迷失于白雪之城中

采集与祭祀

拾梦

仿似别离了许久啊，而你在哪里采葛？
想来你正彷徨吧，沿着丝路的曲折
葛麻就在你身畔啊，同你的忧郁相隔
你视而不见走过啊，不知何故又为何

白露已酿出了三度啊，而你在哪里采萧？
仿若沿着那思念，行至边城的远郊
犹如濛濛的云雾，大地上涌出青蒿
你未嗅到那香气，却迷失于忧心忉忉

而你在哪里采艾啊，似三岁不曾归来
在邈远处偶偶行走，若一段反复的独白
路边蔓延的黄花，已爬满你的伤怀
而你仍在顾盼啊，仍在郁郁间徘徊

你若无休无停啊，从昨夜行至鸿蒙
在每一个阴郁的黄昏，同我的延伫相逢
每当你走过此处，便有一朵木槿花凋零

而花总是一样的数目，而你已千万次经行
忧伤地去而复返啊，你永在荒草间寻觅的身影
或者你早已离去吧，只是此梦循环未苏醒

而你在哪儿采荇菜啊，沿着那古老的歌吟
在环迂的路边独行，将那位神明找寻
自那绵延河上，飞来关关鸣叫的飞禽
你欣然追望再回首，他已在身畔降临

你在哪里为他采蘋？在曾邂逅之河滨
盛在筐中或筥中啊，缠着甜蜜与欢欣
风如温存的手啊，牵起你飞扬的衣襟
你盈盈走过的路上，开满了恋慕殷殷

你在何处为他采藻？在他滂沱而过的积潦
装在筥中或筐中啊，环绕着思忆袅袅
风在身旁吹过，将凌乱的心绪侵扰
你靡靡途经的路上，生出了茏葱的烦恼

你在何地为他采蘩，而他何时可归还？
这河水已渐流渐远，游入了远天的风寒
北风如苍老的悲歌，绕你的身影盘桓
你茫然无休地行路，筐中装满了忧烦

而我于异乡失忆，见女人们在岁暮采薇
那些似曾相遇的身影，仿佛优雅又伤悲

鸟从陌生的天穹飞过，像我忧伤变形的王妃
它是如何地到来，而我怎样能还归？

若有人在路边采苍耳啊，却陷于愁思葳蕤
将矮筐置于道旁啊，将那哀歌唱了九回
而我在远山的彼方，把隐约的旋律跟随
在高冈失去我爱马啊，将伤怀盛满我金罍

若有人苦苦采卷耳啊，却迷失于忧郁之中
绕繁茂转行了九度啊，筐中却依然半空
而我在山间行路，沿那首歌无始无终
在云深处遗失了爱马啊，将怀伤倒满我兕觥

我伫立于此处的荒凉，遥想你身畔的繁盛
见上古芸芸的野菜，涌出了时光的裂缝
为何你采葛又采薇，若我正拾荒亦拾梦
不知应远去或回归，惟有这哀歌相赠

徘徊女

徘徊花傍着我的沉眠绽放，而你在何方？
可知我在梦中采了又采啊，君王？
它隐藏于郁郁的忧愁，在密密伤怀中央
我摘下它将归路遗忘，在此久久地彷徨
你是仍无衣无裳，还是已换上了新装？
而我在遥远处行路，走过了繁茂和荒凉

你是否仍载歌载行，对密云不雨的穹苍
而我已渐去渐远，沿徘徊花开的路旁

荒草淹没我走过的野道，而你在何处？
我为采徘徊花已离开太远，失去我归途
岁月里涌出了忧伤，从青葱绵延至岁暮
我在花落时遗失你笑语，在荒烟中邂逅你孤独
你正怎样地漫游啊，是在途或是已失路？
而我仍无知无觉啊，黍稷已三度地成熟
你是否自放自疏啊，在荒远的彼方延伫？
今只有路边的野草，随你昔日歌声起伏

你是否在崎岖的陌路，将浊酒倒在金杯
以迷离的双眼远顾，登上那高冈崔嵬
你是否埋葬了爱马，于异乡野花的芳菲
而它灵魂却识途，飘入我沉睡的罗帏

你是否在落霞生处，将薄酒斟满金罍
见六龙车穿过薄暮，浩浩然向故国还归
你在林间重获失马，载渴载饥而跟随
一路却阻山滞河，失散于雨雪霏霏

你是否在极寒中延宕，任霜雪积满兕觥
遥看衔来哀歌的白鸟，盘旋于苍濛的天穹
或你想在初春时启程，这寒冬却无止无终
若永不散去的绝望，在我待你归来的眼瞳

有花绽放啊，沿我徘徊的道旁婆娑
我如痴如醉地走过，将烂漫韶光蹉跎
而晚霞如浩瀚的野花，铺满那荒置的城郭
若他还在那里，一笑已倾城倾国

有鸟交交啊，飞来我无忧生命的内河
盘旋不去，犹如那种下悲欢的沉疴
而我灵魂随它，流过时光的晦明与曲折
不知他在何处，惟有载行载歌

忧愁

白茅郁郁繁生于阴晦，如同忧愁在你的眼瞳
我在朦胧中采了又采啊，在一个轮回之梦里迷踪
你仿似漂在那迂回河上，你仿若身在那徘徊花丛
你好似在林间寻觅着失马，你宛若于高冈独酌兀觥

我穿过遍地的白蒿与白芷，走过烦伤的芳郁和芜葱
我问芳草你今在何处啊，它告知你正晤歌于桑中
我走过沿路的忧伤与忧怀，穿过迷雾的困阻与塞壅
我问萧条桑林你在何处啊，它告知你已赴约去上宫

北风凄然自天末吹起，大雪飘落于空濛的天空
我将追逐你飘摇的步履？我将延伫着静待那曲终？
飞雪旋舞掠过身畔，若你正疾驰身乘着玉骢

我应静默压抑这忧痛？或我应纵歌将沉郁疏通？

有鸟睍睆自南飞来，盘旋河上冰雪消融
谷雨飘降沿我寻你的道路，浣去我遗下的忧心忡忡
花开于远天晚霞之下，绚烂蔓延若大火熊熊
而你仍在我忧思的眼里，而我这里依旧是严冬

徘徊花开沿你的生命，却仿若郁郁生长的哀愁
我见你绥绥走在那河梁，无衣无裳唤起我心忧
她才送你于淇水之上，王雎又飞来于无息的川流
我涉水拖着悠悠的恋慕，沿荒凉一梦绕行了三周
你孤身在淇水之河梁走过，无歇的川上又飞来了雎鸠
我涉入你灵魂采摘荇菜啊，彷徨于一梦无止无休

谖草

到哪里采谖草啊，或许在白云山之阿
生于濛濛薄雾下啊，而道路悠远多曲折
我想采来忘烦恼啊，沿着你远逝的一首歌
却失路茫茫芦苇中啊，若忧郁生满这内河
我持你相赠之玖琼瑶啊，却不见你归来的九华车
但愿风起雨飘降啊，因不忍再见那轨辙
我想弃路相别去啊，遇磅礴悲痛相拦遮
忆你温存曾流至此啊，可怜如今已干涸
而不知你今在何方啊，应忘怀曾遗下之忧乐
可知这里正落雨啊，可有密云在你前额？
不知你仍饮孤独啊，或有人斟酒于身侧

可见到我哀怨影啊，若你杯中的一条蛇?

而到哪里采萱草啊，或者在迢迢山之隈
藏于郁郁雾霭间啊，开出黄花似黄梅
我想一嗅忘思慕啊，若你一去忘回归
却迷途迂回山路上啊，只因烦忧太葳蕤
不见你复返之紫燕骝啊，空长留相赠之夜光杯
愿起风起雨阻我路啊，莫教这梦魂久追随
我想绕路永离去啊，却遇悲愁何崔巍
你垂慕早已不在此啊，为何身影未倾颓?
而不知你今在何处，又流亡到丰年或荒岁?
可知这儿如今生哀愁，我已绕大地刈三回?
不知你已寻到徘徊花，或仍陷于芳草之幽昧?
惟愿这哀歌如苦荼，永世浸在你金罍

到哪里采忘怀啊？或许在白云迢迢、远山之弯
如何去将它寻觅啊？沿脚下这不舍昼夜的河川
它在何时开花啊？当薤上的露珠已干
当我从蒿里穿过，灵魂解下衣衫
到哪里采忘忧啊？或者在那场邂逅的彼端
在我无忧的生命之上，还未生长出悲欢
他在命运的转动中静待，戴着倾城倾国的花冠
彼时，路边生满了谖草，而我未曾旁瞻

女祭司

她沿着古老的河床行走，寻找那位神明

穿过了旱季与雨季的忧喜，带着他相赠之杜蘅
鸟三次飞来重生的河上，夏花三度绽放与凋零
一些宛若忧伤的巨大身影，出现于她多曲的旅程

你们可知他在哪里啊，是否在那远天迷蒙？
仿佛有九条欢歌与哀歌，环绕着他那雄伟的魂灵
他仿若阴云投下的晦暗，在无休的梦中与我相逢
你们可知他的姓名，你们可知他的姓名？

那个女人跟随命运的歌声，寻找一位天神
走过了曲调的悠扬和沉郁，沿大地上绽开的芳荪
她三次见到雨后的晴朗，又三次走入复生的阴沉
看到了路边那古老的存在，生着人首与蛇身

你可知道他在哪里啊，前路向何处延伸？
你可知这些欢乐与哀伤的尽头，是否有他的实存？
他九次造访我的祭祀之梦，留下空空的金樽
我不知道他的模样，只认得那踏伤荒凉的足痕

让鹿鸣与骊歌响起吧，在无尽的黎明与黄昏
在她离去与归来的土地，生出了悲痛与欢欣
一条苍老的大蛇在路边蜕皮，在雨中重获青春
那条大河干涸又再满溢，环绕着轮回的光阴

徘徊婆娑吧，以逝影之躯载着不死的灵魂
人们在不息的河上行走，沿着女祭司的歌吟

用那些喜丧哀乐的轨迹，划出这文明的年轮
随着那恢弘的流动，将那位神明找寻

每当生存被命运耕耘，收获欢喜与哀痛
酿成喜歌悲歌之醇酒，斟满献祭的觥觥
那位神便欣然降临，啜饮杯中的祝颂
一如那上古的仪式，投影于世纪的梦中

每当大地被天命临幸，生长出欣慰与悲伤
稻谷在旋律中被酝酿，化为醇美的酒浆
那位神总应邀飘降，饮尽那芳香流溢之觞
却宛如一泓梦影啊，倒映着上古的穹苍

而这时正是冬月，要筹备祭祀百神
到哪里采白蒿与大萍？在忧愁郁郁的水滨
而北国却是严冬，白雪在冰河上铺陈
未见川流与水草，却闻他履冰之足音

而这时正是腊月，在岁暮要祭祀神明
到哪里找白茅与白菅，到哪里寻辛夷与杜蘅？
我在苍茫的河床上行走，有雪鸟穿过魂灵
未见芳木与香草，却隔岸与他相逢

腊日

如同一首哀歌在苍茫中响起，远天吹来北风

那一个白衣的女子，与这国度在岁暮重逢
她曾死于一场淋淋的谷雨，又在溥溥寒露上复生
逝去又归来于我君临之地，许诺着永恒

四野荒凉，大地若不再能生长出乐曲的古筝
而她在沉寂中婆娑而舞，化为风雪迷濛
繁华凋零，这古城在嗅到她遥远身影时已变更
而她的花在冬月时开放，沿着寒风之苍藤

腊日已近了，百神将降临昔日的鲜花之城
王忧伤地杀死成群的骏马，作为祭祀的牺牲
女人们采集寒冷的白芷，沿着她徘徊吟唱之程
盛入那金锜与铜釜之中，将祭牲相烹

那忙碌欢腾的脚步，如来自鸿蒙的回声
日已高、日将落，而诸神可到来啊？未曾
城外那古老的护河，在空蒙的霜气中冰封
神灵们于傍晚履冰而来，穿过天色昏蒙

他们在无休循环的一夜宴饮，于次日化为北风
若一条首尾相衔的命运，在此盘旋至永恒
当诸神在黎明离去，有一位女子于异国诞生
在多年后一个立秋的朔日，与世袭王位者相逢

白驹

天未明，我在白水之河上饮白驹
晨光初绽，如同灵魂投射于天边的欢愉
我将逐白日而去啊，纵然前路崎岖
只有这片时静谧啊，只有这片刻舒徐

河川上络绎的女子啊，我将别去
而你们将远离此地，还是在我饮马之河上安居？
走入这河中吧，在你们曾流连之地沐浴
它宛如我的灵魂啊，盘纡而多曲

而我将涉水远去啊，遗留水波断续
若飘逝于风中，一阵若有若无之唏嘘
或你们化作水草吧，化作那青藻郁郁
轻绕着我的马蹄，而我仍猎猎驰驱

请化鸟离散吧，若飘零风中的飞絮
或仍盘旋河上，犹如归去来兮的王雎
若长留此地，空会与我迁延的魂魄相遇
它已伴那留恋，一同放逐自远走之躯

愿你挥手啊，挥散我昨日种下的忧愁
我亦解下哀歌，掷入水中化为蜿蜓烦忧
莫留云影啊，在我不可回顾的眼眸
莫生迷雾啊，在我纵马而去的路周

而若有阴云，在我前行的每一处道口
似你忧伤身影，而我不敢仰望或回头
马已疲惫，我则饮下忘怀忘忧之酒
恍若失路，在此苍茫天地间漫游

而你恋慕系于我颈上，徘徊不能自解
此躯终陷于沉疴，我马亦尫陨于荒野
杯中已空无一物啊，我惟有饮雨再饮雪
心中已郁郁成歌，不知如何来抒写

未来者

如歌如梦，如九尾的巨大神明
他从苍茫雪上走来，身后有弘大的阴影
无垠无际，笼罩我徘徊千里的魂灵
若丛生的荒雾，若密云延伸在头顶

旷野肃静，风雪的恸哭不可倾听
惟有那足音如汹涌的悲歌，在迷濛中穿行
他身负九首的命运走来，若阴翳撕裂我剧痛的眼睛
由远而近，像采集悲痛而生长的雏形

蜿蜒而来啊，那将壮大为史诗的忧郁歌吟
吞没沿路的安恬与欢乐，造成大凶馑
它在荒年中九次蜕皮，崔嵬堆积迫近了阴云
化为仿若山脉的九道哀歌，将前路指引

烦忧铺满了荒芜的大地，如席如茵
光阴的寒泉流过幽深地下，流过死去的飞禽
我将那伟大亦莫名的存在喂养，以此身、此命、此心
而它渐渐获得形体，在我生命的中途来临

如梦如歌，如来自那一个鸿蒙的黄昏
如九尾九首的命运，你穿过大雪的雄伟的神
请你在内河沐浴，获得不朽的肉身
找到构架、情节与韵律，再蹚出我的灵魂

轮回

雪如司雨神苍老的歌，王后持鹭羽婆娑河上
巨大的动物履冰而过，忘却曾梦见的繁茂与荒凉
一支白衣的歌队走出暮色，绕冰冷环流静穆游荡
是时，北风将蜕皮化为挽歌，白华白花开满河床

雪如司雨神濒死的歌，王后持白羽婆娑河上
他戴着哀歌神的面具出场，身影浮现于万象迷茫
冰上映出雨王的生存，若生于荒古死于此夜的一支歌唱
是时，命运如食腐的九首大鸟，在漫天阴云暴雪后隐藏

雪如给司雨神的挽歌，王后着白衣殉葬河上
王的尸骸上升起干旱的梦魇，一整个世纪从文明中流放
如蛇如鸟如古老的图腾，如一首史诗在灵魂的形状
空濛中升起雄伟的神灵，络绎而来为君王送葬

巨大的动物履冰而过，忘却曾梦见的繁茂与荒凉
在雪地上留下苍冷的足印，无休地出入于欢喜和悲伤
北风蜕皮化为弘大的挽歌，白华白花蔓延在河床
它们九次远行至此生与此夜，又九次回到鸿蒙与洪荒

而雪如司雨神那亡魂的歌，盘旋于此夜穹苍
他戴着哀歌神的面具出场，身影浮现于万象迷茫
在那冰封的内河之畔，生着不死的欢乐和忧伤
我采下宿莽揣入怀中，风在灵魂里彷徨

白帝

再度从这里经过啊，徘徊于荒凉的歌者
哪里采的欢欣与忧烦啊，你可曾到过少昊之国？
仍旧是且行且歌啊，依然是载饥载渴
怀中有灵魂新酿之酒啊，怎不在旅途中独酌？

内河环绕在我身畔，若一支迷濛的长歌
我无休在水中泅渡，游过了悲欢幻化的清浊
而王在河流的源头沉睡，染上了梦见羁旅的沉疴
离开鲜花盛开之国度，在一个不死的荒年里漂泊

诸鸟永恒地飞过，沿着阅尽沧桑的城郭
她们九次在凶年里绝迹，又九次在大雨后复活
有女人倾城倾国，在祭神的城郊婆娑
神灵们走过百年干旱的废墟，走过雨王复生之滂沱

当我初次从这里经过，沿途多么繁盛
走过那欢欣与烦忧啊，我要去国都鲜花之城
那时我且歌且行啊，踏伤百年孤独之梦
忽发觉载渴载饥啊，在轮回里寻不到归程

诸鸟从此国飞走，衔去我魂灵上绽放的歌声
而我已徘徊了几趟啊，从此夜一直到鸿蒙？
有女人倾国倾城，在每一个路口处复生
今已是落花时节啊，又与你在荒凉中重逢

蛇尾划过河水，若一支上古乐器的独奏
她蜿蜒地将雨王寻找，沿着那死而复生的川流
他们在荇菜的黄花间错失，又在蒹葭苍茫里邂逅
这时初生的欣喜之上，已生出了茸茸的忧愁

徘徊花满城，王将迎娶第三位王后
在众宾纷纭走过的路上，生长着荒草般的夷犹
大飞禽随诸鸟现于天空，若阴云蚕食白昼
司命神光临这婚礼，又听到那似曾相识的歌喉

而我在前夜循环的梦中赶路，行色匆匆
若一个朦胧的影子，陷于大司雨者晦暗的眼瞳
这梦关于失而复得的爱马，饮尽又充满的咒觥
总是永不变易的景物，只是悲伤愈加葱茏

命运如漆黑的大蛇，蛰伏于路边阴翳之中
我看见王的鬼魂抱着爱猫，现于灰暗的花丛
忽想起那正待我归去的新娘，和鲜花蔓延的王宫
却仍深陷这周而复始的梦里，无尽无穷

她灵魂里生长出蔓草般的忧伤，缠绕着那恋慕

我在漫长的雨季里同她幽会，却日渐沉沦于孤独
这场在祭祀前夜的彷徨，和这幻影络绎的道路
诸神已降临于飨宴之日，而我还在一梦的中途

我又想起多年前，那个遇见神灵的阴天
我在如晦的天色中失路，迷失于雷电交加的荒原
我沿着干涸的河道行走，向多雨的国度乔迁
第一次看见了那个女神，拖着巨大的蛇尾蜿蜒

三个生着动物形体的神明，依次走到我身边
我看见了他们眼里，那个无限反复的荒年
他们告知我身世和血统，教我歌唱于风的末端
令我再种下伟大的悲欢，沿着荒凉之城的墙垣

有花在古城边开放啊，有鸟飞来自洪荒
女人们在内河上拾梦，看见葡萄藤爬满了城墙
她们怀中的白蒿和苍耳，忽化作了甜蜜和忧伤：
是那个人要归来了吗？啊，这等待多么漫长

若一首颂歌将要终结，开头又会在结尾处响起
如一个死去又复生的君王，无休地彷徨将神明寻觅
徘徊于旱季和雨季的歌者，你又再度经过这里
你可曾到过少昊之国？你可在那里见到了白帝……

神灵雨（选）

2011–2012

第一歌

夜宴

夜光酒满觞，我想要醉生梦死
狂喜或忧伤，不必问为何如此
我把放纵的时光，戴在这无名指
酒才涌进穹苍，夜宴还未开始

就唱起这歌、那歌，让歌儿代诸风的婆娑
谁高歌仿似在沉默，谁一曲仍嫌太多？
便唱起欢歌、哀歌，哪首歌不值得斟烈酒来喝
当火舌灼伤了声线，谁去问老病或新疴？
就演那话剧、歌剧，谁听见夜雨声在台词里寄寓
而那些伏线、突转，总在第五幕与死神相聚
或演出哑剧、默剧，多少双忧伤之眼在生命里窥觑
许多的抑压、静寂，都在不落幕的梦魇里继续
该演一场喜剧？悲剧？哪一幕恰好是命运的谶语
我只有不知、不觉，在那谜一般的预兆中羁旅
而这是闹剧？惨剧？为何布景只有空旷的天宇
只有独唱、独白，和一个演员的孤影踽踽
我应该沉迷？惶顾？我应酗酒还是吸食罂粟
醒来又在冰川，飓风般哀嚎雪崩般呕吐
而我是狂行？延伫？实则只在命运的呼吸里瑟缩

看不清归路、前路，只听见生命正流逝的脚步
而我当困厄？流亡？我是个太赤贫或太忧伤的君王？
只有此颠沛、彷徨，看疆域只在这一曲悲歌的悠扬
当这悲愁翻覆、再低昂，我听到了乌云之群妃的声响
她们问灵修啊、上皇，夜宴是否要开场？

倾盆而至吧！雨落之诸神明
司雨神正惠赐，赋予你们身形
若洪荒时般显现吧，若巨灵之影飘零
化作地上的蛇神，游入那暴涨的沧溟
痛饮吧，万灵！
这司雨之神的豪宴，这密云皇后的盛情
复活吧古代的名剑，应和这世纪的雷鸣
这滂沱永不会声断，我不死雨声不安宁！

多少年阴沉地徘徊，这夜宴终开始
愿环绕这浩荡的雄才，戴于时代的手指
关于那狂喜和忧伤，不必问为何如此
神灵雨飘落了满觞，苍生啊，随我醉生梦死！

密云皇后

噫！你来啊我的密云之皇后
你看我这淋漓的双手
只能把潇潇风雨来弹奏
只能以潺潺之声悲凉地击缶
我想唱一唱太阳神雄踞中天的壮美白昼
我想奏一曲上古某个弘伟时代英雄的怒吼
却只有这茫茫的哀情啊，我挥手便要邂逅
嗓音里都是苍霭啊，教我如何能开口！
我欲将黄河五千年的陈酿尽倾在北斗
你却曾教我要节制啊，无论悲歌或是饮酒
而只有那月光之醅酦如涓滴般遗漏
我为等接满这一觞已从舞象至皓首
如何能消释这长空浩瀚的悲愁
若非夜夜浩歌在凌霄之高楼？
而天河已流尽自我壮丽的眼眸
仍有那暴雨滂沱倾洒出歌喉
而密云皇后你已日渐清瘦
不再着茸茸繁冗的一身黑貂裘
常憔悴地垂首俯瞰大地的灵秀
看你我的王子们都化作了河流

而我仍记得那日共我雄壮雷声夜鸣的猿狄
记得那场神灵雨中宣泄的万灵之悲忧
那个世纪里我牵起你仍滚滚莽苍的长袖
在一阵沛然的合唱中恩泽了尚荒凉的神州

司雨者

哭泣吧，我悲鸣的魂魄

让那些旋律都化作水波

有许多忧伤在生命里经过

而所谓悲痛，却并非由于这些浮影的穿梭

那是因为有云爬上了我孤独的王座

那是伟大命运所带来的哀歌和蹉跎

或许我不再能负担整个阴晦天穹的壮阔

可我是司雨者，只能这样悲壮地生活

飘落吧，将我苍茫的灵魂化作雨落

给这我所深爱的干涸的王国

把我的悲歌和鲜血化作大地的肥沃

而万灵却无须记得有一位天神曾为他们滂沱

这国度上的江河是我曾悲伤走过的阡陌

是一个曾恢弘的存在留在这世界的轨躅

而如今我的长歌并未变得虚弱

只是在时代纷扰的风中被层层消磨

当许多的执着中都已沾染了困惑

只有这悲痛之流永不会浑浊

而我应哭泣啊，唤醒这世纪以我悲鸣的魂魄

还是应静待，让哀歌暂在我胸怀里停泊？

而我将奏响的是这雄伟山川排成的锦瑟
每一条琴弦都是我生命化成的江河
伟大诗人们的亡魂，请将这淋漓之曲应和
起舞吧，九歌之诸神！走出烟波浩瀚的云梦泽
我要斩破莽苍密云千载的壅塞
我要以暴雨打开这紧闭的阊阖
而苍生，若生为我不息长歌中的过客
在雨中灵化吧，化为飞鸟化为龙蛇
重生吧，烛龙之眼和女娲之腹！
苏醒啊，昆仑之墟与盘古之墓！
而我的妻，这落雨的苍穹暂无须修补
请拖着你蛇神之尾来与我共舞
让你沉睡的情欲在此大雨中复苏
让新生的英雄从这狂欢中走出
而我是司雨者，将平息五千载山河的饥渴
我是司雨神，你看我悲痛的灵魂！

女娲

我想令你欢乐，蛇尾的爱人
却只有化为蜻蜓的哀歌给你以温存
你悲凉而去的轨迹化作了大地的伤痕
我追随着你滂沱而歌为河谷注入灵魂
我好像是弥漫在你庄严背影后阴郁的苍旻
所有的话语和唏嘘都犹如雨落之淋淋
我的生命是在长空的悲泣中渐渐凋零的云
当大地悲歌泛滥时，我已变得清贫
而所有淌出岁月的河流仍寄居在我的瞳仁
伴着无数已遗忘却仍回响的忧伤歌吟
当你的身躯终游入哀歌之沧溟不可追寻
我便永不再是晴昼的君王，而是司雨神

有许多悲愁悲痛会从俯瞰中获得
当我望见她曾拖着莽苍的蛇尾为我生育的江河
每一个王子都如我般忧化雨的灵魂般曲折
亦都像他们的母亲，那悲凉又庄严游动的巨蛇
有一个伟大的民族在这河流的两岸诞生吗
有我的悲歌流动之处便是他们的祖国
是我的呼吸化成了这国家的国风吗

而那漫长的历史都是对我雄伟存在的临摹
那些一如我的骄傲和痛苦的盛世与战争
那些恰似我疾进或彷徨的腾飞与蹉跎
直到有一天世界的喧嚣淹没了江河的歌声
仍请向天穹凝望我的眼睛，请你们真实地生活
我知道还有伟大的悲痛在血脉的渊深处停泊
而这些哀歌之雨却不应由一条大河来独酌

苍生啊，以无蔽的生命沐浴这暴雨吧
否则便是在苍茫的时间中无根地羁旅
你看我这首淋漓的悲唱已沧桑了如许
而大地上的歌者们从花落时便已失语
有多少空灵的魂魄长眠在千年的丘墟
留下的那些长歌都像遥远亡灵的嗟吁
有多少壮美的时代已纷纷跨上了骊驹
而我仍要在苍凉的荒野中孤独地前驱

我想令你欢乐呢，蛇尾的爱人
而你却已不在，只留下时光的阴沉
或许惟有化为哀歌来滋润万灵的生存
为这你所深爱的民族献上我深情的歌吟
他们都像你呢，有被你双手塑造的灵魂
都像你一般，是那遗失了存在的天神

蛇尾

我愿化为蛇，以蛇尾划出河道
当悲哀流过之处，便有了江潮
沿着我蜿蜒的轨迹啊，奏出曲调
向那死亡中游去吧，千里迢迢
有许多水声是在哭泣，以挽歌追悼
人啊，随着我的流浪漂流吧，唱起歌谣

那些鸟儿在我背上生存，永不筑巢
悲伤是它们的故乡啊，而生命是征徭
就随着哀歌或欢歌啊，向死神的怀抱
这一路是短暂或漫长，都若鸿毛
我将游去游去啊，光阴不堪远眺
而谁在上古的云里，唱着九韶？
那许多永远存在的悲泣和欢笑
那许多永远消逝的求索或辛劳
人啊，随着我前去吧，撑着命运递来之棹
在那些晴曦或阴云下，请你唱起歌谣

第二歌

鸿鹄

鸿鹄于飞，拖着白雪的预兆之尾
而我则在浪游，沿着那绵延的铁轨
秋风那柔柔的歌喉，吹动了路边的死水
在这叶落的时节，歌声倔强地绽出蓓蕾
而天鹅群飞过穹苍，青山无声地枯萎
我想随她们去南方，韵脚却蜿蜒而向北
便以这冷冷的双唇，长吻那流出浊酒的壶嘴
那却是什么滋味，总比曾饮过的爱情甘美

远处传来吉他声，若沉睡的记忆般深杳
在那落尽了韶华的树梢，停着一只仍歌唱的小鸟
那许多谜语般的曲调，似比我可视的时间更苍老
那歌儿或许皆有所指，而我却欣慰于无须知晓
而啼啭之弦终然会陈旧，羽毛亦会在某朝枯槁
那歌词会慢慢化为虚构，在无尽的循环中永不终了
那时我早已结束了旅行，告别了流水与叶落的纷扰
他人可询问这路边的魂灵，这旅程的忧喜各自有多少

我总觉得云，是沿着飞鸟的轨迹而生长
当她们掠过灵魂，它才在晴朗的生命中出场

多么苍劲雄壮，伴着我慷慨又阴晦的冥想
霍乱般蔓延，终于比所能视及的天空更宽广
而我却安然，期盼着那暴雨之歌的来访
静待着那时代，会与我这粗犷的呼吸交响
那密云却渐渐，成了孕育我精神的土壤
在滂沱之幕拉起时，我势必要与它同往

当终然有一滴雨，刺入我守望千年的瞳孔
却无物可回赠，只有绸缪在这世纪的歌咏
或许有一朵花，开在我青丝之尽头的孤冢
鸿鹄于飞，这预兆应待到那时才能懂

瞳华

一

曾开在何时呢黑色的曼陀罗花?
已掳去我灵魂吧而我开始未觉察
别望向我眸子里啊那总似有时差
那一眼该是夜吧而这里却有晚霞

全因为我一瞥啊迷失在你眼睛
那暮霭是染夜色吧那云似要涕零
而你悲喜总无影啊忧乐亦无声
无所谓嫌厌啊亦不似在欢迎

你别不睬我啊令这忧郁如雾化
你别盯我看啊好让这呼吸有闲暇
如风影般掠过吧你凝望只刹那
何解有花潮呢从心口到脸颊?

还未饮这杯酒啊而它迷香已挥发
我应已醉了吧醉卧在你瞳华
恒河之水啊你们可要归家?

而我却已忘返啊在黑曼陀罗花

二

只因我双瞳呵迷在你黑眼睛
那无忧的年华呢忽萧萧地凋零
而你却为何啊不看亦不聆听
不理我在何处啊亦不问我芳名

你瞳中有鸩酒吧轻睐便挥发
我却已不愿生啊仍深嗅你瞳华
恒河之水啊当你们要归家
捎我的青春去吧，给瓦拉纳西的晚霞

说她女儿已被掳走啊有个男子太妍婷
他的双眼太恢弘啊我已无助被统辖
而怎开在眸子里呢那黑曼陀罗之花
我应已死去吧只是自己未觉察

三

只有我听见你的脚步声庄严而又寂静
夜幕般向我走来啊我命中的神明
我看不见这深爱的灵魂在你瞳中的倒映
只有如黑夜般走向我的狂野的爱情

是你那如命运一般临幸我的黑眼睛
多么可畏又热烈地占有了这魂灵
如同翻覆的乌云般肃穆且无声
这一刻我却既不畏惧亦没有在欢迎

我想起在童年沐浴时流过我身体的河流
亦像是一位沉默的神，有力而又温柔
此时故乡正是雨季，正有泛滥至高潮的悲愁
而我却静静地，未曾抽泣或是哀求

四

雨落吧，沿着我命运的隙鳞
在一个三倍长的黑夜里沛然地倾洒
而我以沉重颤抖的呼吸来迎迓
预感到将统御这伟大爱情的无尽喑哑

我看到了绵延在岁月中的寂静
和永远如夜幕般来临的神明
我感觉到这早已不属于我的生命
和那比死亡更寂寞的爱情

我想到还是个女孩儿时的那个仲夏
天边瑰美地升起了童年的晚霞
时间似永停留在那一个刹那
我正瞥见他黑曼陀罗一般的瞳华

潇潇

为何这时光中总有那歌声啊，潇潇？

而雪落却静悄悄

想我的年华总开在天空阴郁的一角

随许多冷清的岁月一同陨凋

而只有天上的云是永不会衰老

纵然忧伤的根都在光阴里烟消

我已忘记了诸多悲痛曾踏着灵魂的舞蹈

仍保有片片难解的忧郁在瞳孔里纷飘

所谓开端的地方便是终了

的确如是吧，荒凉中的花应归于蓬蒿

许多莫名悲哀的童年之预感今日已不再缥缈

当我终结识了命运，在此苍茫的荒郊

他久驻于此，俯瞰我的轻狂叛逆、谑浪与烦恼

带来了诗歌和女人，以及漫长雨季的纷扰

而直到他将太多的嗟叹缚在情歌的韵脚

关于那弘伟的存在，我亦未能知晓

在许多邂逅与别离的黄昏和破晓

我的歌声会更孤独地在云霞上燃烧

而所以太多的热情和悲苦在生命中翻搅

却并非是我爱你啊，只是不舍青春的多娇

当我坐在高唐之峰吸着被太阳焚成烟雾的瑶草
许多伤逝和幻灭的旋律会在灵魂里相交
她们会在梦中笑得比我的怀念更姣好
若大雪纷扬，若一只只优雅的白猫……
这荒年，再没有姣服的神灵婆娑伴我茕子的长箫
只有一阵阵哀歌如雨伴唱着漫漫的离骚
而那却是一群群多么悲伤的夜鸟
为何在生命里总有你歌声啊，潇潇？

阴雨天

忘了曾在哪一个阴雨天命运来敲门
我在下午滂沱的歌声里迎来了司命神
从此在舒缓的生命里生长出缭乱的年轮
空白的记忆上被刻下了密密的细纹
青春干燥的风常吹裂我寂寞的嘴唇
而我仍哼着歌，不知旋律里印着血痕
曾经的那个女孩啊，你早已成了妇人
我还在你家楼下徘徊，带着仍未至的灵魂

紫罗兰

啊你戴着紫罗兰的小女孩
戴着那纯洁的馨香从哪里来?
你那无瑕的小手多么可爱
命运还未在上面把伏线剪裁
而你就站在那儿静静地等待
有一天烦恼会钻进你心怀

啊你抱着波斯猫的小女孩
亦生着猫一般的瞳眸从哪里来?
青春似比你的美丽来得姗姗
未曾在情窦之香中把发辫编排
而当这无忧的时光化成了烟
你将要嫁入谁的家宅
那里将会有不同的欣欢
和你挥之不去的烦忧阴霾
都如我今日的歌声一般
总在你身边徘徊再徘徊

孟夏

姗姗而至的孟夏终踏上时光的水滨
我在这渡口迎迓携着久违的欢欣
和风盘旋而下吹起这悠悠青衿
我在你到来的一霎又忆起童年光阴
想葡萄藤该已满架家乡应夏意更深
野花当淹没了篱栅空气中散发浓芬
母亲那婵媛的牵挂正呼唤游子之心
而我却在等她独坐在异乡之津
我又蓄起了长发一如你离去的时分
美酒再未沾唇惟常饮忧愁于孤樽
似望着无常的白云等待了无限晨昏
至生命又添年轮才见你优雅地回身
一瞥已迷醉于惊艳你是这岁月的嘉宾
童年时就已相伴此刻爱慕亦清新
却陷于寂寥之恋愿忘怀曾默许之婚姻
仍在芦苇中待再见唱哀歌若川流不禁
终将赴死神的夜宴却难舍人生的酸辛
烦忧在精血中淬炼遗留歌韵如黄金
这歌者行将去远河川奏伤逝之音
长河中遗我冠冕任流水带走衣襟

466

仍记得那年孟夏我曾对你倾心
不再无根徘徊屹立于密云之荫
此刻却惟有别话在这回暖时分
当你款款归来我当默然转身
而你却总在场在我灵魂的水滨
而我却仍迷惘迷失于孟夏光阴

株林

当陈灵公在晨风中惨淡的月光下前往株林
那本短暂的道路却在濛濛晓雾中宛若无垠
当那焦虑与欣喜、忐忑与希冀共流荡在胸襟
一位预言者如幻影般在他的身旁降临
他是常在王公通往不幸的道路出现的不速之宾
能看懂那些神秘隐喻的含义通过天空的飞禽
此刻他就孤立于道旁萧萧的黑柏树之荫
用如天命般庄严的嗓音送来了冥冥中的歌吟:

"胡为乎株林,从夏南兮;匪适株林,从夏南……"
夏南,而那男孩有一天将要杀你啊,当心!
虽然此时他的生命尚处在火焰熹微的清晨
而在未来一片片莫指的朝云会化作他成长的积阴
直到那些屈辱和痛苦遮蔽他所生活的天旻
我看到他掌纹上的伏线巍然地指向弑君
他胸中的每一分阴影都是绵亘在这国度的云
有一天那无可压抑之怒会在犯了罪的大地上狂奔
那时不仅仅有你的王座会在这灾难中西沉
你可知道,你正要去幽会的是你和这国家的死神?
她怀中那个男孩的怒火会把你正君临的一切烧焚

468

尊严、国土、王位，宗庙、社稷、人民
连同你今天起要陷于荒淫之手的生存
不要让你灼热的呼吸沾上她能主宰苍生的嘴唇
否则从那一刻起毁灭的种子会侵入你的灵魂
那或许是天神的嫉妒加之于她肉体的封印
若染指太美丽之物必将遭致命运的憎恨！

说罢这些话他便骤然地消失于自然的遮蔽之后
只留下那些不吉的预兆仍回绕若一盏挥发的陈酒
如同一场与烦忧之实体在凌晨浅寐里的邂逅
而奔驰的马车仍在向她所应许之处匆匆疾走
我乘马乘驹仍在迷雾中前驱
那株野株林啊那草虫与关雎！

夜老人

一

夜老人，吹着少女胫骨制成的箫
坐在无眠却有梦的黑森林荒郊
那声音之中仿佛她仍然在舞蹈
仍能将欲望和爱情自灵魂征招
弯月，若一柄忧伤又惨白的镰刀
收割了云，像漆黑麦田里朦胧的蓬蒿
只留下那乐曲，欲念般迫切又缥缈
夜色，在世界孤独的瞳子里燃烧
一个青年颤抖着走来，若一只夜鸟
在神秘的箫声里徘徊，应那歌曲之邀
在阴森夜雾里将心上人徒劳地寻找
却看见死神在那里，吹着胫骨制成的箫

二

少女，仍然在谜样的曲子里舞蹈
寂寞，在她不甘早逝的怨念里燃烧：
来此吧，情人，若一只多情的夜鸟

有人在这儿等你，吹着一支美丽的箫
飞来吧，男孩儿，我知道你的需要
知道你在青春夏夜里那难耐的煎熬
我感到你被爱欲之神捉紧的心跳
嗅到了情欲在你灵魂上的搔挠
这一曲中有我的体香和爱抚的味道
只要你一听见啊，就别想再逃！

三

圆月，像一只在夜云后穿行的白猫
踏在黑色的松林上，伴着夜风萧萧
有神秘的箫声将这里的亡灵围绕
夜色，在丛生的坟茔上阴沉地燃烧
夜老人，这里长眠着多少青春的灵魂
空洞的瞳孔中留着一缕幻灭的温存
仿佛在诉说着暂短生命中的饥馑
还有同死亡一起降临的爱情之伤痕：
他们是怎样地被那少女所吸引
却在渴望爱人的眸子里见到了死神

夜歌

野花爬满了国王的座椅，星空多瑰丽
静夜里那歌声又响起，幽灵般诡异
谜样的嗓音在灵魂开启，送来不祥的神谕：
那场被情歌玷污的婚礼，将在生命盘踞

一群群飞鸟在黑夜中迁徙，将月光遮蔽
鲜血流出她们的身体，弄脏苍白的羽翼
南国飘来无声的风雨，一只燕子在哭泣
我回身又听到那歌曲，忽忘掉了天地

童年

童年啊像片翩翩落叶在风中飞
　（童年啊是那小鸟飞过岁月的河湄）
落尽了那时的青翠啊永不归
　（带走那欢乐的歌儿啊永不回）
仿佛从未知觉啊他已陨坠
　（又宛若一只夜莺栖在我的安睡）
在我火烫的思恋里化成了灰
　（再把那歌声倾满梦中的金罍）

而我是谁？
在落日下踽踽跟随
在荒野上策马狂追
密云上奔走着疾雷
莽苍中淫雨霏霏
墨色向大地低垂
命运在夜幕边斜窥
我采下最后一朵夕晖
将希望倾满夜光酒杯
寒风吹开未来的罗帏
在那里，我看见我的王妃

雪国

天穹下飞过成群的白鸦
空气中弥漫皓月的光华
那是五楼十二城飘下的落花
云上的帝京涌出了烟霞
那琼英旋舞若梦一般妍婷
白雪的尽头有我失落的国家

梦：
长空上纷扬奔来飞腾的白马
拉着白雪皇后璀璨奢华的车驾
她正驾驭着北风将那琼花挥洒
率众神俱着白衣纷纭来迎迓
风雪的歌舞若她的芳姿优雅
银白的庆典如国王凯旋般盛大
雪后婀娜地吹开了谜似的喑哑
她说：欢迎你归来啊，陛下

第三歌

拾梦者

倏忽永逝之时，未及彷徨之梦
那站在川上的歌者，为什么总不安静？
在你蜿蜒的灵魂，忧愁生长得繁盛
啊那司哀歌之神，正在岁月里临幸
唱歌或怅然地呼吸吧，唱祭祀或是爱情
像天穹或乌云在太息吧，像鸟或雨水的哀鸣
国风仍寄寓于风里吧，谁颤栗着像一串风铃
而九歌尽沉在酒中吗，或纵酒须以歌之名？
饮酒会引来悲痛吗，就饮一场阵雨的飘零
那雨声听来像歌颂吗，或我滂沱得像一位神明？
悲歌汇流成长河吧，化成时间的魂灵
在我的声线中曲折吧，亦当我歌喉已安宁
本是拾蒙蒙之梦者啊，为何偏折返而行？
而此时你是否饥渴？荒凉之地，只有悲哀的雏形

巧笑的司命之神，曾笑得多么迷人
那微笑却未曾印在我沉迷的灵魂
此刻灰色的天空像一个女子阴郁之眼神
我共这长歌却是不可视及之渺小灰尘
而那倒映在瞳中的悲哀却使我并不清贫

常有飞鸟或雪花捎着哀歌在生命里光临
当我无言而坐，忧伤的脊背弯成一把琴
一根弦孤独地穿过心脏，同遗落的梦相邻
那滴滴花瓣般散落的梦，好像光阴留下的吻痕
我忽然想将它拾起，若拾起一首消失的歌吟

然而往事请不要提及，我自己亦不可思议
仿佛是太粗劣的俚曲，被吹出了性格的孔隙
彼者曾莫名地响起，亦应在莫言中压抑
而那已净化的悲伤，将在我灵魂中铭记
我不知那是否相关，司命神在那刻临幸
只知晓再无论悲欢，只有哀歌生长得繁盛
想问问雄伟的河川，为何歌声总不安静
他告知因彼时之梦，而我却何必拾梦？

而拾梦者，仍在河川干涸的轨迹上优雅而行
所途经处，只有许多伟大哀歌庄严的雏形
它们会生长吗，当命运的悲痛像阵雨般飘零
或我理应在此时哭泣，滂沱得像一位神明？

小休

当忧伤空灵如雪时，我想在寂静中小休
那哀歌悲歌的唱词，停歇啊化作烦忧
那缓缓无声的雄雉，那苍茫纷飞的睢鸠
这悲哀已不再流逝，而你在哪里啊灵修？
那冷风的叹息声幽幽，这江河已不再汤汤
而仍是不变的忧伤，饮雨再饮雪的杯觞
那虔诚与痛苦的时光，那徘徊与幻灭的时光
那伤逝与忘却的时光，这空寂如此的时光
灰云还依旧在穿苍，只是飞雨已死去成冰霜
我孤立在大地的中央，仍旧不知去何方

这人生是在命运的一首哀歌中无尽地彷徨
而命运除这首哀歌外便只有渺小或死亡
关于我同阴郁之歌的爱情，她的压抑或悠扬
都是因为这世纪需要来为她负担悲痛的君王
这灵魂是悲凉的北风中一支多孔的乐器
要发出伟大又孤独的声音对抗天地的绝寂
而这短促的生命亦流逝于哀歌自出的孔隙
我将因此而离去，将生存化为记忆
那场献给她和诸神的歌舞会化作河流的轨迹

永远地蜿蜒在这片我曾茕茕高歌的大地
而当云涌起时，我会复生身为归来的雨季
再一次滂沱歌唱，为苍生庄严地哭泣

而此时，当忧伤如雪幽清，我想在彼处小休
看空灵疾飞的晨风，和苍白飘落的雎鸠
那苍凉悲凉的歌声，都化作无言的烦忧
惟灵魂离去又首丘，你却在哪里啊，灵修？

雨雪巷

是谁忧伤在耳边吟唱，比我的浮想更悠扬
翩然复荏苒地歌唱，穿越这灵魂的走廊
音符啊，自性格的孔罅流荡，伴命运的沉吟低昂
它们是忧愁或悲怆，总是首哀歌的彷徨
盛夏之花怎样开放，绚烂中孕育着凋零之不祥
而我是否邂逅过欢畅，都已幻灭于此刻的荒凉
那却并非是我善于遗忘，只是欢欣引领着烦忧之苍茫
若美人之颜后拖着蛇尾浩荡，一切皆为了悲哀的漫长
我则并未因此将司命神毁谤，却成了为他悲歌的国王
那悲痛比烈酒更考验器量，我却一饮再饮终至于沦亡
每当我忘却了生存的模样，便在冰河里照出乌云的面庞
这哀歌总是一般的形象，暗示我命运未必是无常
而这般的旅行却并非流浪，实则悲伤是我的故乡
无论徘徊伫立奔波或延宕，总停在这阴郁世界的中央
这阴云的深处有一条雨巷，蜿蜒地吟唱着谁的忧伤
远方的鸟儿割伤了空旷，飞来自杳如鸿濛此国的边疆
有些欢欣被那轨迹名状，复消失于我所不解的彼方
而我的长歌是不变的悲壮，仍君临在这片阴晦的时光

在耳边是谁冷清的歌喉？雪皇后，仍含一口忧愁

481

有一些寒冷在灵魂里渗透，纵然我身着极北之狐裘
光阴如何在手指间遗漏，寒意如何在手心中夷犹
我沉默在漫天风雪的背后，若一条骤然冰封的川流
雪在我的肩头与双手，雪在我的瞳孔与眼眸
雪在我的哀歌中不朽，而我在雪中无尽地停留
白雪纷舞而歌在缭乱双眼中印下许多烦忧
而那被冰霜毁坏的欢悦都已久久地失修
我想收割天上的云以那弯弯朦胧的银钩
可它们却是我的忧愁啊不可清扫或穷究

我闻说，悲欢应交替如昼夜，而白昼却一再失约
是否此生恰逢此处之极夜，光明总不堪一瞥
我自会寻觅我的欢悦，以北风苍凉的吁嗟
此在是生存或是幻灭，我应当歌唱或者安歇？
而悲喜皆是短促的岁月，终有一位神终不会失约
他的怀中是永夜，而生命恍若只一瞥
请珍惜此行如飞掠，莫计较欢笑与伤嗟
纵然是匆匆地泯灭，亦可在无憾中安歇：
当生命雄伟丰沛之时节，当以滂沱之歌赠予原野
直到青春悲痛都已枯竭，仍苍老得若一场大雪

白雪皇后

难以解释北风若永别情人的温柔
许多冰冷的时光在此优雅无声地飘流
不知从何时开始在苍茫的白雪中漫游
将过去曾迷恋的所有都抛在远山的那头
曲折逝去的光阴似在落雪的季节停留
一如遣散了回忆我在空濛冬意中夷犹
有一些冷清的歌声和雪花缭乱的哀愁
却终不能捉住风雪那宛若她哭泣的歌喉
而你在哪里存在啊我钟情的白雪皇后？
那冰凉缥缈的一吻已把这灵魂都冻透
有多少忧郁的爱情在荒凉的生命中遗漏
你却是寂寞幻化的女子啊在永恒的冬季邂逅

唉，我久久地居住在一个温暖盛夏的彼方
在严寒的空气中采集了许多有韵的悲伤
在某个关于欢乐的梦中会看到绚烂的极光
而实则只有这一片属于寒云和暴雪的穹苍
整个苍茫的冬季都好像她哀伤的眼神
犹如迷濛的风雪笼罩于我孤独的生存
而每一条冰冷的河流都出自我哀歌之灵魂

悠悠地蜿蜒而去，游入了夜幕的阴沉
欢欣曾留在生命的足印，都在一场大雪后无痕
那个歌手在忧伤里沉浸，寒冷得若一个雪人

九首白蛇

刺眼的白光倾泻在瞳子，无休亦无止
此处有九首蛇之冥思，这雪夜，睡神并未来此
我困倦不死的精神上落满白斑鸠，啄伤干涩的眼眸
而我的目光犹如艰难前进的河流，流淌过烦忧
我看见我的歌，那一条孤独远去的白蛇
比我在清醒和梦幻间的辗转更加曲折
不知道在它那蜿蜒离去的轨迹上有什么可获得
只察觉这疲乏的生命在那游动间缓缓地干涸

散去吧回忆的忧扰，请赐我以忘忧之夜的安恬
或有多少未付的悲苦是我轻狂的行止所赊欠
请别让我在这一个阴惨的寒夜纷纷来归还
停息吧夜雪的飘舞，别像个凄凉的影像站在我窗前
即使有一些凄惨要向我和这歌声清算
我这清白无污的双手却未曾谋杀过睡眠

人啊有什么可以决断，当他邂逅了那司命神
当恰有一支阴沉的乐段嵌入了他性格的裂痕
人啊并不知道他在当下或未来是怎样地生存
只能无助地踏入命运所开启的无可抗拒之门

唉，我曾衷心迷恋之人，我曾窃窃爱慕之人
我这带来灾难的眼神，和亦留下悲伤的灵魂
有一阵奇异的歌声会在子夜的静寂中如期地响起
好像是悲歌之神将失眠之夜赠予他女儿的婚礼
而我为了躲避我的新娘在午夜中孤独地迁徙
实则却是我爱她啊才让这流亡不能自已

整个漫长冬夜的幻影倾泻在瞳子，无止亦无休
此处有一条九头蛇般不死之冥思，而曙光洒落于小丘
每一个无眠之夜在生命留下的残缺，都不再能重修
而这命运却将在无尽的昼夜里反复，伴着此生悠悠
我不知道在这空虚的白昼，我将去哪里梦游
却明白当夜色降临之后，将沐浴在哀歌的河流

哀歌王

梦神之蛇，衔着一支宛如白日之烛火
吹走了夜色，若一束晓风中凋零的花朵
留下昨日的我，忧伤如虚弱的残月般萧索
而此时的我，幻影一般在黎明食着忘忧之果
若没有了悲伤，哀歌之王啊你是否会寂寞
在荒芜的时光，不再有叹息来消遣严冬的空廓
那条苍濛的寒江，你若空灵影子般在江雪中独坐
绝寂的穹苍，再没有唏嘘之风或雨丝的飘落
日影之寒鸦，从我灵魂曲折的脊柱上飞过
而瞬落之花，以尸骨铺满我歌声蜿蜒之阡陌
飞鸟与韶华，还有青春之神在生命中的静默
伴着此刻朝霞，都遮蔽于我夜幕般孤独的王座
如是地君临，哀歌的王啊你是否觉得炎热
火一般的歌吟，都从熊熊大地上向瞳孔中反射
灿烂或阴沉，你孤身承载着已逝与未来的忧乐
太阳灼烧精神，而你的双眼和长发要负担夜色
啊，我的血脉中流淌黄河，炎黄色的火烧伤我秀发
烦忧是九首的蛇，盘踞在徘徊的每一处路岔
我驾着太阳车，而阴云总比我所及的疆域更弘大
况且我仅余悲歌，和性格中这一道滂沱的裂罅

关于横流在前途的疑问，我不知怎样回答
纵然我想细细思忖，岁月飞光却没有余暇
也许我人生的求索从不停顿，只是彷徨至困乏
当回首时便惟有自哂，却仍延宕不能自拔
似看见未来的我，若凄凉等待被死神收割的无花果
而此时的我，则如同被暮色抹去的晚霞般萧索
梦神之蛇，漠然地吹熄了一支宛如落日的烛火
燃起了夜色，若一束寂静绽开的黑色花朵
时间之神雄壮而巍峨，哀歌之王啊伴着他是否寂寞？
没有啊，你看悲伤如绵延的蛇，而密云拥簇着王座

小歌女

在我年少时她还是个小歌女，唱葛覃又唱关雎
亦常哼着我曾为她拉起的小夜曲，待我在城隅
那时我还不是淋漓的一阵雨，常欢笑不谙唏嘘
未听见黑夜正迫近的那步履，岁月是多么安徐
而如今她已不知向何处去，乘飞光之骊驹
折断了那些欢乐的日夜不可续，而前路仍崎岖
我常忆起那时我曾无忧虑，忆起那小歌女
可叹已寄形于天穹之阴郁，已化身为一场雨

而度过多少飘泊的时光又偶遇，并不知忧喜
她已戴上命运女神之面具，经悲痛之洗礼
那重逢是怎样一出悲喜剧，那幕布怎拉起
我看到她瞳孔中的影像正犹豫，却不像我自己
而爱情在别离的岁月中积蓄，她歌声总不可抗拒
在命运前若欢喜又畏惧，却毅然伴她前去

司命之女神，身影随着我成长的歌声而恢弘
而你在我的灵魂，在我这凝聚着夜色的双瞳
你是潮湿乌云，而我是拥抱着你丰腴躯体的天穹
歌唱吧我的爱人，拖着蛇尾若一条悲伤施雨的龙

我的叹息并不因这一首沛然长歌之匆匆
只是烦忧在风雨落尽之后再不能与你相拥

我又想起在我年少之时你还是小小的歌女
忘记了怎样地结识怎决意把你来迎娶
我在你离去时表白而你在多年后默许
当你身为命运归来而我亦化身为阵雨
我常怀念起那年我曾无忧虑，听你唱起关雎
而那时光已不知何处去，乘着永逝的骊驹

司命神

司命之神，于一个雪夜前的黄昏来此叩门
当雄伟苍白的太阳在北风呼啸中西沉
他是有悲凉嗓音与漆黑眼瞳之神
将多忧命运和哀歌之才华赠予这生存
是否应该为一次造访的沉重奉献了灵魂
在此生短暂的趋跄中只沿着阴雨的波纹
我是有哀歌附身被殷忧寄形之人
以悲哀绵延的谱线记载人生的年轮
而那个有雄伟嗓音和壮丽眼瞳之神
在一个风雪肆虐的三倍长夜后走出女娲的家门
当我茫然地随他出走在雪后寒冷的清晨
在浑然如梦的大地上留下了曲折的伤痕

我想知道远方是否有欢欣，或者悲忧是无垠
一些神谕随飞鸟迁徙的轨迹在旅途中降临
犹如一个陌生女子在长云彼端拉响的小提琴
环绕着我孤独的歌声和已逝生命的清贫：
你终会快乐啊，当学会将神赐之物在杯中痛饮
当那一刻，在你魂魄里挥发出沉默的歌吟

我看到还有许多晦暗的时光，寄托于天上的云
会在我独行或延伫的某时，化为岁月的阴霖
而一场淋之雨落会缓解生命的饥馑
我渐能理解那预言，来自飞过的鸟群：
如我所思，陈酿的悲痛更适宜在杯中来痛饮
并非作诗，无尽的沉搁才是那沉默的歌吟

一切都始于司命神带着哀歌和命运在那时刻叩门
而我欣然地接受那礼物以我青春的灵魂
他是关于庄严存在和伟大悲痛之神
以无形却有力的双手塑造出生命的伤痕
我则是属于乌云的阴郁和暴雨之滂沱的诗人
这穹苍的一首歌，就是我全部的生存